추영수 평전

# 추영수 평전

남송우 지음

어머님 말씀 묵비에 새겨

생각은 운명을 좌우한단다
좋은 생각으로 좋은 그림만 그려라

삶의 설계도는 창조주의 것

매사를 선의로 이해하여라
이것은 네 자신을 위한 걸
또한 네 이웃을 위한 너의 사명

어머님 말씀 묵비에 새김에
철전 포기의 용기와
내 앞에 절망의 강이 흐를 수 없는 연유

# 서문

　한 인간의 삶, 특히 한 시인의 삶의 총체적 면모를 온전히 재구성한다는 것이 가능할까? 이런 질문을 계속 던지면서 추영수 시인의 삶의 궤적을 그려보려고 그가 남긴 자료들을 읽고 정리했다. 인생살이는 누구에게나 주어진 자신의 길이 있기 마련이다. 그 길은 모두가 똑같이 걸어가는 보편적인 길인 것 같지만, 결코 그렇지 않다. 하늘은 각 개인마다 자신이 걸어가야 할 길을 마련해 두었다. 그 길은 이미 닦여진 길이 아니라, 스스로 길을 내며 걸어가야 할 길이다. 다른 사람이 걸었던 길이 아닌 자신의 길을 새롭게 만들어 나가는 고된 과정이 인생길이다. 그래서 인생길은 누구에게나 고해로 인식되고 있다. 특별히 시인의 길은 더욱 그렇다. 이 때문에 한 시인의 삶의 재구성을 통해 우리가 얻을 수 있는 삶의 지혜가 많은 것이다. 시인의 삶이란 일상에 묻혀버리기 쉬운 삶의 진리를 새로운 눈과 지혜로 해석하고 실천하여 언어로 새로운 집을 지어나가는 과정이다. 그러므로 시인이 지어놓은 시의 집의 구조나 토대를 이해하고 분석해 보는 일은 한 시인의 평전을 그려나가는 과정의 중심일 수밖에 없다.

결국 한 시인의 삶의 궤적의 추적은 그 시인이 남긴 시편들을 중심에 두고 그가 사유해 온 정신사적 측면을 찾고 해명하는 일이란 것이다. 한 인간의 개인사에서 가장 밑바닥에 자리한 삶의 태도와 세계 인식의 터를 우리는 일반적으로 그 개인의 세계관이란 말로 대신한다. 이 세계관 형성의 뿌리는 그 개인의 가장 깊은 내면에 자리한 종교적 심성과 무관하지 않다. 이런 인간 삶의 전형적인 한 모습을 추영수 시인의 시를 읽으면서 절감할 수 있었다. 추영수 시인은 기독교 집안에서 출생하여 그의 유년시절부터 마지막 이 세상을 떠날 때까지 하나님에 대한 굳은 신앙을 체화하며 살았다.

그래서 이 평전의 첫 장은 <추영수 시인의 삶과 신앙>으로 삼았다. 그가 남긴 기록을 바탕으로 그의 전 생애를 살피면서, 그의 삶의 근원적 힘으로 작동해 왔던 신앙의 맥을 잡아 보려고 했다. 굴곡진 삶의 고비 고비마다 신과 동행하면서 자신을 어떻게 세워왔는지를 확인할 수 있는 대목을 그의 시와 삶의 구석구석에서 발견했기 때문이다.

2장 <추영수 시인은 평생 <꽃>을 어떻게 노래하고 갔는가?>는 그가 그토록 마음을 빼앗겼던 꽃들을 중심으로 그의 시 세계가 어떻게 변모해 왔는지를 살핀 것이다. 한 시인의 평전은 역시 그가 남긴 시 작품을 중심으로 비평적 초상화를 그릴 때, 의미가 있다. 이는 한 시인의 평전이 평전으로 기능하려면, 단순히 개인사를 정리하는 선에서 끝나서는 안 되기 때문이다.

작품을 중심에 두고 그의 면모를 살필 수밖에 없는 연유이다.

3장에서 <『청미』 동인지 활동과 추영수 시인>을 다룬 것도 이런 까닭이다. 일반적으로 시 작품의 발표는 매체를 통해서지만, 동인 활동은 매체에 시 작품을 발표하는 역할과 함께 시인들끼리의 활발한 소통공간이란 점에서 작품 활동의 측면에서는 중요한 매개가 된다. 특히 추영수 시인이 활동한 <청미> 동인 활동은 한국여성시사로 볼 때는 그냥 지나칠 수 없는 흔적을 남기고 있다. 이에 이를 통해 한국현대시사의 차원에서 그의 행적을 살펴볼 필요가 있었다. 4장에서 <기독교 시인들의 <열두 시인 신앙시집> 활동>에도 관심을 가진 것은 추영수 시인이 독실한 신자로 살면서 그에게 신앙은 버릴 수 없는 유산이요 생명이었다. 그래서 많은 시편들이 기독교 세계관을 엿보이고 있다. 뜻을 함께한 12시인들이 상당한 시간 동안 합동신앙시집을 펴낼 수 있었던 것은 이들의 특별한 신앙심과 기독교 시문학에 대한 열정이었다. 추영수 시인은 이 모임에도 꾸준히 참여하여 자신의 신앙을 지키며 시로 승화시켰다. 그래서 이 시집에 발표된 시편들을 중심으로 그의 시심이 지닌 깊이와 높이를 살피지 않을 수 없었다.

5장에서 <일상의 호흡이 된 기도문>을 정리한 이유는 추영수 시인은 시와 기도가 늘 연속선상에 놓여져 있었다. 기도는 시를 쓰는 과정이었고, 시는 그 기도가 농축된 잘 빚어진 항아리처럼 탄생했다. 그에게 기도는 쉼 없는 일상이었고, 일상의 열매로 피어난 꽃과 열매가 시였다. 그의 기도는 자신으로부터 가족, 교회, 국가, 세계로 뻗어나가는 전방위적인 사랑과 헌신의 몸부림이었다. 내면의 흐느낌이요 하늘 향해 몸을 드리는 제의였다. 그의 시 세계를 떠받치고 있는 모퉁이 돌이었기에 평전이란 항아리에 담아 두었다.

6장에 <유고 시편과 산문>을 이 항아리에 함께 담아 둔 이유는 그가 산문집과 여러 시집을 이미 펴냈지만, 그가 펴내지 못한 글들이 상당수 있었기 때문이다. 만년에 들어 그의 건강에 문제가 생기면서 공식적인 작품 활동은 거의 할 수 없었다. 그러나 그는 힘든 상황 속에서도 글쓰기를 멈추진 않았다. 그의 작은 수첩에는 깨알같이 씌어진 시편들과 기도문, 그리고 단상들이 빼곡히 정리되어 있었다. 그 글들의 폭과 사유의 깊이는 기존 공식적으로 발표된 글 수준을 넘어 서 있었다. 이에 그 글들을 한 묶음의 유고로 묶게 되었다.

7장의 <못다 한 유언들>은 추영수 시인이 평소에 가족들에게 들려주고 싶었던 자신의 내면 속 깊이 자리한 마음의 소리들을 남겨놓은 글들을 모은 것이다. 평생 기도의 사람으로 자신의 길을 열어 온 시인이 가족들에게 남기는 마지막 기도였다.

평전에 실린 화보들은 추영수 시인이 남긴 많은 사진들 중에서 개인과 가족, 학교생활, 문학활동 등을 기준으로 선정했다. 까마득한 시간 속으로 사라져 버린 기억들을 힘들게 소환해서 일일이 확인해 준 고명진, 이진서 선생님께 감사를 드린다.

이 평전이 살아생전 제대로 평가받지 못한 추영수 시인의 삶과 시적 성과가 한국현대시사에서 제대로 평가받는 계기가 되길 기대해 본다.

2024년 5월 신선대에서, 남송우

# 차례

추영수 시인의
삶과 신앙

하늘만
우러르고 삽니다
모두를 보듬고 삽니다

그냥 그렁
감격하는 미소로
늘 목마르지 않습니다

# 유년의 삶과
# 고등학생 시절

한 시인의 세계는 단선적으로는 다 이해할 수 없다. 인간의 삶 자체가 복합적이듯 시인의 삶 역시 마찬가지다. 그렇기에 한 시인의 시 세계를 총체적으로 이해하려면 다각적인 조명이 필요하다. 추영수 시인의 시 세계를 제대로 이해하기 위해 그의 삶과 신앙을 조명해 보는 이유이다.

한 시인의 삶을 파악하는 일은 그가 남긴 전기를 참조하는 것이 우선은 손쉬운 길이다. 그러나 시인의 전기가 남겨져 있지 않은 경우는 그가 남긴 단편적인 기록들을 재구성하는 수밖에 없다. 추영수 시인은 자신의 행적을 담은 전기를 남기지 않았다. 다행스러운 것은 시인이 남긴 수필 속에 자신의 유년시절 기억을 온전한 형태로 남겨놓고 있다는 사실이다. 이를 통해 시인의 삶의 일부를 복원하고 재구성해 볼 수 있었다.

추영수 시인은 80년대 후반 수필집 『꽃그늘인양 다정한 내사랑아』(해

문출판사, 1988)를 펴내었는데, 이때 그녀의 나이가 51세였다. 인생길 한복
판을 지나 이제는 지나온 길을 뒤돌아볼 수 있는 시점이었다. 그래서인지
그녀의 이 수필집에는 지나온 자신의 삶을 관조하듯 담담하면서도 절절하
게 사연들을 풀어놓고 있다. 어릴 적 유년의 기억도 선명하게 드러내고 있
어 흥미로운 장면들이 많다.

추영수 시인의 본적은 창원군 진동면 진동리이며, 태어난 것은 1937년
2월 1일에 창녕군 영산면 서리의 외가에서 아버지 추정식(秋正植), 어머니
배옥진(裵玉診) 사이에서 1남 3녀의 막내로 태어났다. 그녀가 어릴 적에 오
빠의 학업 문제로 만주에 가서 산 기록이 남겨져 있다.

> 무조건 뽑아 가던 학병에 2대 독자 외아들을 빼앗기지 않으시려 아버
> 지께선 일제에 빼앗긴 조국을 등지지 않으면 안 되셨다.
> 악랄한 일본 제국주의자들이었으나 사범대 학생들은 징집에 뽑아 가
> 지 않았다고 한다. 아버지께선 그 길을 알아내어 용단을 내리셨던 것이
> 다.
> 만주에 있는 사도대학에 입학한 오빠는 집에서 다니지 않고 기숙사
> 에 계셨다. 청춘에 혼자되시어 무매독자를 길러내신 할머니와, 그에 또
> 독자밖에 두지 못하신 부모님껜 오빠는 자신들의 생명보다 더 소중한
> 존재였으며, 이 세 분의 살아계신 목표가 오로지 오빠였다고 말해도 좋
> 았으리라.
> 오빠 아래 천재요 미녀라고 소문이 났던 두 딸을 하루 하나씩 여의시
> 고 10년 만에 낳은 아이가 나였으니 오빠랑 나의 차이는 아버지와 오빠

차이만큼이나 사이가 떴다.

　다섯 살짜리인 내가 보기에 아버지 어머니는 오빠 생각밖엔 하지 않으셨다. 그도 그럴 것이 외아들이 만리 이국의 학교에서 기숙사 생활을 하고 있으니 어머님께선 오빠에게 보낼 음식 장만하기에 바쁘셨던 것 같다. 땅콩을 한 말씩 무쇠솥에다 볶는가 하면 조청을 고아 엿을 만들어 콩가루에 묻히고… 이러노라니 별 것 아닌 음식이라도 손이 여간 가는 것이 아니었다.

　그 서리에 외딸인 나야 외롭게 혼자서 인형놀이나 할 수밖에 별도리가 없었으리라. 그러나 그때까지도 부모님께서 오빠를 편애한다고는 생각지 않았다. 어머님께선 내게 그렇게 마련하여 오빠에게 보내지 않으면 안 되는 이유를 친절히 설명해 주셨기에 내 생각에도 그럴 듯하다고 그런 대로 이해하며 놀았던 기억이 생생하다.


　이상의 기록을 참조하면, 추영수 시인의 가족 구성은 할머니, 아버지, 어머니, 오빠 그리고 일찍 죽은 두 언니와 자신을 포함해 다섯 식구였음을 알 수 있다. 그런데 만주로 대학을 간 오빠를 돌보기 위해 가족이 만주 길림성에 가게 되었음을 밝히고 있다.

　오빠를 위해 만주에서 생활을 하던 추영수 시인 가족은 부산시 동래구 칠산동으로 거주지를 옮겨 생활했다. 이곳에서 동래 유락초등학교를 5년 수료한 뒤 동래여자중고등학교를 다녔다. 월반을 해서 일찍 초등학교를 졸업했다. 추영수 시인이 이곳에 살았던 기간은 열 살에서 열일곱 살 때까지였다. 대학 입학 직전까지 살았던 이곳은 그녀의 정서적 삶의 많은 부분을 형성하게 해준 아름다운 공간으로 채색되어 있다.

참대밭이 시골 넓은 정원을 활처럼 두르고 있었다. 이 참대밭엔 춘하추동 때맞추어 뒷산에서 내려오는 새들도 갖가지였다. 그중 꿩은 자기 집처럼 드나들었다. 꿩의 기는 걸음이 그렇게도 빠른 줄은 그때 처음 알았다. 내 딴엔 내 집 참대밭을 침입한 꿩이라 하여 잡아보겠다고 외삼촌이랑 꽤나 가슴 졸였으나 매번 허탕을 쳤다.

또 죽순이 솟을 때면 쬐그만 뚝배기를 죽순 위에 덮어 식용 죽순을 만들겠다고 기다렸으나 어느새 참대순은 쬐그만 뚝배기를 모자처럼 쓰고 자라 대롱대롱 할머니를 웃기던 기억이 새롭다.

가을, 겨울의 쓸쓸한 해 질 무렵 동그마니 혼자서 집을 지킬 때면 참댓잎 부딪는 소리가 유난히 컸다. 그렇다고 무섭게 여겨 본 적은 없으나 친구들은 자주 무섭지 않느냐고 질문을 걸어오곤 했었다.

마디가 굵은 참대, 색깔이 까아맣고 가느다란 오죽, 마디가 미끈한 수녀리대 등 갖가지 종류의 참대가 곱게 뻗어 올랐다. 가지런히 정돈된 대밭이, 오랜 세월이 지난 지금의 내 추억 속에 그대로 자리하고 있다.

우리 집은, 동쪽으로는 동래고등학교, 그리고 서쪽으로는 복천국민학교를 양쪽 날개에 낀 중간 지점의 산자락에 자리 잡고 있었다. 이 마을의 봄은 우리 집 살구나무에서부터 온다고들 했다. 서쪽 뜰가에 한 쌍의 수십 년 묵은 거목이 분홍빛 꽃으로 단장할 때면 전차 정류장에 내려서도, 기차역에 내려서도, 논에서도, 밭에서도 온통 마을이 분홍빛으로 보였다. 약간 높은 위치에 자리 잡고 앉은 두 거목은 동화 속의 꽃대궐을 연상시켜 주었다.

이렇게 살구꽃이 피기 시작하면 다투어 피는 갖가지 꽃들 중에 왜 그리 민들레가 좋았을까! 대밭집, 살구나무집, 꽃집이라고 불리던 우리 집에서 제일 좋아한 꽃이 냉이꽃, 오랑캐꽃, 씀바귀꽃, 민들레꽃이었으니 원체 내가 궁상맞은 탓일까?

이렇게 나는 민들레꽃이 좋은데 할머니께선 또 민들레, 씀바귀 나물을 좋아하셨다. 뒷동산에서 꽃피기 전 민들레나 씀바귀 연한 잎을 캐어다가 살짝 데쳐서 저녁 밥상에 무쳐 올리면 참 좋아하셨지만, 그때마다 꽃 수가 줄어들 것을 생각하고 난 섭섭해 했다. 내가 서운해서 뾰로통하면 할머니께선 연한 쑥을 캐어다 쑥굴레를 만들어 주시곤 했다.

쑥굴레란 경상도에서만 있는 떡 종류인 것 같다. 쑥인절미를 돌절구에 넣고 차지게 쳐서, 거피를 한 녹두 고물이 대추 알만한 떡의 2-3배가되게 하여 떡을 고물 속에 넣고 양쪽 가운뎃손가락 셋으로 마주 눌러놓은 것이다. 할머니의 부드러운 손 마디가 참대마디처럼 박힌 떡을, 어머니께서 손수 만드신 조청에 찍어 먹는 맛이란 요즘의 유명한 제과점 양과에다 비하랴?


자신의 집을 둘러싼 자연환경, 그리고 할머니, 어머니에 대한 따뜻한 사랑뿐만 아니라 그때 이웃해 있었던 초가집 할머니 댁에 대한 기억도 선명하고 특별하다.


난 초가네 할머니 댁을 좋아했다. 우리 집 바깥 대문 맞은 편에 있는 초가집이다. 한 번도 고개를 들고 걷는 것을 본 적이 없는 그 집 학생이 무섭기는 했으나 초가네 할머니 댁에 있는 돌샘이 좋았던 것이다. 우리 집 우물은 깊고 우물 주위를 양회로 잘 정돈하여 놓은 큰 우물인데, 초가네 할머니 댁에 있는 우물은 청석으로 쌓아 이끼가 끼어 있었다. 그 우물 속을 들여다보며 동화 속에 금공을 들고 놀다가 우물에 빠뜨린 공주님을 생각해 내곤 했었다. 그 우물은 깊지 않아서 두레박이 줄에 매달려 있는 것이 아니라 참대 끝에 매달려 있어 손도 대어보지 못했던 우리 집 두레박보다는 얼마나 친밀감을 주었는지 모른다.

또 초가네 할머니 댁엔 꽈리가 한마당 가득했었다. 이름 있는 갖가지 꽃나무로 가득 찬 우리 집 정원보다는 1년생 초화로 가득한 그 마당이 좋았다. 꽈리가 발갛게 익고 귀가 크고 귀태스러운 할머니가 하얗게 웃으시는 초가집이 언제나 잊혀지지 않는다.


이렇게 자연 속에 묻혀 꽃 속에서 평화롭게 살고 있던 그 시절에 6·25사변이 터졌다. 그녀가 중학생 3학년 때라고 하는데, 그때의 상황은 그의 기억의 창고 속에 생생하게 기록되어 있다.


내가 중학교 3학년 때 6·25사변이 나고 서울에서 피난민이 내려왔다. 오빠랑 같이 서울에서 공부하던 오빠 친구는 식구들을 다 거느리고 우리 집으로 들어와 살림을 차렸다. 그런데 오빠는 오시지 않았다.

아버지께선 하나밖에 없는 아들이 돌아오지 않으니 날마다 깡소주로만 세월을 보내었다. 평소에 점잖고 말이 없으신 어머님은 낮에는 아버지 성화에 시달리시며 입을 한 번도 열지 않고 지내셨다.

어느 날 0시 우물가에서 물이 쏟아져 내리는 소리가 들렸다. 어머니셨다. 밤이면 솜이불을 찾는 선득선득한 늦가을 날씨였다.

6·25가 터진 날부터 오빠가 돌아오실 때까지 하루도 빠짐없이 밤 12시 정각에 정화수로 목욕을 하시고 마룻바닥에 엎드려 기도를 올리셨던 것이다.

이런 정성 어린 걱정 속에서도 치근거리는 딸이나 손녀들에게 신경질적인 음성 한 번 뱉지 않으셨던 어머니, 그 차고 깊기로 유명하다는 우리 집 우물의 근원보다도 더 깊은 어머니의 심중을 이제야 알다니 …

그 해 늦가을 오빠는 오시고 여름내 애호박 한 번 제대로 따서 먹지 않아 호박 덩굴울 걷다보니 한 그루에 늙은 호박 서른여섯 덩이가 달려나와 경사 잔치 이웃 간에 호박을 나누어 먹던 일이 잊혀지지 않는다.

지금도 눈 감으면 서른여섯 개의 호박만큼 많은 우물이 눈앞에 떠오르고, 0시에 우물을 끼얹는 어머님의 정성이 뼈에 사무친다.


이러한 어머니 밑에서 자랐던 추영수 시인의 학교생활은 어떠했을까? 「내 꿈의 정원에 내려앉은 한 장 낙엽」에서 보여준 학교생활에서 그녀의 성품을 엿볼 수 있다.


난 초등학교 때부터 고3을 졸업하기까지 친구 집에 놀러 간 적이 없다. 나와 친구들이 모여서 노는 곳은 언제나 우리 집이다. 갖가지 꽃이 사철을 가려 꽃피우는 삼백여 평의 안마당과 참대밭이 우거진 뒷동산은 소녀들의 꿈이 영글기엔 안성마춤이었으며 할머니방 왼쪽으로 사랑방을 지나 응접실 건너에 있는 내 조그만 공부방은 다른 사람의 간섭을 받지 않고 얘기도 하고 공부도 하고 떠들며 놀기에 좋다는 이유도 있지만, 그보다도 내 어머님은 친구들이 집으로 놀러 오는 것은 퍽 좋아하셨지만 내가 친구 집으로 놀러 가는 것은 그리 좋아하지 않으셨기 때문이다.

난 어릴 때부터 내가 스스로 해야 할 내 자신에 관해 중요하다고 생각되는 일 이외엔 부모님이 좋아하지 않으시는 것을 억지로 하려고 하진 않았다. 대여섯 살 때 일이다. 열다섯 살이나 차이가 지는 오빠는 사범대학 기숙사에 계시고 집에는 꼬마 나밖엔 없었다. 어머니 아버지께서 어디 가실 땐 꼭(아마 일부러 그러셨으리라)

"수야, 너도 같이 가고 싶니?" 하시며 내 의향을 물으셨다. 그러면 으례,

"날 데려가고 싶으시면 나도 따라가고 싶고 데려가고 싶지 않으면 따라가고 싶지 않아요."라고 말했다.

지금도 내 음성이 내 귀에 쟁쟁 울리는 듯하다. 찬바람이 이는 애답지 않은 대답이다. 이런 성미니 아무리 하고 싶어도 부모님이 싫어하시는 일을 그리 억지를 써서 하려고 들진 않았다.

또 일단 학교에서 돌아오면 나 혼자 어디에 나가는 일은 거의 없었다. 교회엔 할머니랑 갔으며 어머니랑 시장이나 또는 볼일 보러 나가는 정도였고, 나가는 것보다는 집에 있는 것을 좋아했으며 또 그렇게 생활하는 것이 습관화되어 있었다.

또 한 가지는 집 바로 앞에 있는 가게에 성냥 한 갑을 사러 나가더라도

꼭 교복을 입었었다. 이런 행동은 바보짓이라면 보면 바보짓이고 고집이라면 고집이고, 또 오히려 괴팍에 속했는지 모른다. 지금 이 글을 읽는 학생들이 나를 향해 바보라고 놀릴는지 모르지만 난 한 번도 학교에서 지시한 말씀이나 규칙을 어겨 보지 못했다. 아니 조금도 어길 필요를 느끼지 않았다고 하는 것이 옳을 게다. 그러기에 요즘 학생들이 생각하기엔 멋없는 학창시절, 바보 같은 학창시절을 보냈다고 동정할는지는 모르나 그런대로 내 나름의 부푼 가슴과 자부심을 안고 생활을 했었다.

　나는 또 월반을 두 번 해버렸기 때문에, 그렇잖아도 외딸이 지닌 많은 결함과 더불어 나보다 나이 많은 친구를 사귀기엔 얼마나 신경이 쓰이고 힘이 들었는지 지금 생각만 해도 한숨이 날 정도다. 나이가 어리다고 나를 낮춰 봐주는 것도 싫고, 또 뭐다 하고 직책이라도 맡고 보면 어린 것이 얄밉다고 봐주는 것도 싫고, 또 동등한 친구가 되자니 거기 따르는 간격을 메우기에 애를 먹어야 하고 그리하여 결국은 사람 사귀는 일과는 거리가 멀어지고, 다만 나를 찾는 사람에겐 극진히 보답하며 살리라는 신념만 굳혀 갔던 것이다. 그러자니 자연 나 혼자 할 수 있는 일이나 공부에만 몰두하여 결국 다른 사람과 어울리는 일보다도 한 번 더 월반하겠노라 덤비다가 몸만 쇠약해지고 말았다.


　이상의 추영수 시인의 유년기 학교생활의 회고에서 눈여겨 볼 만한 지점은 우선 어머니의 말씀에 철저히 순종했다는 점이다. 자신의 고백에 의하면, 그녀는 신심이 독실한 할머님을 모시고 모태 신앙인으로 자라났으며, 한학이 깊으신 어머님 슬하에서 늘 은은한 당시송의 가락에 젖어 살면서, 기회있는 대로 성경말씀 중심으로 살아가도록 철저한 가정교육을 받았다고 한다. 이로 인해서 그녀에게 어머니의 말씀은 무조건 순종하고 따라야 하는 철칙처럼 인식되고 있었다. 둘째는 외출이 잦지 않았고, 주로 집안과 학교를 오가는 생활에서 벗어나지 않았다는 것, 셋째는 오직 공부에만 열중하여 두 번이나 월반을 할 정도로 명석했다는 점이다. 그가 어느 정도 열심히 공부를 하며 책을 읽었는지를 「젊은 해를 닮고자」에서 이렇게 회고하고 있다.

> 내가 중학교나 고등학교 시절엔 하루에 5분만 잔 때가 많았다. 밤을 꼬박 새우고 새벽닭이 울면 눈을 붙여 5분만 자고 일어나면 몸은 가뿐해지고 눈엔 잠 한 방울 매달리지 않았다. 헤세, 지드, 세익스피어, 톨스토이, 헉슬리, 소월, 타고르, 이광수… 들로 밤은 짧으면서도 길어 무한한 꿈속에서 밤을 밝혔던 것이다.
>
> 어머니 방을 향한 창에 까아만 담요를 가려치고, 전기불은 꺼버린 채 남포불을 켰다. 빛이 많이 비치지 않아 집안 어른들께 들키지 않는 이점도 있을 뿐 아니라 운치도 있어 좋았다.
>
> 이렇게 밤새워 읽어도 좋은 글귀 좋은 시구들을 줄줄 욀 수 있었다. 친구 두셋이 모이면 무엇을 읽었다는 것이 자랑이었고, 왼 글귀로 그것은 증명되었다. 약질이면서도 지칠 줄 모르는 강단, 이것이 10대, 20대였다.

중학생 시절 추영수 시인의 이러한 특별한 일상과 어머니의 병환은 결국 어린 추영수 시인의 건강에 적신호를 보냈다. 중학생 시절 그녀가 겪은

추영수 평전

병고가 잊혀지지 않는 「추억 속 분홍빛 모란꽃」으로 피어나는 이유이다.

　　내가 중학교 때 신경쇠약으로 퍽 오래 앓은 적이 있다. 신경쇠약이 된 원인은 중2 늦가을에 어머님께서 폐렴으로 앓으셨기 때문이다. 그런데 어머니께선 혈관이 너무 가늘었고 살 속 깊이 숨어 있어서 정맥주사를 맞으시지 못했다.

　　당시만 해도 폐렴이라면 상당히 위태로운 병으로 쳤고, 또 내 둘째 언니가 폐렴으로 돌아가셨기에 식구들은 초긴장 상태에 있었다.

　　오라버님께서 주사를 잘 놓는 솜씨이기에 오라버님께서 놓아 보셨으나 혈관을 찾기는 찾되 중간에서 약이 새곤 했었다.

　　섬세하긴 여자가 나았던 것 같다. 나는 단번에 혈관을 찾았고 중간에 새는 일도 없도록 하기 위해 코도 훌쩍하지 못했다. 한 달 동안을 매일 주사를 놓아 드렸다. 어머님을 잃지 않겠다는 초긴장 상태에서 20cc 정맥주사를 온 정신을 집중하여 매일 놓았다.

　　한 달 후에 어머님께선 폐렴으로부터 회복되었고 집안엔 다시 화기가 감돌았다.

　　아슬아슬히 어두운 중2 겨울을 보냈다. 원래 약골인 내가 시름시름 머리를 앓기 시작했다. 그러면서 불면이 계속되었다. 차츰 극도로 쇠약해진 나는, 아파야만 낮잠을 자던 것이 낮잠을 자면서 악몽에 시달리기 시작했다. 눈만 감으면 어머님께서 돌아가셨고 나는 슬피 울지 않으면 안되었다. 그러나 무서워서 뜬 눈으로 날밤을 새울 수밖에 없었다.

　　한 달 두 달 석 달 불면은 계속되었고, 짙어가는 봄과 더불어 나는 완전히 병상에 눕고 말았다. 창밖의 만물은 소생하는데 나 혼자 앓아눕는 다는 것이 여간 슬프지 않았다.

김성수 씨 주치의인 고영순 박사님의 극진한 치료를 받게 되었다. 친구들은 날마다 문병을 와주었고 그중에도 구슬은 내 서창에 볕이 떠나야 집으로 돌아갔다. 학교의 소식이며 그날 배운 것을 모두 얘기해 주면서 소생을 기구해 주었다. 그날 할머니 방 앞엔 자주빛 모란꽃 옆에 그때만 해도 희귀했던 연분홍빛 모란꽃 나무가 한 그루 있었다. 꽃이 필 때면 수십 송이가 한꺼번에 흐드러져서 가지가 휘도록 탐스럽게 피었었다.

3-4월의 어둡고 외로운 날이 가고 햇살이 따끈한 5월, 내일이면 학교에 첫 등교를 하기 위해 이것저것 준비를 하고 있는데 친구들이 찾아왔다. 수개월의 병상생활은 나를 납인형처럼 만들어 버렸다. 생기발랄한 친구들이 마침 영랑 시집을 선물로 사가지고 와서 탐스러운 모란꽃을 보더니 다투어 영랑의 '모란이 피기까지는'을 낭송한 뒤 나를 끌고 밖으로 나가서 모란꽃을 중심으로 기념촬영까지 했다.

"수야, 넌 인제 아픈 영수가 아니라 이렇게 튼튼한 모란이데이, 연분홍빛 모란꽃이란 말이다."

그리하여 내 별명은 모란이 되었고, 친구들은 내가 그 흐드러진 연분홍 모란꽃처럼 싱싱하기를 기원해 주었다.

오늘도 안팎으로 뛰다가 지쳐서 내 방으로 돌아와 깊은 밤 나를 정리하는 종이 앞에 앉아, 이렇게 건강을 유지하는 연유 중의 하나가 그 어린 날 친구들의 무구한 염원 덕분도 있으리라고 생각하면서, 중학생의 솜씨로 몇 개 안 되는 한 자 옆에 연필로 토를 달아놓은 정성을 들쳐 보며

'모란이 피기까지는'을 외어 본다.

병약함과 함께 그녀에게는 다른 사람들에게 오해받을 수 있는 특별한 버릇도 있었다. 근시인 눈에다가 안경을 쓰지 않은 탓으로 사람을 빨리 알아보지 못해서 당하는 오해들이었다. 「따뜻한 내일을」에서는 눈 때문에 당했던 여러 사연들이 기록되어 있다.

길을 걸으면서 잘 보이지 않는 사람의 얼굴을 애써 가며 핀트를 맞추어 알려고 하기보다는 그저 사람이면 사람, 차면 차로만 구별하여 겨우 충돌을 면할 따름이었다. 이런 일이야 버릇이라기보다는 눈이 나빠서 생긴 불상사이긴 하지만 안경을 쓰지 않을 때야 도리없이 반복될 수밖에 없는 일이었다.

게다가 길을 걸으면서 작업하는 버릇이 있어서 어린 시절부터 친구들이나 상급생으로부터 거만하다느니 도도하다느니 차갑다느니 하고 오해를 받을 때가 한두 번이 아니었다. 그런 뒤 앞에 찾아가서 변명할 도리도 없고 혼자서, '나처럼 따뜻한 사람도 드물리라' 하고 자부하며 버릇이 가져다준 고맙지 않은 선물을 감내할 따름이었다.

또 길을 걸으면서 옆으로 살피지 않은 버릇을 어릴 때부터 가지고 있었다. 고1 때다. 물리를 가르치시는 민 선생님께서 어느 날 아침 내 뒤를 따라오신 것이다. 불러 세워 같이 가자고 하기엔 거리가 꽤 떨어졌기에 걸음을 빨리하시어 나를 따라오며 지켜보셨단다. 그랬더니 교문을 들어설 때까지 머리 한 번 옆으로 돌리는 일 없이 어떻게나 빨리 걷던지 결국

은 학교에 도착한 후에야 나를 부르시어,

"야! 이 지독한 놈아!…" 하고 웃으시던 걸 잊지 못한다.

그래서 요즘은 내가 나를 풀고 옆으로 보며 또 될 수 있으면 사람도 알아볼 수 있도록 초점도 맞추고 작업도 삼가긴 하지만 여전히 오해를 받을 때도 있어 은근히 숙명적인 고독 같은 걸 자인할 때도 있다.

다만 좀 더 어릴 적부터 남의 충고에 귀를 기울이어 내게 있는 버릇들을 고쳐나가도록 노력했다면, 모가 깎인 원만한 인품을 갖출 수 있지 않았겠는가? 내 고집을 꺾지 못하고 그런 것이 무슨 개성이나 되듯 고집스레 지켜온 것도 모두 설익은 탓이었노라고 후회를 하며 아직도 스스로 살펴 고치기엔 늦지 않았노라고 자신을 달래어 따뜻한 내일을 상상해 본다.

이러한 그녀의 고등학교 시절까지의 개성적이고 고집스럽다고 할 정도의 철저한 자기 관리의 생활은 대학생활로도 이어졌다.

추영수 평전

# 대학입학과
# 시작(詩作) 활동의 전개

조금은 남다른 학생으로 고등학교 학창시절을 보내면서, 그녀는 대학 진학을 앞두고 고민에 빠졌다. 병약한 그녀였기에 그랬을까? 아니면 그녀가 꿈꾸던 슈바이처 박사의 뒤를 이어가기를 원해서였을까? 그녀는 대학 입시를 앞두고 고등학교 때 의대에 가기를 원했다는 속마음을 그녀가 사랑하며 교육시킨 제자 '숙이'에게 보낸 편지글인 「꽃그늘인 양 다정한 내 사랑아」에서 밝히고 있다.

숙아!

내가 너만 했을 때 의과 공부가 하고 싶어 서울의대에 지원서를 넣어 놓고 밤낮을 울며 새웠으나 부모님께서,

"여자란 부모 밑에 있어야 하며 계집애가 6년을 공부하다간 늙어서

시집도 못 간다."라고 하시며 굉장히 반대하시기에 끝내 내 꿈을 포기했었지.

대학에 입학했으나 학교에 다니는 것 같지 않았고, 누구랑 말도 하고 싶지 않아 항상 벙어리가 되어 살았단다. 내 속에선 조용한 반항이 싹텄지만 그것을 자학으로 밖엔 나타낼 도리가 없었지.

난 그 먼 길을 꼭 걸어 다녔단다. 2년이 지나는 동안 학교에서 단체로 간 「햄릿」밖에 본 것이 없어. 차비도 점심값도 구경값도 전부 책값으로 흘렀지.

그때의 계획은 한 주일에 책 한 권을 목표로 밤에 책 읽는 것으로써 채워지지 않는 내 꿈의 공복을 메우려 했었지.

내 젊음은 책하고 바다하고 연애를 했단다. 모두들 사랑을 배울 땐데 나는 시간이 없어 사랑을 못 배웠으며 시간이 없어 이성(異性)을 생각지 못했지.

이런 극단적인 내 생활은 결국 나를 앓아눕게 만들었으며 의과 지망을 포기하게 하셨던 부모님들은 후회하셨지만, 지금 생각하면 내 재산이란 그때 그렇게 미쳐서 읽었던 책의 세계 밖에 남아 있는 게 없는 것 같구나.


추영수 시인의 대학입학은 월반을 했기에 다른 학생들보다는 이른 나이인 17세인, 1953년에 연희대학교 교육학과에 입학했다. 그 이듬해인 1954년 추영수 시인은 부산대학교 문리대 교육학과에 편입한다. 원하는 의과대학에 진학하지 못함으로써 그녀의 대학생활이 자학적일 수밖에 없

추영수 평전

었다고 고백하고 있지만, 그녀의 「아름다운 생활들」에서는 그래도 선배들의 이끌음이 있었고, 교통비를 아껴서 책을 사서 읽는 즐거움만은 더할 수 없는 기쁨이었음을 회상하고 있다.

그렇지, 열일곱 살이었어, 내가 대학 1학년 때가. 키가 어찌나 작았던지 내 별명은 '언니 따라온 아이'였어. 동급생들이 다 나보다 두세 살 위였기 때문에 상급생은 물론 동급생들까지도 내게 잘 해줬지. 그래서 별명 그대로 언니 따라온 아이처럼 포근한 분위기 속에서 대학생활을 시작했단다.

난 그때 복이 많아서 좋은 상급생과 좋은 친구를 만날 수 있었단다. 그때 우리들 사이에 유행한 것이,

첫째 책 많이 읽기

둘째 책 많이 사기

셋째 걸어 다니기

넷째 점심 굶기

다섯째 옷 자주 바꿔 입지 않기… 등이었어.

난 지금 그때의 상급생 이름은 잊었지만 고마운 정성은 지금도 잊지 않고 있단다. 그 당시는 예사로 생각한 것이었지.

1주일이면 꼭 한두 번씩 걸어서 집으로 가는 우리들 사이에 끼어 무슨 책을 읽었느냐? 소감은 어떠냐 하고 챙기었지. 그때 우리들 생각엔 그저 심심하니 대화의 건더지를 만드는 줄로만 알았거든. 그 뒤에 알아보니 그것이 의도적이었단다. 정말 고마운 상급생이었다. 이렇게 선배로서 후배

에게 좋은 영향을 주어 그의 선의를 내 뇌리 속에 간직하고 살 수 있음이 얼마나 보람된 일이냐?

우리들은 걸어다니며 점심을 굶으며 용돈을 모아서 책을 샀지. 그 당시 책값은 싸고 교통비는 비쌌던 모양이야. 두 번씩 바꿔 타는 우리 교통비를 한 이틀 절약하면 시집은 한 권 살 수 있었으니 말이다.

몇 사람이 다투어 가며 책을 사고 책을 읽고 책을 모으고 하는 중에 또 책 바꿔보기도 했단다. 그건 돈을 아끼는 방법이었지. 서로서로 다른 책을 사선 다 읽고 바꿔보는 방법이야. 그땐 빈 책장이 용돈을 절약하여 사들인 책으로 한 칸 한 칸 메워지는 것이 큰 낙이었으며 내가 읽은 책을 서로 얘기할 수 있는 것이 자랑이었단다.


원하지 않은 대학 학과의 입학으로 대학생활이 힘들었지만, 그래도 선배들의 배려로 대학생활을 이어갈 수 있었음을 회상하고 있다. 그녀의 대학생활의 기억에서 쉽게 지나칠 수 없는 장면은 책 읽기다. 앞선 회고에서 보이듯이 일주일에 한 권씩은 읽기를 계획했다는 기록과 함께 교통비와 점심 사 먹는 돈을 남겨 책을 사서 읽었다는 사실은 지금으로서는 참으로 상상하기 힘든 시절의 얘기이다. 그리고 길을 걸으며 서로 나눈 읽은 책에 대한 소감의 소통은 길 위에서 펼친 멋진 독서토론의 장이 되었을 것이다. 그리고 교통비를 한 이틀 절약하면 시집 한 권을 살 수 있었다는 당시의 기록을 감안한다면, 그녀가 얼마나 많은 시집을 읽었을까를 추측해 볼 수도 있다. 그녀가 결국 시인으로 살아갈 수밖에 없었던 운명의 바탕이 이 학창 시절의 독서에 있었음을 확인할 수 있는 부분이다.

추영수 시인의 공개적인 시작 활동은 1955년 부산대 학생과 동아대 학생들로 구성된 『시영토』 동인지에서부터 시작되었다. 『시영토』는 1955년 9월 13일 1집을 창간했는데, 추영수 시인은 제2집부터 참여하였다. 당시의 동인들은 염향율, 고진숙, 조효송, 박철석, 이해근, 박돈목, 한찬식, 정상옥, 류창열, 이성환, 정혜옥, 강경, 추영수, 남윤철, 최재형 등이었다. 그러나 『시영토』 동인지는 2집으로 종간됨으로써 1956년 1월 20일 여기에 참여했던 자들이 중심이 되어 『운석』을 창간하게 되고, 여기에도 추영수는 동인으로 활동하게 된다. 제1집에는 추영수, 강경, 정상옥, 염향율, 한찬식, 하근찬이 참여했고, 2집은 1956년 2월 1일에 나왔는데, 여기에는 추영수, 강경, 정상옥, 염향율, 한찬식, 하근찬, 이해근, 정혜옥이 참여했다. 3집은 1956년 2월 20일에 나왔고, 여기에는 추영수, 강경, 정상옥, 한찬식, 하근찬, 정혜옥, 이해근이 작품을 발표했다. 4집은 1956년 4월 1일에 나왔는데 여기에 류창열, 추영수, 강경, 정상옥, 한찬식, 정혜옥, 이성환 등의 작품이 실렸다. 마지막 5집은 1956년 7월 10일 발간되었는데, 여기에는 이성환, 추영수, 강경, 정상옥, 정혜옥, 한찬식, 류창열, 손서영 등이 함께 했다. 1956년도 전반기에 5집까지 발간했으니 동인 활동을 얼마나 열심히 했는지를 확인할수 있다. 이들 가운데 한찬식, 이석, 박철석, 추영수, 강경은 시로, 박돈목은 동시로, 하근찬은 소설로 앞서거니 뒤서거니 제도문단에 나아가게 된다.

추영수는 이렇게 대학생활 가운데서 활발한 시작 활동의 결과로 그녀가 졸업을 한 후인 1959년 《현대문학》 5월호에 「꽃나무」란 작품으로 서정주 시인의 초회 추천을 받게 되었다. 그리고 1961년도 《현대문학》 6월호에는 「해로성」으로 2회 추천을, 같은 해 9월호에는 작품 「바위에게」가 3회 추천되어 문단에 공식적으로 데뷔하게 되었다.

# 교육자로서의 길

　교육학과를 졸업한 추영수 시인은 1960년에 서울 중앙여자중고등학교 교사로서 교육자의 길에 들어섰다. 이 학교는 1940년 10월 10일에 추계 황신덕 선생이 경성가정여숙을 창립하여 초대 교장으로 취임하여 시작된 학교이다. 1945년 1월 1일에 중앙여자상과학교로 인가받았으며, 1946년 1월 22일에는 중앙고등여학교로 인가받았고, 1946년 10월 29일에는 중앙여자중학교(6년제)로 개편 인가되었다. 1950년 4월 28일에는 재단법인 추계학원 설립 인가를 받았으며, 초대 이사장 박찬주 여사가 취임했다. 1951년 3월 12일에는 한국전쟁으로 부산으로 피난하여 임시 교사를 부산에 마련하였고, 1951년 8월 31일에는 중앙여자중학교(3년제)와 중앙여자고등학교(3년제)로 개편 인가되었다. 1953년 9월 1일에는 부산에서 서울로 복귀하였고, 1956년 8월 20일에 서대문구 북아현동에 교사를 완공하여 이전하였다. 지금은 추계학원 소속인 추계초등학교, 중앙여자중학교, 중앙여자고등학교, 추계예술대학교와 함께 있다.

서울 중앙여자중고등학교에 근무한 지 20년이 지난 이후 1980년에는 다른 재단 산하에 있던 계원예술고등학교 교감으로 자리를 옮겼다. 이 동안 많은 제자들을 키워냈던 추영수 시인은 졸업한 학생들에 대한 애틋한 사연들을 많이 남겨놓았다. 그 중 몇 편을 들추어 본다.

숙아!

2월, 햇살이 유독 따스하던 날. 넌 가슴에 붉은 꽃을 달고 내게로 달려왔었지.

"선생님…"

그리곤 말없이 빛나던 너의 눈동자와 입시울을 나는 조용한 어루만짐으로 달래지 않으면 안 되었잖니?

3년 개근상은 너의 성실과 끈기를 웅변해 주고 있었으며, 조용히 받쳐 들던 선행 상패가 너의 역경 속에서의 승리를 합주해 주고 있었잖니?

그날 난 내 앞에서 아무 말도 하지 못했다만 지하에 계신 부모님의 미소가 내 뼛속까지 저리게 하더구나.

얼마나 얼마나 기쁘시고 대견하셨겠니? 너는 착하고 조용한 막내둥이 효녀였느니라.

숙아.

너는 중학교 3년 고등학교 3년 그 6년 동안을 한결같이 내 웃음과 울음 속에서 자라왔다. 동생처럼, 친구처럼, 딸처럼, 그리고 꽃 그늘인 양 다정한 내 사랑으로, 내 가슴 속에서 피어나 이제 어엿한 처녀가 되어 환한 꽃다발을 안고 내 앞에 섰구나.

내 가슴은 그저 말없이 바위를 부둥키고 기쁨의 채술림을 지우지 못했단다.

숙아.

여름날 푸른 꽃동산을 누비며, 더러는 돌기둥을 안고 어리광을 부리던 네가 어엿이 내 앞에 나타난 오히려 나를 달래며 취직을 하겠노라고 했을 때, 나는 아무것도 말할 수 없었단다.

유난히 고운 분홍빛 두견화가 잘 바라다보이는 3층 난간에 서서 홀홀 날리는 깃털 꽃처럼 희망에 부풀던 너의 보조개가 자꾸만 내 울음주머니를 터뜨리고 가더구나.

하지만 우린 울지 않기로 약속했었지.

숙아!

며칠 전에 너의 편지를 받아 보았다.

– 정돈되지 않은 생활의 탓이라고 하면 선생님께선 언제나 하시던 대로 또 소리 없이 웃으시며 숙이 손을 꼭 잡아 주시겠죠.

지금 숙이는 익숙하지도 못한 영어 발음에 귀를 모으며 커피를 날라다 주고 돌아와 울고 있답니다 …

이러한 너의 글을 읽고 네 마음과 네 생활을 모두 가늠하며 나도 약속을 어기고 말았구나.

숙아!

그래도 우리는 약속을 지켜야지. 응?

차츰차츰 귀에 익어갈 영어 발음이랑 익숙해지는 너의 일솜씨와 더불어 너는 또 다른 세계와 또 다른 하나의 너를 발견해 내겠구나.

숙아!

엄벙덤벙 책만 옆구리에 끼고 학교라는 간판 밑으로만 가는 학생들도 많단다.

난 얼마 전에 어느 일류대학 졸업생에게 이런 말을 들었단다. 네 보기엔 아무리 보아도 심리학을 전공할 사람 같질 않길래 신기해서, 어떻게 심리학을 전공하게 되었느냐고 물었지 않겠니.

그랬더니.

"아이, 심리학은 무슨 심리학이에요. 그게 다 S대를 들어가서 나오는 길이죠." 하겠지.

난 그 학생에게 들리지 않게 한숨을 내어 뿜었단다. 그거야말로 - 어느 대학을 나왔습니다 - 가 아니고 뭐겠니?

공부란 꼭 대학에 가야 할 수 있는 것이 아니란다.

그것 보면 우리 숙인 얼마나 훌륭하니?

난 한 번도 네게 듣기 좋은 말만 골라서 하지 않았다는 걸 네가 잘 알고 있지?

그러니 이건 널 달래는 말이 아니라 진정으로 하는 말이란다.

숙아!

참고 일하면서 자기 자신을 닦아가는 길이 제일 귀하고 바른길이란다.

공연히 별을 보고, 달을 보고, 그리고 구름이 성긴 하늘이라도 보고 슬퍼하지 말아라. 우리들 주위에 우리들보다 더 슬프고 가엾은 사람이 너무나 많더구나.

돈이 있어서 오만한 사람, 허랑한 사람, 인색한 사람, 또 대학을 다니고, 아는 것이 잘못 들어가서 겉 똑똑해진 친구, 부모가 다 계시기 때문에 부모의 은혜를 모르는 슬프고 고독한 친구, 또 돈이 없어, 너무나 배우지 못해, 정말 아무 것도 없어 불쌍한 사람, 이렇게 세상에, 있어서 불행하고 없어서 불행한 사람이 얼마나 많니?

우리 숙인 가슴 속 깊이 하나님을 존경하고 조용히 모든 참뜻을 맛볼 수 있으니 얼마나 행복한 아가씨냐?

숙아!

우리가 어려서 가장 슬프고 외로웠을 때, 오고 갈 길을 몰라 한 길 복판에서 방황했을 때, 우리의 손을 조용히 이끌어 주신 분을 너는 기억하고 있지? 이젠 다 자랐으며 그분 계심을 아는 지금 두려울 게 뭐가 있겠니?

숙아!

요즘도 펜을 놓지 않고 있는 모양이구나. 내가 얼마간은 네가 글 쓰는 걸 싫어했었지? 너는 그 까닭을 몰라 어리둥절한 얼굴로 나를 바라보곤 했겠다? 내가 지금까지 그 까닭을 밝히지 않았지만 이제 얘기하지.

나는 이 세상에서 무엇이 참 행복인지를 몰라 고민하고 있었단다. 그래서 모든 걸 알아서, 알고자 따지고, 따져 캠으로써 허무하고 슬퍼지는 그런 삶보다 오히려 예쁘게 입고 맛있게 먹고 사랑하는 것으로 만족한, 그리하여 오늘까지 슬펐던 삶을 행복이란 이름으로 누릴 수 있는 너를 만들고 싶어서 네가 붓을 드는 것을 나는 싫어해 왔었지.

숙아!

내게 나를 바보로 만들려고 했더냐고 묻는다면 나는 주저하지 않고 그랬노라고 대답하리라.

이 세상을 살면서 '오히려 내가 바보나 됐더람 얼마나 편했을까' 하는 뉘우침에서 울던 때가 더 많았기 때문이었단다.

– 사람은 현실에 만족해야지 행복을 느낄 수 있느니라 –고 하지만 현실을 캐고 따지고 보면 어떻게 만족을 얻게 되겠니?

그러나 숙아!

이젠 따지고 캐어, 남이 모르는 슬픔과 고독을 알아내었을 때 진정으로 더 큰 보람과 행복을 느낀다는 사실을 말해 주고 싶구나.(중략)

숙아!

앞에서도 말했지만 공부는 결코 대학에 가야만 할 수 있는 것이 아니란다. 특히 이공과가 아니고 너같이 문과 지망자는 오히려 지금 같은 살아 있는 시간이 더욱 너에게 필요한 공부인지도 몰라.

숙아!

온실에서 자라나 첫발을 내디딘 직장이니 모든 점에 조심하여라.

사람이란 무엇보다도 언동이 그 사람의 인격을 나타내는 것이니 헤프지도 말고 거만하지도 말아야 한다. 그리고 자기가 맡은 일엔 성심을 다하여라. 정성껏 한 일엔 결코 후회가 따르지 않는단다.

마지막으로 하나만.

숙아! 사랑은 잘 가꾸어야 한다.

이 세상에서 진정한 내 반쪽을 찾아 내 사랑을 송두리째 아침 놀처럼

추영수 평전

붉게 붉게 살라 올리기 위해서 조심조심 가꾸어야 한단다.

그럼 몸조심하고 잘 있거라. 책을 무리하게 보아 앓으면 나하고 약속을 어긴 사람이 되지, 안녕! 웃으며 안녕!


숙이란 졸업생의 편지를 받고 답신한 내용의 글이다. 숙이란 졸업생은 어려운 가정 형편 속에서도 성실하게 학교생활을 보낸 학생으로 보인다. 개근상장과 선행상패가 그 증거물이다. 그러나 당장 대학에 진학할 수 있는 가정 형편이 못 되어 취업을 하여 이제 막 사회생활을 시작한 나이이다. 이 제자는 추영수 시인이 스승으로서 특별하게 보살펴 준 학생으로 자신의 딸처럼 사랑하고 아낀 제자로 나타난다. 또한 그녀에게 신앙생활까지 지도하여 신실한 삶을 살 수 있는 바탕을 마련해주기도 한 것으로 보인다.

그런데 흥미로운 한 대목은 추영수 시인이 글을 쓰는 시인으로서 이 학생이 글을 쓰는 것을 처음에는 못마땅하게 대했다는 점이다. 왜 그렇게 할 수밖에 없었던가를 밝히는 대목에서 스승으로서의 그의 사랑이 어떠했는지를 이해할 수 있다.


나는 이 세상에서 무엇이 참 행복인지를 몰라 고민하고 있었단다. 그래서 모든 걸 알아서, 알고자 따지고, 따져 캠으로써 허무하고 슬퍼지는 그런 삶보다 오히려 예쁘게 입고 맛있게 먹고 사랑하는 것으로 만족한, 그리하여 오늘까지 슬펐던 삶을 행복이란 이름으로 누릴 수 있는 너를 만들고 싶어서 네가 붓을 드는 것을 나는 싫어해 왔었지.

너무 그 학생의 현실이 힘들었기에 그 학생에게 그 고통스러운 글쓰기까지 짐 지우는 것은 그녀에게 행복을 주는 것이 아니라고 판단했다. 글을 쓰는 본인이 겪고 있는 글쓰기의 고통과 아픔까지 그 학생에게 짐 지울 수는 없었기 때문이다. 그런데 이제는 그런 상태를 넘어서야 진정한 행복을 찾을 수 있음을 말하고 있다. 교육은 학교 안에서 만으로 끝나는 것이 아니라, 현실 삶 속에서 계속되어야 함을 인식하고 추영수 시인은 그의 제자에게 또 다른 차원의 인생교육을 시키고 있는 장면이다. 참 스승은 학교 안에서만의 스승이 아니라 영원한 스승이 되어야 하는 교육철학을 실천하고 있는 모습을 엿보게 된다. 그리고 참된 공부는 학벌이 아니라 현실 삶에서 깨우치는 진실임을 강조하고 있다.

그런데 추영수 시인은 4년 후인 1984년에는 교통사고를 당해 교감직을 내려놓고 계원예술고등학교 상담 실장으로 일하게 된다. 상담실장으로 일하게 된 이유는 그녀의 전공이 교육학이기도 했지만, 문제 청소년들에 대한 그녀의 관심과 애정이 특별했기 때문으로 보인다. 그녀는 「청소년의 방황 원인과 해결책」에서 이들의 해결책을 다음과 같이 제시하고 있다. 이 글에서는 바람직한 청소년상, 방황의 유형과 원인, 그리고 그것의 대책을 논하고 있다.

<바람직한 청소년상>
바람직한 청소년의 모습을 나름대로 정리해 봤다.
첫째, 정직과 성실함을 갖춘 가치로운 인격의 소유자로서 남에게 신뢰를 받을 수 있고 또 남을 사랑할 줄 아는 사람.

둘째, 지성과 창의성을 가지고 지적 도야와 연마에 꾸준히 노력하는
　　사람.

셋째, 자주와 자율을 갖추고 대한민국을 세계의 등불로 빛내겠다는
　　주인 정신이 불붙는 사람.

결국 내일의 꿈을 위하여 오늘을 굳건히 다져 나가는 사람들일 것이
다.


## <방황의 유형과 원인>

오늘 우리 주위를 살펴보면, 바람직한 청소년상의 범주를 벗어난 적
지 않은 청소년들이 정신적 부조화와 정서적 갈등, 심리적 제반 문제로
나타나는 불안, 불만, 짜증, 반항, 파괴, 방황, 가출 등 안정을 찾지 못하고
허송세월하며 괴로워하고 심지어 비행으로 발전하여 평생 낙인찍힌 삶
을 살 수밖에 없는 사람도 있다.

문교부 자료에 나타난 요인별 분석 통계를 보면, 그 요인으로써 문제
가정이 50%, 본인이 25%, 학교, 사회 기타가 25%라는 수치가 나와 있
다.

50%라는 많은 비중을 차지하고 있는 문제 가정 중에 보통 부채, 결손
가정이나 결함 가정이 특별히 문제가 된다고 하겠다. 이 부재, 결손 가정
에서의 부모 어느 한쪽의 사망, 그리고 요즘 그 수가 부쩍 늘어나는 이혼,
또는 해외 취업 등 오랜 기간 동안 가족 간의 별거는 가정의 불안정과 더
불어 청소년들에게 욕구불만이나 정서불안 혹은 삐뚤어지는 성격을 가
져오게 한다. 또 부모의 그릇된 행동이나 사고, 방관, 학대 등 가정 내의

제반 결함 역시 정서 불안과 갈등, 반항심, 불만 그리고 방황이나 가출로까지 발전하게 되기도 한다.

또 오늘날 핵가족에 따른 가정의 무력화나 자녀 양육의 무절제, 참된 애정이나 권위의 결여, 게다가 과보호, 과잉기대는 자녀들에게 불건전한 사고와 바람직하지 못한 습관을 가지게 하여 부담감과 좌절감에 고심하게 하고 어머니들의 취업이나 취미활동을 위한 사회 진출은 그들을 고립감에 싸이게 한다.

그리고 많은 문제 가정이 가훈과 철학을 갖지 못하여 정신의 빈곤과 바람직한 가치관 정립이 되지 못하므로 판단력이 부족하여 부화뇌동하게 되고 안일과 쾌락으로 쏠리는 예도 있다. 또 가치관이 정립되지 못하면 면학의지는 결여되고 자연히 성적이 뒤떨어지며 불량 교우와 어울려 방황하게 된다.

특히 학교사회에 있어서 성적 위주의 사람 평가는, 수신 점수를 가장 중요하게 여기던 시절과는 상당히 다른 결과를 가져오게 한다. 옛날에는 비록 성적은 좀 떨어지더라도 착하고 성실한 사람이 대접을 받았다. 그러나 요즘 청소년들 중엔 착하고 봉사정신이 강하고 성실하나 공부가 뒤떨어진다 하여 오히려 바보 취급을 하는 예를 볼 수 있다.

이것은 입시제도에도 그 원인이 있겠으나 교사들이나 심지어 부모들까지도 성적을 최우선으로 하기 때문에 나타나는 병폐라고 할 수 있겠다. 여기에 불안과 좌절과 불신과 갈등이 일어나게 되며 원만한 교우 관계나 즐거운 학교생활이 이루어지지 못할 때 다른 보상을 구하거나 자포자기 혹은 가출까지 일어나게 된다.

향락주의의 팽배와 도덕적 가치관이 혼란한 기성 사회가 청소년 문제의 큰 요인이 되며 자극적인 대중 매체에의 현혹은 바람직한 청소년상으로부터 멀리 이탈하게 하는 것이다.

<그 대책>

첫째, 절도 있는 참사랑의 요청이다. 넘치지도 않고 모자라지도 않는 현명한 참사랑이 요구된다. 참사랑이 있는 가정, 참사랑이 있는 학교, 참사랑이 있는 사회가 요구된다. 이들 중 어느 한 군데만이라도 절도 있는 참사랑이 있다면 문제는 생기지 않을 것이다.

참사랑이 있는 곳이 바로 지상의 낙원이다. 그 가정의 어느 한 삶이라도 현명하고 절도 있는 참사랑을 가졌다면 아무리 문제 가정이라 하더라도 문제아는 생기지 않는다고 본다. 우린 지난 역사를 통하여 많은 유명한 사람들 중엔 극빈이거나 편모, 편부, 심지어 고아도 있음을 알고 있다.

요즘은 또 가정에서 사랑과 돈을 혼동하는 부모들로 인하여 더 많은 문제아들이 생긴다고 본다. 청소년들이 바라는 것은 돈이 아니요, 진수성찬이 아니요, 값비싼 옷이 아니다. 절도 있고 일관성 있는 현명한 사랑이다. 진정한 사랑이 깃든 분위기요, 진정한 사랑이 깃든 관심이다.

다만 사랑과 욕심을 혼동해서는 안 되겠다. 부모님의 자식에 대한 사랑이 과보호나 과잉 기대로 나타나면 오히려 그것은 약이 아니라 독이 된다. 욕심의 눈으로 자식을 보지 말고 진정한 사랑, 현명한 사랑의 눈으로 정확히 자식을 파악하여 그 그릇에 알맞은 삶의 길을 인도해야 할 것이다.

요즘도 많은 학생들이 집을 싫어하고 길거리나 친구 집이나 유흥업소 등으로 방황하는 것을 본다. 이 문제에 대하여 부모님들이 좀 심각하게 생각을 해야겠다. 청소년들이 말하길 ㉠얼굴만 마주치면 공부하라고 한다. ㉡칭찬보다 꼭 한 마디씩 생트집 잡아 나무란다. ㉢도저히 대화가 되지 않아 갑갑하고 재미없다. ㉣눈만 뜨면 가족들이 서로 헐뜯고 다툰다. ㉤집에 가면 언제나 텅 비어 있어서 들어가기 싫다고 한다. 부모님들이 이상의 다섯 가지 문제점을 개선하여 집이란 ㉠언제나 다정한 눈길이 오가는 곳이다. ㉡칭찬의 말씀으로 자신감을 갖게 해준다. ㉢인격 대 인격으로 이해와 수용이 있는 편안한 대화를 할 수 있다. ㉣가족이 화목하다. ㉤언제나 엄마가 사랑의 가슴으로 기다리고 있는 곳이라고 생각한다면 청소년들이 집 밖에서 배회하지 않을 것이다.

그리고 참사랑이 깃든 사회 정화도 시급히 요청된다. 바로 지역 사회의 정화가 그것이요, 유해 매스컴, 유해 출판물, 유해 음반의 정화가 그것이요, 유해 유흥업소의 정화가 그것이다. 애석한 일은 감독관이 나타나서 정화 작업을 하기보다 기성세대 스스로가 피어나는 청소년들을 아끼고 보호하는 참사랑의 배려가 없음이다.

둘째는, 철학이 있는 가정교육의 강화이다. 정신교육은 철학이 있는 가정교육으로부 시작되어야 하겠다. 철학 없이 교육받은 도덕적 덕목은 곧 흔들리고 만다. 어린이의 세계에도 철학이 있다고 한다. 그들의 '왜'는 곧 그들의 사고방식이다. '세 살 버릇 여든까지 간다'고 한 속담은 오로지 습관만을 말한 것이 아니라 사고방식을 의미하기도 한다. 확고한 철학 위에서 이루어진 긍정적인 사고방식은 그 인생을 밝고 올바르게 살아가도록 할 것이다. 올바른 가치관 정립이 확고해졌을 땐 그 앞에 나타난 어떠한 난관과 고충과 유혹과 회의도 쉽게 물리치고 전진할 수 있을 것이다. 확고한 정신 무장이 이룩된 어린이가 자라서 가치관이 뚜렷한 청소년, 보람을 거두는 2000년대의 주인공으로 성장할 수 있을 것이다.

셋째는, 학교생활에서 생활지도의 강화다. 학교에서 자식 교육에 앞서 생활지도가 충실히 이룩되어야겠다. 먼저 사람다운 사람의 도리와 생활 습관이 교육된 연후에 보다 보람있고 즐거운 삶을 누릴 수 있도록 건전 활동 활성화를 통하여 즐겁고 보람있는 학교생활, 청소년 시절이 되도록 연구해야겠다. 심신의 건강 단련과 더불어 여가 선용지도도 중요하다고 본다. '小人閑居면 不善(못난 사람이 한가하면 선하지 못한 일을 한다)'이라고 했다. 인격이란 그 사람의 여가 활용이 얼마나 잘 이루어졌느냐에 달려 있다고 한다. 건전한 취미 생활 지도, 건전한 오락 지도, 건전한 이성교제 지도를 통하여 명랑하고 보람있고 긍정적인 정신을 길러 주어야겠다.

끝으로 상담활동의 강화다. 교사와 학생 간에 부담 없는 대화가 성립된다면 생활지도는 성공한 셈이다.

이 상담활동을 상담교사 한 사람에게만 맡길 것이 아니라 전담임 교사가 모두 적극적인 상담교사가 되어 문제가 발견되거나 육감이 움직이는 즉시 깊은 사랑과 이해를 전제로 한 상담이 이루어져야겠다. 어디까지나 문제를 지닌 학생의 입장에 서서 이해와 수용의 각오를 가지고 임해야겠다.

그리고, 학생들 자신도 자신의 우울증이나 불안 갈등을 혼자서 삭이지 말고 부모님이나 형제나 선생님이나 친구와 대화를 통하여 풀어보도록 노력함이 바람직하다. 마음 문을 환히 열고 자신의 가슴을 말끔히 비워 보는 것 그리고 자신의 생각을 재정리해 보는 것도 정신 위생에 도움이 되리라.

교사들에겐 생활지도 영역의 재교육이 끊임없이 이루어져 상담기술을 높여가는 것도 문제를 안고 가슴을 앓는 많은 학생들을 밝고 바른길로 인도하는 좋은 방법이라고 생각한다.


교육학을 전공했던 추영수 시인은 20년 이상의 교사 생활과 실제 학생 상담을 맡아서 실천해 본 경험을 바탕으로 여러 가지 문제를 안고 있는 학생들을 어떻게 치유해 나갈 것인지를 구체적으로 제시하고 있다. 그가 가장 우선시하고 있는 지도의 바탕은 참된 사랑이다. 구체적인 학생상담의 기술적인 부분도 강조하고 있지만, 그의 경험상 가장 강력한 문제 학생의 치유 약은 참된 사랑임을 보여주고 있다. 가정과 학교와 사회가 이 사랑을 바탕으로 미래세대인 학생들을 대하지 않으면 문제의 학생들을 치유할 수 없다고 본다. 이러한 학생상담에 대한 교육적 관점은 그가 학교에서 문제 학생들을 대하고 치유하는 과정에서 경험한 토대 위에서 나온 결과라고 본다.

계원예술고등학교에서 상담실장으로 10년을 일한 후에 1994년에는 덕수교회 부설 유치원인 덕수유치원 3대 원장으로 자리를 옮기게 된다. 그녀는 이 동안 덕수유치원 운영을 새로운 단계로 끌어올려 1997년에는 우수 유치원으로 선정되어 교육부 장관상을 수여하기도 했다. 유치원 원장으로 2007년까지 봉사를 하고 공적인 삶은 마감하게 된다. 이때가 그의 나이 70세였다.

그녀는 유치원 원장직을 마무리하면서 어린이와 함께 읽는 시집 『날개로, 노래로』(마을, 2007)를 펴내었다. 이 시집에는 아이들을 위한 동심의 시편들이 펼쳐져 있다. 이 시편들 중 동심이 잘 드러나는 몇 편을 소개한다.

설악동 냇물 소리

돌돌돌돌 냇물은
햇볕 불러요
따슨 햇살 모여라
햇볕 불러요

돌돌돌돌 냇물은
아가 불러요
아빠 엄마 잠 재우고
아가랑 놀재요

돌돌돌돌 냇물은
모두 불러요
물바위 아가바람
햇살도 함께.

―「아가를 위한 노래」

누가 먼저 나올까

가위 바위 보

반짝반짝 햇님 아래

주먹 한 개

쏘옥


누가 먼저 나올까

가위 바위 보

눈부신 햇님 아래

손가락 한 개

쏘옥


누가 먼저 나올까

가위 바위 보

방글방글 햇님 아래

안녕 손 흔드는

내 친구 손바닥

―「새봄 애기 Ⅱ」


나무는

바람이고 싶은 나무는

해 뜨는 들녘에

팔 벌리고 서서

위이잉 위잉

가쁜 숨 모두어 소리 질러 보네


나무는

구름이고 싶은 나무는

해 다지는 가을 산

물들이고 서서

뭉얼 뭉얼

꽃노을로 피어올라 보네


나무는

언제나 오늘이고픈 나무는

꽁꽁 얼어붙은 땅

달래고 서서

바스락 바스락

온몸으로 햇살 깨워 보네.

—「바람이고 싶은 나무」


오랜 동안 일반시를 창작해 온 기성 시인이 동시를 창작하는 일은 그렇게 손쉬운 일이 아니다. 동시란 말 그대로 동심으로 온전히 돌아가지 않으면 제대로 된 동시의 창작이 힘들기 때문이다. 많은 동시인들의 동시에서 어른의 목소리나 시선이 가시지 않은 이유이다. 그런데 추영수 시인의 위 동시에서는 동심에서 출발하고 있는 모습을 엿볼 수 있다. 「아가를 위한 노래」에서 냇물 소리를 의성화 함으로써 아이들의 시선으로 내려와 있는 모습이나 「새봄 애기 Ⅱ」에서 아이들의 놀이인 가위바위보를 그대로 잘 활용하고 있는 점에서 확인할 수 있다. 이렇게 아이들의 시선에서 바라보는 동시의 창작이 가능했던 이유는 그가 10년 이상 덕수유치원 원장으로서 유치원 아이들과의 친밀한 생활을 계속해 온 까닭이다. 그가 남긴 「시는 영혼의 호흡이다」란 시작 노오트는 이러한 추영수 시인의 마음 상태를 충분하게 가늠할 수 있게 한다.

아침 9시. 샛노오란 등원 버스에서 내리는 어린이들을 마중 나가서 내가 먼저 어린이들을 향해 인사를 한다. "안녕하십니까" 곱게 허리를 굽혀 아침 인사를 한다. 그리고 하룻밤 사이의 안부를 묻기 위해 내 무릎을 꿇어 그들의 눈에 내 눈을 맞추고, 그들의 마음에 내 마음을 맞춘다. 사무사(思無邪) 순수무구(純粹無垢)의 호심에 내 눈이 씻긴다. 시심의 눈이 열린다.

한 땐 <다만 빛이고 싶어/다만 흐름이고 싶어/늘/한/줄/말없음표로 찍히는> 극도의 조심성과 소심증에 이른 날이 있었다. 말의 공해, 인쇄물의 공해라는 지나친 노이로제 속에서 병적인 자상(自省)은 영혼에 호흡 곤란을 일으켰다. 꽤 기인 날을 혼수상태에서 지났다.

영혼의 호흡곤란은 살아도 산 것이 아니요 식물인간임을 깨달으며 수천만 길 가슴 밑바닥에 말씀 하나 감추고 살던 웅크림으로부터 나를 깨워 일어났다. 스스로 자신을 달래어 용기를 부추겼을 때 하늘은 어쩌면 그리도 아름다웠던지. 누가 무어라고 말을 해도 내 영혼은 숨을 쉴 수밖에 없었다.

# 신앙시집 『사랑하는 자를 사랑하는 것은』

(신원문화사, 1990)

추영수 시인은 계원예술고등학교에서의 교직생활을 마무리할 몇 년 전쯤, 한 권의 시집을 펴낸다. 다섯 번째 시집인 『사랑하는 자를 사랑하는 것은』이다. 이전의 시집에서도 그의 신앙이 시로써 형상화되고 있지만, 이 시집에 오면 유독 그의 신앙을 내밀하게 드러내는 시편들이 주류를 이루고 있다. 이러한 경향을 짐작해 볼 수 있는 예표가 시집의 <책머리>에서 드러나고 있다. 그는 책머리 글에서 이 시집이 지닌 성격을 다음과 같이 내보이고 있다.

받은 대로 되리라고 하신 하나님의 약속을 나는 믿습니다. 향기로운 삶을 살면 아픔이 꽃으로 빛나리라는 약속 또한 믿습니다.

내게 맡겨진 배역에 충실함으로써 오늘의 나를 있게 하신 이가 찬송

받으시기를 소원합니다. 다만, 내게 맡겨진 참 배역이 무엇인지 또 어떻게 하는 것이 진정 충실한 것인지 늘 아득하여 앞이 캄캄합니다. 이 끊임없는 자성은 수시로 나를 좌절시킵니다만, 이 반추의 고뇌야말로 내가 나임을 확인케 하는 희열의 시간도 됨을 고백합니다.

일생의 소망인 명시 한 수를 얻기 이전에 하나님의 사랑을 받을 수 있는 '시적 삶'이 우선되어야 한다고 생각하며 애긍과 온유와 화평의 씨알이 되기를 기도합니다. 마음은 원이로되 육신이 약하여 머리와 입시울에서는 가능한 일이 실천으로 옮기기 어려웠던 내 게으름을 참회합니다.

내 아픔이 혹 나같이 길 잃은 어린 양에게 한 가닥 풀뿌리와 같은 동병상련의 위로가 되기를 소망하면서 다시 나를 되돌아보지 않을 수 없습니다.

교단에 선 지 30년, 학급 담임과 교도주임, 교감 그리고 오늘의 상담역에 이르도록 그 어린 새싹들의 병든 가슴 앞에서 내가 해줄 수 있었던 것이 무엇이었겠습니까? 과연 같이 아파하며 참 위로가 되어 그들의 제 길을 갈 수 있도록 바람이 되고 이슬이 되고 작은 별빛이라도 되어줄 수 있었을까요?

외국의 저명한 상담역 한 분의 고백을 기억합니다. "나는 모든 면에서 문제아였기에 내겐 상담역이 적합하다고 생각되어 오늘에 이르렀다."

그렇습니다. 상상을 초월한 아픔과 슬픔과 쓰라림과 잃음과 분노와 억울함 등 갖가지의 한을 어찌 상담기술로만 감당할 수 있겠습니까? 진정으로 이해심 깊은 친구나 스승, 상담역이나 교역자, 평론가가 되기 위해선 자신이 고아, 걸인, 홀아비, 홀어미, 장애자, 타락자, 핍박받는 자, 더 나아가 귀공자나 정신적 물질적 지도자의 체험까지 거쳐야 한다고 생각했습니다. 그렇지 않고서야 어찌 상상을 초월한 감정의 소용돌이를 짐작이나 하겠습니까. 자칫 초점이 맞지 않는 동정으로 도리어 상처를 주게 되지요.

　오늘을 사는 한 개인의 아픔이 곧 이 시대의 아픔이라 짐작하면서, 금잔디 같은 선민이 아니라, 풀처럼 어질게 살아가는 친구들의 아픔이 소망으로 승화하기를 기도합니다. 어느 하늘, 어느 땅끝에서 울음 서로 달랠 수 있다면 그대 가슴 어루만지는 시열(詩熱)로 타오르기를 기도합니다.

"일생의 소망인 명시 한 수를 얻기 이전에 하나님의 사랑을 받을 수 있는 '시적 삶'이 우선되어야 한다고 생각하며 애긍과 온유와 화평의 씨알이 되기를 기도합니다." 이는 시 이전에 시적 삶이 우선시되어야 함을 강조하고 있는 말이다. 모든 시인들의 평생소원은 남겨질 한 편의 시를 창작하는 것이다. 그런데 추영수 시인은 이 명시 한 편을 얻기 이전에 하나님의 사랑을 받을 수 있는 시적 삶을 원하고 있다. 이는 시와 삶이 따로 노는 시를 지향하지 않음을 의미하면서도 우선 하늘의 뜻을 좇아 사는 삶을 제대로 펼쳐가야 함을 강조하고 있음이다. 그 시적 삶의 실천을 위한 삶의 지향점으로 애긍과 온유와 화평을 내세운다. 그래서 이를 위해 기도한다고 말한다. 그러면 이러한 시적 삶의 실천은 어떻게 가능할까? 하나님의 사랑을 받기 위한 전제가 하나님의 자녀가 되는 것이다. 다시 말하면 하나님 안에서 거듭나야 한다. 추영수 시인은 이 거듭남의 비밀을 「명태(明太) 덕장에서」 노래하고 있다.

비수 같은 하늘일수록 더 좋은가 보아

나를 벗어버리기엔

나를 몽땅 털어버리기엔

나를 온전히 내맡기기엔


거듭나는 일이

바로 이런 것이었나 보아

도도한 눈빛

오만의 기름도

윤기 흐르는 체면의 수분도

얼음물 말씀 속에 푸욱 잠가

온 낮 온 밤

침례(浸禮)의 혼절이 있어야 하나 보아


한 번은 죽어야 다시 사는 중생(重生)

얼며 녹으며 살 올마다 포근포근

온유의 문을 여는 바다 갈피에

하나님은 결코 편애하지 않으시는구나


짠맛 단맛 눈물나는 매운맛

갖은 양념맛 어우러지는 헌신의 날은

새 소망, 새 이름, 새 목숨이겠구나


그러기에 저러히

나를 온전히 내맡겨야 하나 보아


명태를 말리는 <명태 덕장>에서 명태를 얼리면 동태가 되고 반쯤 말리면 황태가 되고 바짝 말리면 북어가 되는 변신을 떠올리며 인생의 중생을 노래하고 있다. 인간도 하나님의 자녀가 되려면 자신이 죽어야 하는 과정을 거쳐야 한다. 한번은 죽어야 다시 사는 중생이 가능하다는 진리를 명태의 변신을 통해 엿보고 있다. 이 과정을 통과해야 온유의 문을 열 수 있기 때문이다. 나를 온전히 벗어버리지 못하면, 타인을 위한 애긍과 온유와 화평의 씨알이 될 수 없다. 새 소망, 새 이름, 새 목숨을 경험해야 한다. 이러한 삶의 실천은 하나님 안에서의 거듭남에서부터 시작될 수 있기 때문이다. 그런데 이런 죽살이는 매일의 삶에서 계속되어져야 온전한 신자의 삶에 다가설 수 있다. 「사랑 부는 바람이면」에서 일상을 죽어서 다시 사는 일이라고 노래하는 이유이다.


X. 값진 길 있음을

- '한 알의 밀알이 땅에 떨어져 죽지 아니하면 한 알 그대로 있고…'

(요한 12:24)

우리의 일상(日常)이
썩어질 일을 위함이라고
슬퍼하지 말자

썩는다는 일은 사라지는 일
사라지는 일은 살아지는 일
살아지는 일은 죽어서 다시 사는 일

오기와 혈기로 종주먹 다지어
썩지 않는 이보다
애간장 태워서
성모가 되신 어머니
그 가슴을 그리워하자

따끈한 두엄으로 삭아
나물로 되살아나고
꽃술로 되살아나고
열음으로 되살아나는
값진 길 있음을 기뻐하자


일상을 썩어질 일로 인식하면서 이 일상의 썩어짐을 슬퍼하지 말자라
고 권유하고 있다. 이는 썩는 것은 사라지는 것이며, 사라지는 것은 살아지

는 것이고, 살아지는 것은 죽어서 다시 사는 것이기 때문이란 것이다. 이는 바로 시 앞에 인용한 성경 구절의 의미를 재해석하고 있는 부분이다. 한 알의 밀알이 땅에 떨어져 죽어야 새로운 생명으로 살아난다는 진리를 언어적 차원에서 재미나게 풀어내고 있다. 즉 죽어야 되살아난다는 기독교의 진리를 노래하고 있음이다. 매일 매일 죽는 일상의 삶을 위해서는 매일의 기도가 필수적이다. 새벽마다의 기도를 이어가게 하는 「새벽 종소리」를 추영수 시인이 자신의 가슴 깊이 간직하고 있는 까닭이다.

새벽을 몰고 왔구나
몸을 부딪쳐 어둠을 깨치고
사무치는 속 소리로 가슴을 열고 왔구나


어둠이 방패 되어 가로막은 발길
편비(扁肥)의 고열로 지새운 밤
물 한 모금 넘길 수 없었던 단식으로
속앓이 피멍에 쓰라린 눈물
애매히 흩어져 빛나던 별떨기여


하늘에 거미줄 마냥 널려 있는
길을 헤치고
우리에게 꼭 필요했던
단 세 가닥 길을 골라

용케도 종탑까지 찾아왔구나

옛부터 조상님은
믿음·소망·사랑
단 세 가닥으로 층층층 땋은 한 줄
화합을 가꾸어 머리에 이고

세사를 짓누르던 욕심일랑
극기로 다스리던 군자의 도포자락
부덕의 온유한 선으로
심지 돋구어 마름질하지 않았던가

양심을 깨어
욕심을 벗기는 채찍으로
새벽을 이끌어 왔구나

기진토록 올리는
할머님 어머님 기도 소리 따라
어둠을 깨치고 예 왔구나.


추영수 시인은 힘들지만, 부덕의 온유한 선을 유지할 수 있는 근원적 힘이 믿음·소망·사랑을 지키게 한 새벽기도였음을 확인하고 있다. 그 기도는 <기진토록 올리는 할머님 어머님>의 기도로부터 이어져 온 것으로 <양심을 깨어/욕심을 벗기는 채찍으로/새벽을 이끌어 왔>노라고 노래한다. 이러한 기도의 소리는 「사랑 푸는 바람이면」 연작시에서도 계속 이어지고 있다.

Ⅶ. 저녁 어스름

'기도하여라
쉬지 말고 기도하여라'
늘 깨어 기도하면
천사의 날개가 자란단다…

우리 모두
칭찬받고 싶었지
사랑받고 싶었지
인정받고 싶었지
그러나 그 긴 한낮을
욕심의 뿌리발 깊이 박고
미운 짓만 했구나

저녁 어스름은 어머니 말씀
부끄러운 얼굴을랑

그 가슴에 묻어란다…

저녁 어스름은 하나님의 날개
두려운 마음
비로소 기도 찾아
닫힌 가슴문 열고 나와
그 날개 밑에 숨어란다…

'기도하여라
한시도 쉬지 말고 기도하여라'
이기적인 기도는
아니함만 못하단다…

쉬지 말고 기도하라고 자신을 추스르고 있는데, 그 기도는 자신만을 위한 기도가 되어서는 안 된다는 점을 강조하고 있다. 자신만을 위한 기도는 타인을 위한 애긍과 온유와 화평의 씨알이 될 수 없기 때문이다. 이러한 일상의 기도가 궁극적으로 나아가려고 하는 지점은 결국 인생의 삶이란 흙으로 돌아가야 한다는 종말의식과 깊이 연관되어 있다. 추영수 시인이 「가을비에 젖으며」에서 아름다운 종말의 삶을 기원하고 있는 이유이다.

우리들 돌아갈 본향(本鄕)은
결국 흙이라며

감나무 잎들이

화려한 씨알들을

까치밥 감송이로 고이 싸서

가을 하늘가에

등불로 달아 놓고

조용히 뿌리 옆에 눕고 있었네


낙엽에 단비 내려

그 진액 조금씩 뿌리에 스미듯

겨울비에 젖으며

본향으로 잦아드는

우리들의 영혼


내 가는 날에도

하늘을 밝힌 까치밥처럼

저리 아름다울 수 있었으면

뿌리를 지키는 감나무 잎처럼

저리 자랑스러울 수 있었으면


인간의 삶이란 결국 죽음 이후에 어떻게 남겨지느냐에 따라 평가된다. 인간이 흙으로 돌아가듯 감나무의 잎 역시 감나무 뿌리 옆에 누워 생애를 마감한다. 그 잎에 단비가 내리면 잎의 진액은 뿌리에 스며들어 감나무의 뿌리를 지키는 역할을 한다. 시인의 관심은 그러한 감나무 잎처럼 <본향으로 찾아드는/우리들의 영혼//내 가는 날에도> 그렇게 자랑스러울 수 있기를 기원하고 있다. 이것이 하늘의 뜻이기 때문이다. 그렇기 때문에 추영수 시인은 그녀가 남겨놓은 자신의 시에 대한 「여적」에서 다음과 같이 자신의 시작의 의미를 정리해 두고 있다.

내 시 수업은 내 삶에 대한 묵상이요 기도이며 보다 나은 내 종언을 위한 수행 과정입니다. 못생긴 바윗돌 하나에 내 나름대로 천부께 아뢴 바램의 기도가 있어 10년 20년 드디어 50년에 이르도록 그 형상 쪼고 쪼아 뜨거운 돌살 떼어내면서 다듬은 생각이 바로 내 삶의 완성을 향한 전진의 작업이었다고 말입니다.

다만 내 아픈 묵상의 기도가 나처럼 아픈 이웃의 위로가 되고 따뜻한 손이 되기를 기도합니다. 눈물로 씨를 뿌려 그 열매로 허기 채워 본 사람이 아니면 이웃의 뼈저린 허기의 아픔에 참 위로자가 될 수 없다고 믿는 마음에서 내게 주신 아픔의 세월마저 창조주의 사랑의 계획 안에 속한 것이었다고 생각하며 감사를 올립니다.

세상의 화평은 화해 속에서 이루어진다고 믿습니다. 우주 속에서 모든 피조물과 함께 누리는 최선의 화해는 신의 사랑 안에서 이루어지며 큰 꿈 안에서 서로 배려하며 관심하며 감사할 때 어둠의 세력을 벗어나리라고 믿습니다. 시작 이론과 기술에 앞서 사랑과 감사와 주어진 사명이 빛의 구실을 할 때 우리들의 밝은 꿈이 영원에 이르게 될 것이며 생각은 세상을 바꿀 것입니다.

내 삶의 최종 목표가 나를 드려 이웃을 살리신 사랑의 그림자와 향기
가 되어 하늘의 품에 안기고 싶은 것임에 세사의 화려한 부귀공명을 벗
어버리고 가볍게 정의로운 자유를 누리고 싶습니다. 세상 가난 속에서
하늘의 부요를 누리고 싶습니다. 저 파도처럼 성심을 다해 우주 만물을
지으신 이를 찬양하고 싶습니다.

추영수 시인이 추구한 궁극적 삶의 방향은 하늘이 자신에게 부여한 뜻
을 쫓아 사는 것이었음이 드러나고 있다. 그것은 결국 이웃을 사랑하고 하
늘을 찬양하는 시인으로서의 삶이었다.

추영수 시인은 평생 <꽃>을
어떻게 노래하고 갔는가?

하늘만
우러르고 삽니다
모두를 보듬고 삽니다

그렁 그렁
감격하는 미소로
늘 목마르지 않습니다

# 1.

시인에게 시적 대상은 무한에 가깝다. 세상만사 모두 것이 시인이 노래할 대상이기 때문이다. 그런데 시가 지향하는 미적 세계는 미적 대상을 우선적으로 선택하기 마련이다. 많은 대상 중 <꽃>은 시인들이 즐겨 활용하는 시적 대상이다. <꽃>은 특정한 시공간을 넘어 언제나 많은 시인들의 미적 대상이었다. 한국현대시사에서 대표적으로 <꽃>의 시인으로 명명된 김춘수 시인의 경우는 '순수 관념'으로 구현된 상징물인 '이데아로서 <꽃>'을 노래했다. <꽃>을 통해 이데아의 세계를 드러내려고 했던 것이다. 시인마다 선호하는 <꽃>은 각기 다르겠지만, <꽃>을 노래하지 않은 시인은 없다. 김춘수 시인이 <꽃>을 통해 이데아를 추구했던 것처럼 시인들은 자신들만의 <꽃>을 통해 미의 본질적 측면을 이미지화하려는 인간의 본성을 실현하고자 했을 것이다.

1937년 경남 창녕에서 태어나 1959년 《현대문학》 5월호에 「꽃나무」가 초회 추천, 1961년 《현대문학》 6월호와 9월호에 「해로성」과 「바우에게」가 각각 서정주 시인의 추천으로 등단하여 2023년 생을 마감한 추영수 시인도 마찬가지다. 그의 첫 등단 추천 작품이 「꽃나무」였다는 점을 감안하면, 추영수 시인의 시 세계의 출발점도 <꽃>이었음을 알 수 있다.

서정주 시인은 추영수 시인의 처녀시집인 『흐름의 소묘』(1969) 서문에서 다음과 같은 평가를 내리고 있다.

詩人 秋英秀 여사는 나이는 물론 내 딸 정도이고, 또 詩壇關係로도 10년쯤 전에 「現代文學」지에서 내가 推薦해 내놓았으니 後輩임에 틀림없지만, 어느 때 어떻게 보면 꼭 내 한 아주머니나 누님같이 느끼어 만져서 妙하다 생각하는 수가 있다.

언제나 얌전하게 정좌를 하고, 언제도 흥분한 빛을 보이는 일이 없고, 웃을 수 없는 일에도 한결같이 잔잔하고 긴 미소만을 보이고, 거의 忍從이 불가능한 모든 일들을 늘 忍從하여 견디어 나가고, 연약한 듯하면서도 하는 일마다 실수없이 이어 계속해 내는 힘 - 이런 능력들의 印象이 이 後輩의 나이까지를 가끔 내게 錯覺케 하는 것이다.

이번에 이 序文을 받으로 오셨을 때도 보니 너무 파리하게 여위어서 그 육신의 건강을 염려하니, 여전히 그 길고도 잔잔한 微笑만을 표현해 보이며 건강은 일할 만큼은 좋다고만 말한다.

이런 여사의 모습이 그 시에도 그대로 있다. 무한량 외롭고도 그늘진 것들이 그의 시에는 많지만, 또 이것들이 속에서 늘 정좌하고 견디어 微

笑해 내는 힘이 거기에 있어, 한 든든한 아주머니 앞에서처럼 우리를 마음 든든케 하고 있다.

이것은 물론 추 여사 혼자의 힘만으로 昇天入地나 해서 캐내어온 것이 아니라, 그 어머니 할머니들의 先代로부터 받아 물려 온 좋은 精神遺産의 힘인 줄 안다. 이것을 선택해 이을만한 힘이 있어 그녀는 그것을 알고 있는 것이다.

秋 女史와 아울러서 늘 우리나라 先代 女性들의 그들의 끈기를 다시 생각하게 되는 것은 우리 큰 자랑의 하나다.

삼가 이 處女詩集의 上梓에 당해 衷心으로 同慶의 뜻을 표한다.

—1969년 8월 未堂 徐廷柱 識

이런 과찬을 받은 추영수 시인은 초회 추천 작품인 「꽃나무」에서 시작된 그의 꽃에 대한 시적 여정은 어떤 행적을 남기고 있을까? 그의 첫 시집 이후의 시적 행로에서 만나는 <꽃>의 시편들은 시인이 추구한 삶의 여로를 그대로 보여주고 있다. 먼저 첫 추천 등단작인 「꽃나무」를 살펴본다.

어느 날

꽃나무 가지 끝에서 가느린 바람이 일더니 꽃 한 송이가 제 그늘로 떨어져 갔습니다. 구름은 꽃송이 된 가지 끝에 와서 머물고 꽃나무는 그 꽃 자리를 싱싱한 꽃송이보다 더 소중히 여겼습니다.

어느 날 또 다른 가지 끝에서 그렇게 바람이 일어 한 송이 한 송이가 제 그늘로 떨어져 갔습니다. 먼저 떨어져 간 꽃들이 번져 인 구름이 꽃송이 가지 끝에 와서 무리 돌고 꽃나무는 이 빈 꽃자리를 저보다 더 소중히 여겼습니다. 이리하여 꽃나무는 기인 날을 잃어진 꽃송이와 더불어 있었습니다. 구름이 흘러 흘러, 마지막 제 그늘에서 종언하드키 꽃나무는 제 그늘로 떨어진 꽃송이들에게 구름처럼 잠겨갔습니다. 꽃나무의 운명은 소리없는 음악이었습니다.

산문시인 「꽃나무」는 바람이 불어 꽃나무 가지에 피었던 꽃이 떨어지는 장면을 형상화하고 있다. 그런데 바람과 함께 왔던 구름이 꽃이 진 나무가지에 머물고, 꽃나무는 그 구름이 머문 <그 꽃 자리를 싱싱한 꽃송이 보다 더 소중히 여겼>다고 한다. 꽃이 지고 그 자리엔 계속 구름이 머문다. 결국 꽃나무의 꽃도 다 떨어지고, 그 자리는 <제 그늘로 떨어진 꽃송이들에게 구름처럼 잠겨갔다>고 이미지화함으로써 <꽃나무의 운명은 소리없는 음악>이 되었음을 보여준다. 꽃나무의 가지에서 떨어진 꽃송이의 빈자리를 채워나가는 구름은 이 시에서 일차적으로는 흐름을 이미지화하는 시적 언어로 기능하고 있다. 흐름은 시간을 함축하는 의미소이다. 그러므로 시간의 흐름은 결국 꽃나무의 운명을 <소리없는 음악>으로 변화시킨다. <소리없는 음악>이었다는 언표는 음악이 음악이 아니라는 음악의 부정, 즉 무화를 의미한다. 이는 결국 꽃나무의 운명은 소리없는 음악처럼 무화되어 갔음을 상징한다. 이 시를 두고 추영수 시인은 "당시의 나는 삶과 죽음의 참뜻을 헤아리기에 심혈을 기울이고 있었다. 잃을 것 다 잃고 빼앗길 것 다 빼앗긴 알몸의 꽃 떨어진 빈 꽃가지로 서서 저 멀리 뭉게꽃구름 속 촉촉이 젖어도는 눈물을 만나 비로소 영원을 가늠해 가는 詩作을 통해 내일의 약속을 누릴 수 있었으며 이승과 저승을 한 울안에서 넘나들 수 있었다."(「걸어온 발길 돌아다보며」)라고 회고하고 있다.

상술한 바와 같이 추영수 시인이 노래한 등단작 「꽃나무」에서의 꽃은 밝고 긍정적인 이미지로 부각되기보다는 꽃이 지고, 꽃나무도 사라지는 부정적인 이미지가 주로 드러나고 있다. 이러한 꽃에 대한 부정적인 이미지는 제1시집 『흐름의 소묘』(1969)에서 「낙화」, 「풀꽃」 등으로 이어지고 있다. 「낙화」는 말 그대로 꽃의 죽음이다.

殞命인양
가느린 玄琴을 퉁기며
旋舞하는 잎새에

새악시
낭군님 부끄리어 가늘게 그리다 마안
눈섶같은 초생달빛이 묻어

칠흑 머릿카락
얼굴을 간질드키

서럽도록
이 가슴 어디메고
잠겨오느니.

위 시는 「낙화」를 노래하고 있지만, 정작 꽃이 낙화하는 형상이나 이미지는 보이지 않는다. 추영수 시인의 시가 지닌 특성인 이미지와 상징을 통해 낙화를 내비칠 뿐이다. 꽃이 떨어지는데 실제 시인이 내보이는 대상은 <가느린 玄琴을 퉁기며/旋舞하는 잎새에>로 표현된다. 꽃이 떨어지면서 그 꽃을 지탱해주고 있던 잎새도 낙화처럼 운명을 같이 하고 있는 상황을 묘사해 주고 있다. 꽃 자체의 낙화를 이미지화하지 않고 꽃을 둘러싸고 있는 잎새를 통해 낙화를 감지하게 한다. 그리고 그 분위기를 <가늘게 그리다 만 눈썹같은 초생달빛이 묻어>있는 형상으로 묘사하고 있다. 문제는 낙화를 통해 <칠흑 머릿카락/얼굴을 간질드키//서럽도록/이 가슴 어디메고/잠겨오>는 감정이다. 시인은 낙화를 통해 시적 화자가 느끼는 서러운 감성을 드러내고 있는 것이다. 낙화하는 꽃을 통해 추영수 시인은 자신이 견지하는 부정적 세계 인식의 한 단면을 내보이고 있다. 꽃의 이미지는 일차적으로 밝고 아름다운 세계의 상징이다. 그런데 그녀는 왜 초기 시에서부터 이렇게 꽃을 통해 부정적인 세계의 이미지를 내보이고 있는 것일까? 그녀가 남겨놓은 어린시절의 추억을 되살리는 기록에도 그에게 꽃은 결코 부정적이지 않았다. 그녀의 수필인 「서른 여섯 개의 호박」에 실린 어린시절 꽃에 대한 인식은 밝은 이미지의 꽃을 잘 보여주고 있다.

우리 집은, 동쪽으로는 동래고등학교, 그리고 서쪽으로는 복천국민학교를 양쪽 날개에 낀 중간 지점의 산자락에 자리잡고 있었다. 이 마을의 봄은 우리 집 살구나무에서부터 온다고들 했었다. 서쪽 뜰가에 한 쌍의 수십 년 묵은 거목이 분홍빛 꽃으로 단장할 때면 전차 정류장에 내려서도, 기차역에 내려서도, 논에서도, 밭에서도 온통 마을이 분홍빛으로 보였다. 약간 높은 위치에 자리잡고 앉은 두 거목은 동화 속의 꽃대궐을 연상시켜 주었다.

이렇게 살구꽃이 피기 시작하면 다투어 피는 갖가지 꽃들 중에 왜 그리 민들레가 좋았을까!? 대밭집, 살구나무집, 꽃집이라고 불리던 우리 집에서 제일 좋아한 꽃이 냉이꽃, 오랑캐꽃, 씀바귀꽃, 민들레꽃이었으니 원체 내가 궁상맞은 탓일까?(추영수 에세이집 『꽃그늘인양 다정한 내사랑아』, 해문출판사, 1988, 81면)

꽃대궐로 형용되는 꽃집에서 유년을 보낸 그녀가 앞서 살핀 것처럼 피어나는 아름다운 꽃을 노래하지 못하고 떨어져 죽어가는 낙화를 노래할 수밖에 없었던 이유는 어디에 있었을까? 그리고 그녀가 그렇게 좋아했던 냉이꽃, 오랑캐꽃, 씀바귀꽃, 민들레꽃 등 소위 풀꽃을 노래하면서 조차도 밝고 아름다운 꽃의 이미지는 드러나지 않고 있다. 「풀꽃」에서 그 실마리를 엿볼 수는 없을까?

기다림에 지쳐
파아라니 눈 뜨고
하늘로 얼었습니까?

염려는

연륜을 헤이지

않고


피가 조는 가슴은

사랑의

화독


당신의

씻기움

바래어


기다림은

보랏빛 선연히

순애로 고였습니다.


　기다림에 지치고, 염려와 피가 조이는 가슴을 사랑의 화독(火毒)으로
안고 살아야 했음을 「풀꽃」은 은근히 비쳐내고 있다. 결국 유년에 그녀가
가장 사랑했던 「풀꽃」을 통해 드러내려고 한 것은 「풀꽃」 자체가 아니라 '
기다림에 지침', '피가 조는 가슴', '염려' 등의 시어에 함축된 그녀의 삶의
고통이었다. 이런 절망 속에서 그녀를 버티게 해준 힘은 시 쓰기였을 것
이고, 그 시 속에 그가 그토록 좋아했던 꽃의 이미지는 절망과 죽음을 상
징하는 낙화로만 변용될 수밖에 없었을 것이다. 서울로 거주지를 옮긴 그

녀가 살아내기 힘든 현실에 부대끼며, 한강을 찾아 생의 마지막까지를 생각할 수밖에 없었다는 자신의 회고는 당시 1960년대 첫 시집에 실린 꽃에 대한 부정적인 이미지가 지닌 그의 시적 도정의 저변을 충분히 상상하게 한다.

## 2.

　　추영수 시인은 첫 시집을 내고 난 이후 10년의 세월이 흐른 후인 1980년도에, 두 번째 시집 『작은 풀꽃 한송이』를 펴낸다. 그녀의 시를 《현대문학》에 추천했던 서정주 시인은 10년 만의 추영수 시인의 시 원고를 읽고는 시집 서문에 찬사를 아끼지 않았다. 그 일절은 다음과 같다.

　　이번에 그 두 번째 시집 "작은 풀꽃 한송이"의 서문을 부탁하여 내게 가져온 시고 뭉치를 통독해 보는 동안 나는 또다시 아니 그네를 추천했을 때보다는 훨씬 더 두두룩히 그네를 열성으로 지지하는 한 지지자가 안 될 수 없었다….

　　거두절미하고 우리말로 된 시어들의 매력에 관심이 있는 이들은 추영수 여사의 다음과 같은 언어 조립들을 음미해 보시기 바랜다.

설움 타는 별빛, 피 말리는 뙤약볕, 울음 그친 하늘, 알암들의 속삭임, 감격하는 산 빛깔, 꽃의 발소리, 네활개 뻗은 은행나무, 준수한 은행나무, 산이 그렇게 정성 들여 만드는 시간, 나뭇가지가 별빛을 피워 물고 우리들의 精神生命의 內幕의 重要한 것들을 이만큼 간절하게 調和된 影像들의 配合으로 짤 줄 아는 시인이 이 지상엔 흔치 않다는 것을 나는 잘 알고 있고, 또 우리 한국어의 전통적인 組織의 아름다움을 이만큼 유창하게 만들어 낼 수 있는 이가 우리 시단에도 흔치 않다는 걸 나는 잘 요량하고 있기 때문에 이 慶事를 祝福하여 여기 이 讚辭를 쓰고 있는 내 심정은 我田引水니 그런 것 전혀 없이 매우 기쁘기만 한 것이다.

—1980년 10월 27일 아침 冠岳山 蓬蒜山房에서

末堂居士 徐廷柱 識


미당은 추영수 시인의 한국어 언어 감각에 대해 주목하고 이를 극찬하고 있다. 추영수 시인의 시 작품이 지닌 이러한 언어 감각은 또 다른 차원에서 논의되어야 할 부분이지만, 필자의 관심은 그녀가 후기에 밝혀두고 있는 그녀의 가슴앓이이다.


내겐 4철 바람을 타고 가슴앓이를 앓는 지병이 있습니다. 화려한 꽃밭을 비켜앉아 오만한 발길바람에 멍이 드는 가녀린 풀잎처럼 스스로 갓도는 버릇 때문에 주눅이 들고 설움타는 세월을 보냅니다


가슴앓이 지병 속에 주눅들고, 설움타는 세월 동안 그녀가 노래한 꽃

의 모습은 어떻게 변모해왔을까? 표제 시인 「작은 풀꽃 한송이」부터 살 펴보자.

험한 고갯길 중턱에 핀
작은 풀꽃 한 송이
주여.
당신이 주신 커다란 위로임을 믿사옵고

여름 한낮
피말리는 뙤약볕 아래
가늘게 이어내리는 샘줄기 한 가닥
연민의 뼈저린 베품 앞에
감격하는 산빛깔이 짙습니다.

교활한 짐승들의 눈빛과
사나운 빗발을 막는
이 작은 의지
산바우 구멍에 엎드리면
당신이 내리시는 보우의 손길을
더욱 크게 느끼옵니다.

마른 가시덤불 타듯

설움이 불붙는 노을 아래서

주여.

평안을 바라지 않는

거짓없는 속죄가

오히려 오만함을 어찌하오리까?


&lt;험한 고갯길 중턱에 핀/작은 풀꽃 한 송이&gt;가 시인에게는 위로가 되고 있다. 10년 전 &lt;낙화&gt; 이미지에서는 어느 정도 벗어나 있는 모습이다. 죽음과 부정의 이미지로 인식되었던 꽃이 여기서는 위로의 매개가 되고 있다. 험한 고갯길 중턱이란 표현에서 시인이 걷는 인생길이 결코 평탄하지는 않음을 암시해 주고 있다. 고갯길을 걷는 시인에게 작은 풀꽃 한 송이는 자신의 고단한 생을 동행하는 길벗이 되고 있다. 여기서 특별히 그가 작은 풀꽃 한 송이에 주목했다는 점에 유의할 필요가 있다. 그 이유는 그가 유년에 그토록 풀꽃을 좋아했기 때문이다. 그 풀꽃을 다시 새롭게 인식하면서 첫 시집에서 내보였던 꽃에 대한 어두운 그림자를 걷어내고 있다. 그런데 더 자세히 들여다보면, 이러한 변화의 근원적인 힘이 신앙으로부터 비롯되고 있음을 &lt;당신이 주신 커다란 위로임을 믿사옵고&gt;라는 언표 속에서 확인할 수 있다. 이러한 신앙의 자세는 그의 삶의 길에서 만나는 &lt;교활한 짐승들의 눈빛과 사나운 빗발을 막는&gt; 힘은 오직 &lt;당신이 내리시는 보우의 손길&gt;임을 고백함으로 이어지고 있다. &lt;평안을 바라지 않는&gt; 삶의 길이긴 하지만 그에게는 위로가 필요한 생의 길이었다. 「들국화」를 통해 위로를 다시 인식하고 있는 이유이다.

아픈 가슴 위에 내린

한 가닥 위로인 양

길가

반쯤 허물어진 무덤 위에 핀

들국화 몇 송이가

지나던 내 발길을 세웁니다.


몸 속 깊이 고인 설움이라도

쏟아놓을 듯 쏟아놓을 듯 …

솔바람 소리에도

감추는 自嘲가 가슴을 에입니다.


멀리 떠나버린 친구의 고향에서

뒤도 돌아볼 수 없는 조심성으로

혼자 서성이다가

결국 '나'와 마주 서보는 해으름.


내 무덤 위에도

고운 들국화 몇 송이

피워보고픈 至誠으로

가슴을 비우고 또 비웁니다.

험한 고갯길에서 만났던 들꽃의 위로에 비견되는 그 위로를 들국화를 통해 다시 노래하고 있다. 그런데 그 들국화는 <반쯤 허물어진 무덤 위에 핀> 들국화라는 점에서 시인의 고단한 삶의 여정은 여전함을 암시해 주고 있다. 험난한 고갯길의 인생 여정에서 만난 「들꽃」처럼 「들국화」 역시 반쯤 허물어진 무덤 위에 핀 꽃이기 때문이다. 주검의 그림자가 여전히 주위를 맴돌고 있는 삶의 상황을 쉽게 떠올리게 한다. 그래서 그 들국화를 보며 <몸 속 깊이 고인 설움이라도/쏟아놓을 듯 쏟아놓을 듯 …/솔바람 소리에도/감추는 自嘲가 가슴을 에입니다.>라고 고백한다. 그 고백과 함께 시인은 자신을 추스르며 <내 무덤 위에도/고운 들국화 몇 송이/피워보고 픈 至誠으로/가슴을 비우고 또 비>우고 있다. 이는 꽃이 시인에게 위로의 매개는 되고 있지만, 그 꽃을 통해 감지하는 마음의 상태는 벗어던져야 할 짐이 느껴지고 있다. 즉 <내 무덤 위에도/고운 들국화 몇 송이>를 피우기까지는 시간이 많이 지나야 함을 넌지시 암시해 주고 있다.

이 과정에서 시인이 「호박꽃」을 노래하고 있음은 의미있는 대목으로 읽힌다. 속담에 '꽃은 꽃이라도 호박꽃이라'라는 말이 있다. 이는 호박꽃도 꽃이냐 라는 호박꽃을 평가절하하는 관행을 만들어 내었다. 그런데 시인은 이 호박꽃에서 할머니를 불러내고 있다. 비록 볼품이 없고 피는 곳 또한 누추한 곳일지라도 아름다운 향기를 가지고 있는 호박꽃을 빗대어 할머니의 옛사랑을 소환하고 있다.


호박꽃 속엔 할머니 얼굴이 있다.

가슴에 반딧불을 가득 밝히고
호박범벅 사발을 손에 드신 할머닌
호박꽃 속에서 웃고 계시다.

늙은 살구나무 그늘 아래
참새 새끼처럼 오그리고 앉은 내게
치마 푹 밑에서 꺼내 주시던 박하사탕.

마흔 고개마루에서야 알아 차린
짓무른 할머니 눈자위 만큼이나
달콤하고 가슴아린 박하 사탕 맛.

여든 아홉에 돌아가신 할머닌
내게로 오실 적마다
일흔 일곱으로 오신다.

호박꽃 속엔
할머니께서 오시는 굽은 산길
붉은 단 호박이 익어간다.

호박꽃을 통해 할머니의 옛사랑을 떠올리는 시인의 자각은 「들꽃」이나

「들국화」에서 노래하던 정서와는 결을 달리한다. 우선 호박꽃 속에서 웃고 계신 할머니를 떠올리기 때문이다. 「들꽃」이나 「들국화」에서는 꽃을 통해 위로의 감정을 느꼈지만, 호박꽃에서는 이를 넘어서 웃음의 감정을 맛보고 있다. 즉 지금까지 볼 수 없었던 웃음을 호박꽃에서 엿보고 있다. 그리고 할머니가 주신 박하사탕의 달콤한 맛까지 선사하고 있다. 그 기억을 환기시킴으로써 호박꽃은 「들꽃」이나 「들국화」에서 경험할 수 없는 단 감정을 불러내고 있다. 그래서 결국은 <호박꽃 속엔/할머니께서 오시는 굽은 산길/붉은 단 호박이 익어간다.>라고 붉은 단 호박까지 선보이고 있다.

이러한 꽃에 대한 추영수 시인의 감정과 인식의 변화는 시간의 흐름에 따라 변화하고 있음을 「코스모스」 작품에서 확인할 수 있다. 동일한 「코스모스」를 첫 시집과 두 번째 시집에서 각각 노래하고 있는데 두 시를 함께 읽어보면, 시차와 함께 변화된 「코스모스」에 대한 인식을 느낄 수 있기 때문이다.

게 섰을거나

그대로

돌아 섰을거나


보랏빛 서러운

젊음의 눈짓이여.


하마

노을 져 가는
하늘이라서

바쁜 걸음새
약속이라도
있음직 하여서

그만 닿는
헛헛한 젊음의
몸짓이여.

내 되돌아
붙들고 싶은
마음이라

아예
얼어붙는
발걸음일러라.

한 대낮
구름꽃 흐드러지게 느껴우는
골 저만치

산호림같은

심장을

한


보랏빛 아지랑이 타는

젊음의

숨결이여.

* 구름꽃 -억새풀꽃


코스모스

네 많은 줄기는

흙 속에서 솟는 아침

햇살.


속저고리 앞섶이

간지러워라.


빛살마다

자지러지는 웃음 소리

하얀 니가

웃는

보조개가 새첩구나.


누가 내 땅을 가난타 하더뇨
네 속에 묻히면
가슴 가득 안겨오는
풍요.


그 풍요로
꽃파도를 타는
내 땅의 가을.


　　전자의 시는 첫 시집 『흐름의 소묘』(1969)에 발표된 「코스모스」이고, 후자는 『작은 풀꽃 한송이』(1980)에 발표된 「코스모스」이다. 동일한 코스모스를 노래하고 있지만, 그 코스모스를 인식하는 정서는 확실히 다르다. 전자에서는 코스모스를 <보랏빛 서러운/젊음의 눈짓이여>라고 노래하고 있지만, 후자에서는 <흙 속에서 솟는 아침/햇살>로 묘사하고 있다. 전자의 코스모스에서는 서러움이 배어있지만, 후자의 코스모스에서는 밝은 아침 햇살로 상징되는 맑은 정서가 느껴진다. 그래서 후자의 코스모스에서는 웃음소리가 전해지고 있고, 풍요를 노래하고 있다. 이렇게 십 년의 시차는 추영수 시인이 바라보는 똑같은 「코스모스」를 달리 보게 만들었다.


　　　　　　　　　　　　　　　　　　　　　추영수 평전

# 3.

제3시집 『너도 바람아』(1987)에 오면 시인은 다양한 꽃을 시적 대상으로 삼고 있다. 「나팔꽃」, 「채송화」, 「맨드라미」, 「해당화」, 「능소화」, 「영산홍」 등이 등장한다. 그런데 이런 다양한 꽃들을 노래하면서 드러나는 특징은 개별 꽃이 지닌 각각의 색깔을 찾아내려는 모습이 엿보인다는 점이다. 「나팔꽃」을 통해서는 나팔을 부는 꽃의 이미지와 함께 아침을 여는 나팔꽃의 보편적 이미지에 다가서고 있다.

밤새
침향목 가지 위로
슬쩍 올라서서
눈부신 보랏빛

먼동을 밀어내고

순백의 예복 팔락이며

나팔을 불어요


사랑이여

사랑이여

간절한 염원 빚은

가슴 한복판

성화(聖火)인 양 바알갛게

불이 붙어요


그대 마음 안자락에

내 사랑

한 갈피

심어 놓고

새 아침 열리는

나팔을 불어요


    침향목 가지 위로 치솟는 나팔꽃을 바라보며, 우선 그 모습에서 나팔
부는 나팔꽃을 형상화하고 있다. 그리고 <성화(聖火)인 양 바알갛게/불>
타는 모습에서는 가슴 한 복판으로부터 비롯되는 사랑을 이미지화하고
있다. 이 사랑이 새 아침을 여는 힘이 되고 있음을 감지해 낼 수 있다. 나

    추영수 평전

팔꽃을 통해 이렇게 나팔꽃이 지닌 밝은 이미지를 드러낼 수 있다는 것은 추영수 시인이 이전의 꽃을 다룬 시에서는 만나기 힘든 경우이다. 꽃을 다루면서 꽃이 지닌 긍정적인 이미지에 초점이 맞추어지고 있다는 증거이다. 이러한 시적 분위기는 「채송화」를 노래하면서도 그대로 이어지고 있다.

> 꼬옥 잡은
> 엄마 손 따슨 손
> 안에서
> 나들이 갔다 온
> 색동 꽃고무신
>
> 바람 불어 대롱이는
> 머리꼬리
> 나비 댕기
> 볼이 빠알갛도록
> 사랑밖에 몰랐다

　채송화꽃이 <색동 꽃고무신>으로 은유되고 있다. 그리고 <볼이 빠알갛도록/사랑밖에 몰랐다>고 해석함으로써 채송화에서 사랑을 읽어내고 있다. 이는 그만큼 채송화꽃을 긍정적인 시적 대상으로 보고 있다는 증거이다. 사랑은 삶의 원동력으로 작동하는 근원적 힘이기 때문이다. 이렇게 꽃에서 사랑을 읽어내는 시선은 「맨드라미」에서도 계속되고 있다.

순이는

초가삼간 앞마당을

모래알까지 헤어가며

쓸어 놓고 나갔지


한낮 뙤약볕이

지름길로 내려앉은

눈부신 장독대


맨드라민

엊그제 앞마당에서 벌어진

투계의 꽃벼슬을 생각하며

미풍에도 으스댔지


순이의 품안에서

사랑이 몰래 할 딱이듯

맨드라미 까아만 씨알이

샛별보다 빛나고 있었지


맨드라미는 7~8월에 원줄기 끝에 닭의 볏처럼 생긴 꽃이 흰색, 홍색, 황색 등의 색으로 핀다. 대개는 붉은색으로 피지만 품종에 따라 여러 가지

색과 모양이 있다. 그래서 맨드라미는 꽃말이 치정, 괴기, 감정, 영생, 시들지 않는 사랑 등으로 다양하다. 그러나 이 중 가장 강렬한 이미지는 시들지 않는 사랑이다. 그 사랑의 주체로 시에서는 순이를 등장시키고 있다. 그 순이가 쓸고 간 앞마당의 장독대에 피어난 맨드라미 씨앗을 순이의 품 안에서 할딱이는 사랑에 빗대고 있다. 그 사랑이 샛별보다 빛나고 있다고 형용함으로써 강렬한 사랑을 노래하고 있다. 이러한 감정과 시적 인식은 「해당화」에서도 여전하게 이어지고 있다.

웃으며 참으면
꽃이 된단다
웃으며 부서지면
꽃잎이 된단다
밤마다 하늘 우러러
별을 찾아간
별가슴 내려앉은
꽃잎이 된단다
깊은 바다 헤엄치다
파도에 밀려온
빠알간 꿈 하나
모래 위에 나붓이
꽃잎이 된단다

추영수 시인은 해당화를 <웃으며 참으면/꽃이> 되는 꽃으로 명명한다. 그리고 <웃으며 부서지면/꽃잎이 된>다고 노래함으로써 해당화를 통해 웃음을 노래하고 있다. 웃음이 꽃과 꽃잎을 생성하는 근원이라고 보고 있다. 즉 꽃을 통해 꽃이 지닌 원형적 이미지인 웃음을 이미지화하고 있는 것이다. 그런데 시인의 관심은 꽃 자체보다는 꽃잎에 가 있다. 꽃이 된다는 표현은 한 번만 제시하고 있지만, 꽃잎이 된다는 표현은 세 번이나 반복해서 사용하고 있기 때문이다. 꽃잎은 식물의 종류에 따라 다양한 기능과 목적을 가지고 있다. 일반적으로 꽃잎은 꽃의 일부를 보호하고 특정 수분 매개자를 유인하거나 밀어내는 역할을 한다고 한다. 그리고 꽃잎은 바람직한 수분 매개자를 유인하거나 바람직하지 않은 수분 매개자를 격퇴하기 위해 다양한 향기를 생성할 수 있다고 한다. 이런 꽃의 생리적 특징을 넘어 시인은 꽃잎이 <별을 찾아간 별가슴>이고, <파도에 밀려온 빠알간 꿈>이라고 은유하고 있다. 이는 바로 희망을 상징하고 있는 것이다. 해당화를 통해 희망과 꿈을 노래하고 있음이다. 이런 꿈과 희망을 해당화에서 찾은 시인은 「능소화」에서는 불가능한 것을 넘어서는 가능성을 모색하는 힘으로 작동함을 보여주고 있다.

보거라
죽은 나무에 꽃 핀 것 보았나

덕유산정이나
한라산 중턱에서

하얗게 살아가던 고사목

청아한 넋인가


마른 나무를

달래며 달래며 보듬고 올라

마른 나무에

숨 붙어 넣는 꽃 좀 보아라


달빛 받아

넋이 되살아나는

꿈속같이

달빛 닮은 저 꽃 좀 보아라

보거라

죽은 나무에 꽃 핀 것 보았나


능소화는 덩굴나무로서 줄기 마디에서 생겨나는 흡착 뿌리를 돌담이나 건물의 벽 같은 지지대에 붙여서 그 지지대를 타고 오르며 자라기 때문에 다른 꽃나무와는 형태상 변별성을 지닌다. 그래서 시인은 능소화를 <죽은 나무에 꽃 핀 것 보았나>라고 질문한다. 그리고 <마른 나무에/숨 붙어 넣는 꽃 좀 보아라>라고 그 특이한 생리에 주목한다. 능소화는 여름에는 나팔처럼 벌어진 연한 주황색의 꽃송이들이 덩굴 가지의 중간에서부터 끝까지 연이어 매달려 보통 그 무게로 인해 아래로 드리운다. 담장 넘어

흐드러지게 피어 있는 꽃들은 화려하지 않지만 우아하고 아련한 느낌을 주기 때문에 예로부터 양반집 규수들에게 많은 사랑을 받아왔다. 그래서 <꿈속같이/달빛 닮은 저 꽃 좀 보아라>라고 형용하고 있다. 그리고 능소화의 작명은 '업신여길 능', '하늘 소' 자를 쓴다. 즉, 하늘을 업신여기는 꽃이라는 뜻이다. 꽃의 이름치고는 무거운 이름인데, 대체 왜 이런 이름이 붙었을까를 생각해 볼 필요가 있다. 그 답은 능소화의 개화 시기를 보면 알 수 있다. 능소화는 7월부터 9월에 피는 꽃으로 만개 시기는 한여름인 8월이다. 꽃이 8월에 핀다는 것은 어떤 의미인가? 8월은 장마와 태풍, 그리고 푹푹 찌는 더위가 도사리고 있는 달이다. 그러니까, 꽃을 피우는 식물에게는 저주와도 같은 시기다. 능소화는 그런 때에 핀다. 장마와 태풍과 더위를 견뎌내고 핀다. 궂은 날씨를 내리는 하늘을 업신여기듯 피어난다고 해서 능소화인 것이다. 이런 능소화가 지닌 현실적인 고난의 극복이란 이미지를 강조하기 위해 시인은 <죽은 나무에 꽃 핀 것 보았나>라고 수미일관해서 질문하고 있는 것이다.

지금까지 추영수 시인이 노래한 꽃은 나팔꽃, 채송화, 맨드라미, 해당화, 능소화 등 주로 여름에 피는 꽃이었는데 봄에 피는 「영산홍」은 3편의 연작 시를 남기고 있다. 「영산홍 Ⅲ」을 통해 「영산홍」에 부여된 의미를 찾아보자.

> 비가 오나 눈이 오나
> 마디마디 조심스레
> 팔 벌렸구나

담싹 땅 속에 묻히거나
얄팍한 분재의 흙송이를
감아쥘 때에도
그 뿌리
뿌리답게
예감의 힘이 슬기롭구나

작은 바우라도 벗 할라치면
가지 가지 마디 마디
봄이 오는 얘기로
깔 깔 깔 꽃피우는 지성이 솟구치더라

　시인은 팔 벌린 영산홍의 자태를 먼저 소개하면서, 영산홍의 뿌리에서
예감의 힘을 발견하고 있다. 그리고 가지가지 마디에서 핀 꽃에서는 지성
을 감각하고 있다. 이는 영산홍이 지닌 의미를 꽃 자체에서만 찾고 있는 것
이 아니라 꽃을 피워올리는 뿌리에도 관심하고 있음을 보여주고 있다. 드
러난 꽃보다는 흙 속에 묻힌 뿌리에 먼저 눈이 가 있다. 슬기로운 예감의
힘은 눈에 드러나지 않는다. 지성도 마찬가지다. 영산홍에서 이렇게 예감
의 힘과 지성을 노래함으로써 꽃 자체의 형상에서 벗어나고 있다. 눈에 드
러난 영산홍을 매개로 시인은 눈에 드러나지 않는 예감의 힘과 지성을 이
미지화하고 있는 것이다.

# 4.

제4시집 『광대의 아침노래』(1987) 이후로 오면, 꽃 자체에 대한 의미부여보다는 시인 스스로가 어떤 꽃으로 남겨질지에 관심하게 된다. 그래서 시인은 자신이 죽은 이후 「내 무덤에 피는 꽃은」에서는 <어떤 빛깔의 꽃이 피어날까>를 자문하고 있다.

> 숯한 꿈을 가슴에 묻고
> 숯한 말을 가슴에 묻고
> 흙을 보듬은 내 무덤엔
> 어떤 빛깔의 꽃이 피어날까
>
> 묏새 와서 목을 적시울

산여울이라도 바라보이게 하늘이 맑으면
내 손짓은
어떤 시늉을 한
산나물로 돋아 나올까

발걸음 멈추며 멈추며
서성거리던 내 바람은
어떤 노래를 기억하고
불며 오갈까

　숫한 꿈과 숫한 말을 가슴에 묻고 인간은 죽은 이후 자신의 이미지를
남긴다. 그 이미지를 시인은 내 무덤에 피어날 어떤 색깔의 꽃으로 명명하
고 있다. 한 인간의 생이 한 송이 꽃의 이미지로 남겨질 수밖에 없음을 예
감하고 있다. 어떤 꽃으로 자신이 남겨질 것인가 고민하면서 내린 자신의
모습은 일차적으로 제7시집 『천년을 하루같이』(2007)에서는 「설화」가 되
기를 꿈꾼다.

이승길 굽이 굽이
곤한 입김
은혜되어
오히려 차가운 세월
얼꽃 피워

해 더욱 빛나네


오늘 이리 가슴 얼붙으니

내일은 꽃일 수밖에

네 믿음 헤아리는

칼 바람의 깊은 속뜻

속삭인 귓뺨 언저리

하늘까지 달군 가슴.


설화는 차가운 세월이 만들어 내는 시인의 영혼과 정신이 만들어 내는 꽃이다. <이승길 굽이 굽이/곤한 입김/은혜되어> 형성된 꽃이기 때문이다. 그런데 그 꽃으로 인해 해가 더욱 빛난다. 가슴을 조이며 영혼을 단련한 후에 피어나는 꽃이기 때문이다. 그러므로 그 꽃은 칼바람을 통해 피어나는 헤아림을 통과한 믿음의 꽃이기도 하다. 그래서 <하늘까지 달군 가슴>이 된다. 가슴에 피어나는 실체 없는 꽃이다. 그래서 그 꽃은 「바람꽃」으로 변용되기도 한다.


바람이 고운 날은

낙엽도

꽃이 된다


침향목 가지 위에


　　　　　　　　　　　　　　　　　　추영수 평전

조신히
꿈을 실어

상처도
꽃무늬 되도록
뛰는 가슴
재운다.


　인간이 「설화」로 태어나거나 「바람꽃」으로 환생할 수 있는 길은 그렇게 쉬운 길이 아니다. 그러나 시인은 <바람이 고운 날은/낙엽도/꽃이 된다>는 확신을 가지고, <침향목 가지 위에 꿈을 실어> <상처도/꽃무늬 되도록/뛰는 가슴/재>우고 있다. 인간 삶에서 만나는 수많은 상처를 꽃무늬로 전환시켜 나가는 길은 나를 무화시키고 나를 잠재우는 일이다. 그것이 시인에게는 뛰는 가슴을 재우는 것으로 언표되고 있다. 이 과정은 설화에서 노래한 믿음을 헤아리는 칼바람을 경험하는 고통의 시간이기도 하다. 이는 바로 제8시집 『기도시집』(2007)에서 노래한 「오동꽃」을 피우는 과정이기도 하다.


오직 '받음'
그 한 몸짓으로
하늘 우러러

오월 명지바람에도

숙연히 귀기울여

말씀을 새기는 영혼


준수한 심성 태워

새벽을 여는

기도


받는 사랑

그 눈길 만큼

다시 내일을 영글다.


　　오직 하늘을 통해 받는 사랑을 기도를 통해 경험함으로써 인간이 한 송이의 꽃으로 변해갈 수 있다는 것을 노래하고 있다. 이러한 기도의 과정은 『열두 시인 신앙시집』(2009)에서는 「아픔은 꽃이네」라는 깨달음에까지 이르게 한다.


삶은 꽃이더라

침묵의 바다에

몇 송이씩 피어나는

백모란 꽃 송이

아픔은 꽃이었네

상처 깊을수록

그 향기 짙어

하나님도 피 흘리셨네


비가 내리면

눈물이 아프게 꽂히면

바람이 불면

통한이 갈퀴 털 세워

몸부림치면

고요의 가면을 벗고

깨어나는 영혼


추억에서도 피가 흘러

골고다 언덕

나무십자가의 못자국

지는 해 붙안고

참회로 흐느끼는 붉은 꽃


암초로 굳어진 엉어리

하나님께 사뢰고 나면

아픈 삶일수록

아름다운 꽃이 되네

파도꽃

　시인은 그동안 많은 꽃을 노래했지만, 삶은 꽃이라는 인식에까지는 이르지 못했다. 그런데 이제는 삶이 꽃이라는 인식에 이르게 된다. 그리고 그 삶에서 행복이 꽃이 아니라 아픔이 꽃이었다는 더 높은 단계의 깨우침에 이른다. 상처가 깊으면 깊을수록 향기가 짙어지는 꽃이 된다는 고백에 이른다. 이런 인식은 단순한 삶이 가져다준 경험이 아니다. 하나님이 보여주신 피 흘리는 아픔을 경험한, 다시 깨어나는 영혼이 되었기에 가능한 노래이다. <골고다 언덕/나무십자가의 못자국/지는 해 붙안고/참회로 흐느끼는 붉은 꽃>을 자신의 꽃으로 받아들인 결과이다. 그래서 시인은 <아픈 삶일수록/아름다운 꽃이 되네> 라고 노래하면서 그 꽃을 <파도꽃>으로 명명한다. 굴곡진 아픔의 삶과 같은 파도가 만들어 내는 삶을 추영수 시인은 최초로 <파도꽃>으로 명명하고 있는 것이다

　삶을 꽃으로 나아가 <파도꽃>으로 명명한 추영수 시인은 『살아 있는 이유』(2014)에서는 「인생은 풀의 꽃」이란 마지막 꽃에 대한 자신의 신앙을 고백하기에 이른다.

　　인생이 감히 풀의 꽃이라니

　　오! 놀라운 은총이여

　　이 작은 눈짓을 위해

　　대지는 드넓은 품을 내어주었고

　　하늘은 아낌없이

그 고단한 땀과 미소를 내려주는구나


인생이 짧기에 귀하고
작기에 아름다운 것
놀랍고 오묘한 헌신 위에
세밀한 은총의 집중사격이여


대지 위에 무릎 꿇을 줄 아는
풀의 그 겸손
주어진 삶에 충실한 끈기


그 위에 내리신 하나님의 긍휼
그런 미소로 인생이
신의 돋보기에 들킨 꽃이 되었구나.


    시인으로서 꽃을 지속적으로 노래했고, 그 꽃을 통해 삶을 드러내 보여 주었던 추영수 시인은 결국 인생이 풀의 꽃이라는 인식에 다다랐다. 그녀는 평생 다양한 꽃들을 통해 삶의 아픔과 고통을 빗대기도 했고, 꽃이 지닌 아름다움과 밝은 세계도 노래했다. 그래서 그녀도 한 송이 꽃으로 남겨지길 원했다. 그의 무덤 위에 어떤 꽃이 피어날 수 있을런지도 고민했다. 그래서 그녀는 꽃이 되기를 바랐다. 그러나 그녀가 내린 결론은 인생은 풀의 꽃이라는 평범하지만 결코 평범하지 않은 깨달음에 이르렀다.

꽃대궐 같은 집에서 아름다운 꽃에 취해 살았던 유년의 추영수 시인은 자신의 시적 도정에서 꽃이 자신에게 어떠한 의미로 다가왔던지를 시로 이미지화함으로써 시인으로서의 인생길을 돌아보게 하는 시적 흔적을 남겼다. 그녀는 말년에 소뇌 위축증이란 힘든 병마에 시달리면서 포항 따님의 집에서 만년을 보냈다. 소통이 어느 정도 가능한 시간에 필자는 몇 차례 포항을 찾아 그녀와 만났다. 고석규 평전을 쓰는 데 필요한 구술 자료를 얻기 위해서였다. 그녀가 누운 침대 곁에는 성경이 놓여 있었고, 그 옆에 있는 메모지에는 하루에 몇 자씩 써나가는 성경 구절이 기록되어 있었다. 병세는 갈수록 심화되어 갔지만, 그녀의 얼굴은 언제나 평안하고 맑기만 했다. 그녀의 얼굴에서 한 송이의 꽃을 보는 것은 어렵지 않았다. 그 표정에서 그녀가 세상을 어떻게 정리하고 있는지를 어렴풋이 느낄 수 있었기 때문이다. 그녀를 마지막 만난 날이 2023년 1월 3일이었다. 마지막 그녀를 만나고 함께 기도한 후 부산으로 차를 몰고 내려오는 도중에 따님으로부터 숨을 거두었다는 연락을 받았다. 85세의 나이로 하나님의 부름을 받았다. 사흘 후 그녀의 육신은 포항 화장막에서 한 줌의 흔적으로 남았고, 그 흔적은 경기도에 있는 그녀의 가족묘에 안장되었다. 그가 사라진 그의 묘에는 어떤 꽃이 피어날까? 그녀가 어릴 때 그토록 좋아했던, 냉이꽃, 오랑캐꽃, 씀바귀꽃, 민들레꽃 중에서 어느 꽃이 피어날까? 묘하게 그녀는 자신이 그토록 좋아했던 이 꽃들을 자신의 시에서는 구체적으로 노래하지 않았다. 오직 들꽃으로 명명하고 노래했을 뿐이다. 이 들꽃 중 그가 안식하고 있는 가족묘에 민들레꽃이 피어나길 기도해 본다. 그녀가 민들레꽃을 가장 좋아했기 때문이며, 민들레의 꽃씨는 바람에 흩날려 천지사방 어디나 자리할 수 있기에.

# 『청미』 동인지 활동과
## 추영수 시인

하늘만
우러르고 삽니다
모두를 보듬고 삽니다

그냥 그냥
감격하는 미소로
늘 목마르지 않습니다

# 『청미』 동인지의
## 활동과 평가

　『청미』 동인지의 탄생은 1963년 1월이었다. 1월 20일 신세계백화점 지하다방에서의 첫 모임에는 김숙자, 박영숙, 허영자, 김후란이 참석했고, 이틀 후 모임에 김선영, 추영수 시인이 참석했다고 전해진다. 그리고 세 번째 모임에 김혜숙 시인이 참석하면서 총 7명의 동인이 구성되었다. 이들은 곧바로 동인지 발간 준비에 들어갔고, 모든 경비는 회비를 모아 계간으로 발행하되, 회장 없이 간사제를 도입하여 동인들이 돌아가면서 1년씩 간사 역할을 하기로 합의했다. 이들은 선배 시인인 김남조 시인을 고문으로, 동인명은 청미(靑眉) 동인회로, 동인지 제호는 『돌과 사랑』으로 선정했다. 이렇게 해서 한국현대시사에서 최초의 여성시 동인지가 탄생하게 되었다.

　이들은 첫 동인지 『돌과 사랑』 제1집을 1963년 4월 1일자로 세상에 내놓았다. 창간호에는 동인 각자의 신작 시 2편, 박영숙 시인의 「영국 여류시단의 근황」, 허영자 시인의 「노천명 시의 특징」 등의 논고가 실린 50페이지의 얇은 책자로 500부를 발간했다. 동인지 창간호를 기성시인들에게 배부함과 동시에 서울의 주요 서점에 배포했는데, 창간호가 매진되는 경사가 벌어졌다. 이에 동인들은 용기백배하여 발행 부수를 1천 부까지 늘여가면서 동인지 계간 발행을 계속하게 되었다. 『돌과 사랑』 제1집 창간 이후 계간으로 7집까지 발간했다.

1968년에는 임성숙, 김여정, 이경희 시인이 동인에 동참하게 되었고, 그후 박영숙, 김숙자 시인이 미국으로 이민을 가게 되고, 김여정 시인이 개인 사정상 탈퇴함으로써 창립 때의 구성인원인 7명이 계속 유지되었다. 이때부터 동인지 제호도 '청미'로 바꾸고, 계간 발행을 1년에 한 번씩 발간하는 엔솔로지로 발행하게 되었다. 『청미』로 개제한 동인지는 1970년 12월에 나왔다. 이는 창립 35주년까지 지속되었다.

청미 동인회의 특징은 동인지 발간 이외에도 합동 수필집 발간과 시낭송회, 독자와의 대화 행사를 가졌으며, 저명화가들과 함께 시화전, 시판화전 등을 열면서 활동영역을 넓혔다는 점이다. 1972년 11월 14일부터 19일까지 신세계백화점 화랑에서 청미 시판화전을 개최했고, 1977년에는 청미수필집 『고독을 심으며 사랑을 가꾸며』를 펴냈다. 1977년 6월 3일에는 출판문화회관 강당에서 시인과 독자와의 대화 행사를 개최하기도 했다. 그리고 1977년에는 청미회 창립 15주년 기념행사를 한국일보 송현클럽에서 개최했고, 1978년에는 청미 시와 산문집 『겨울에서 겨울까지』를 출간했으며, 1982년에는 청미 창립 20주년 기념 시집 『당신께선 빛나는 물결』을 발간했다. 1982년 11월 17일에는 청미 창립 20주년 기념 시낭송회를 대학로 문예회관 소극장에서 가졌다. 이러한 활발한 활동의 결과로 1983년에는 한국문화예술진흥원으로부터 우수동인지상을 수상하기도 했다. 1987년에는 두 번째 청미 동인 수필집 『사랑을 가꾸며』를 발간했는데, 1993년에는 의미있는 청미 30주년 기념 출판기념회를 동서문학사에서 가졌다. 1998년 8월, 창립 35주년을 기념해 모인 프라자호텔 덕수홀 기념 만찬에서 이들은 더 이상의 동인지 발간과 동인 활동을 접기로 합의하면서 기념 총집 상·하권을 발간한다. 이어 세월이 제법 지난 2014년에는 청미 동인회 창립 50주년 기념 문집인 『청미 50주년 기념 총집 1963-2013』을 펴내기에 이른다. 이들의 실질적인 동인지 활동은 35년이었지만, 창립 50주년 기념 문집을 펴냄으로써 청미 동인 활동의 명맥을 반세기까지 이어온 셈이 되었다.

그래서 『청미 50주년 기념 총집 1963-2013』에 실린 이건청 시인의 축시는 나름의 시사적 의미를 가지는 시편이다.

푸른 눈썹, 청정 시인들에게
–청미 50주년을 축하하며
푸르청청 한국시문학사의/장대한 산맥 위에 뜬 푸른 이내 아래/나무들이 나무들끼리 전하는 말/가만가만 귀 기울여 들어보면/비단 옷고름 옷고름끼리 스치는 소리/세모시에 쪽빛 물드는 소리/우물 푸른 이끼에 맺힌 물방울/깊은 바다을 흔드는 소리/그 소리들이 한데 섞여/밝고 맑은 전언으로 울리는데//그런 곡진한 말들로 시의 길을 헤쳐 간/형형한 눈매의 누이들이 있었는데/치밀하고 섬세하고 온화한 체온을/한데 모두어 불을 만들어내곤 하던/푸른 눈썹 누이들이 있었는데//그 누이들끼리 밤새워 자아낸 명주실 엮어/오동나무에 걸고 퉁기고 활로 비벼내니/진심의 시, 여기 있었네, 여기 있네//한국시문학사의/골짜기 골짜기 깊이 경영하면서/공들여 손으로 일궈낸 유기농 시편들이/50년 세월 속에 차곡차곡 쌓여 있네/이 나라 푸른 눈썹 누이들이/허리 굽히고, 호미질 해간 사래 긴 밭/흘린 땀으로 비옥해진 밭머리에/푸진 열매, 그득그득 쌓였네/'청미 동인' 50년이 이뤄낸/진심의 시, 여기 있네, 여기 있었네/유기농 청청 시인들 여기 있네/한국시문학사의 장대한 산맥을/앞장서 끌고 온 이 나라 시인들/푸른 눈썹의 누이들 여기 있네.//저 깊은 지층에 차곡차곡 쌓인/금으로 쌓인, 은으로 쌓인.

이건청 시인은 축시로써 청미 50년의 시문학사적 의미를 <한국시문학사의 장대한 산맥을/앞장서 끌고 온 이 나라 시인들>이라고 상징적으로 해석해 놓고 있지만, 실제 청미를 이끌고 온 한 사람인 김후란 시인은 기념 문집의 머리글인 「반세기의 역사의 청미, 그 아름다운 열정」에서는 스스로를 다음과 같이 자평하고 있다.

청미 동인회의 창립 50년을 맞으면서 지난 반세기 역사의 발자취와 무게를 진지하게 돌아보게 한다. 우리나라 신문학사상 최초라는 주목을 받으며 지금으로부터 50년 전인 1963년 1월 푸른 눈썹 청미라는 매혹적인 이름을 가지고 태어났던 문학동인회였다. 20대의 젊음과 신진시인의 풋풋한 열정을 안고 모였던 동인들 모두 오늘날 우리 시단의 중진으로 자리매김하여 지난 반세기 문학활동을 감회롭게 되새기는 연륜

추영수 평전

이 되었다.

그것은 청미 동인들 개개인의 성취일 뿐 아니라 또한 우리 문학사에 큰 획을 긋는 자취이기도 하여 청미 동인 활동에 관련된 자료들을 총정리할 것을 청미 동인회 회의에서 결정하였다.

이 기념 문집은 우리 문학사적 사료로서는 중요하며 한국문학사의 건강한 한 흐름을 유추해 보는 소중한 자료가 될 것으로 믿는다.

우선 그동안 청미에 관련된 소중한 글들을 최대한 모았고 관련 사진도 골라서 편집을 했다. 모은 글들은 발표 지면과 게재 날짜가 각기 달라서 원고 끝에 명기했으며, 그동안 작고하신 분들이 적지 않아 마음이 아팠다. 그리고 청미의 긴 세월엔 참으로 많은 분들의 사랑과 격려가 있었음을 절실히 느꼈다. 진심으로 고마운 인사를 드린다.

이번 기념 문집의 내용은 다음과 같다.

첫째 박두진 시인께서 1993년 청미 30주년 기념호에 축시를 써주셨던 귀한 원고를 책머리에 싣고 이번에 이건청 시인의 축시 한 편을 더 받아 함께 실었다.

둘째 청미 동인들의 자필 시 한 편과 자선 대표 시 10편씩을 실었다.

셋째 신동욱 문학평론가에게 청미 문학의 한국문학사에의 기여도를 분석한 논고 「한국문학사에서의 청미 동인회의 위상과 그 시 세계」를 새로 받았고 이어서 그동안 여러 지면에 발표된 문학평론가와 시인들의 논평을 찾아 실었다.

넷째 타 문화지에 초대되어 가졌던 청미 동인들의 좌담회 1·2·3 기사를 실었다.

다섯째 '내가 본 청미 동인들', '청미 30주년 축하의 글'을 주신 선배 동료 문인들의 정겨운 글을 실었다.

여섯째 청미 동인회의 역사를 간략히 정리한 발자취와 사진회보와 여러모로 도움을 주셨던 고마웠던 분들 명단을 실었다.

생각하면 아득한 세월이지만 처음 만났던 모임의 창립 초기 분위기는 지금도 생생하게 기억된다. 당시 대한일보 기자인 박영숙 시인과 서울신문 기자였던 나는 자주 만나던 사이였다. 어느 날 함께 차를 마시다가 '60년대 사화집', '현대시' 등 동인지가 나오고 있어 우리 여성시인들끼리 동인회를 만들어 보자는데 의견일치를 보았다. 동인의 수는 럭키 세븐 7명으로 하기로 하고 멤버구성은 나에게 일임이 되었다.

마침 김규동 시인이 여성시인들의 사화집 '사색과 영원'을 발간해 준 직후여서 그 책을 참고하여 호흡이 맞을 만한 범위로 7명 동인 윤곽을 잡았다.

창립멤버는 등단 3년 안팎의 시인들로서 가나다순으로 다음과 같다. 김선영(현대문학), 김숙자(자유문학), 김혜숙(현대문학), 김후란(현대문학), 박영숙(시집 『이브의 사념』), 추영수(현대문학), 허영자(현대문학).

1월 20일 신세계백화점 지하 다방에서의 첫 모임은 눈이 펑펑 내리고 몹시 추운 날씨였다. 김숙자, 박영숙, 허영자 시인과 나까지 4명이 참석했고 이틀 후 모임에 김선영, 추영수 시인이 참석했다. 진명여고 교사이던 김혜숙 시인은 직장 관계로 세 번째 모임에야 나왔다.

이름으로만 알았던 젊은 시인들이 서로 낯선 인사를 나누었지만 우리는 곧바로 동인지 발간 준비에 들어갔다. 모든 경비는 회비를 모아 계간으로 발간하기로 하고 회장은 없이 간사제를 도입, 동인들이 교직, 신문사, 잡지사 등 바쁜 직장인들이어서 1년씩 돌아가며 간사 역할을 하기로 합의했다.

선배 시인 김남조 선생님을 고문으로 모시고 숙의 끝에 '청미 동인회'와 동인지 제호로는 '돌과 사랑'을 채택했다. 백미를 지향한 눈썹 맑은 여류들의 모임이라 풀이해도 좋을 듯하다.

첫 동인지 '돌과 사랑' 제1집을 1963년 4월 1일자로 세상에 내놓던 날 우리는 자신의 시집을 낸 것처럼 기뻐했다. 각자 신작 시 2편씩을 냈고 박영숙 시인이 '영국 여류시단의 근황', 허영자 시인의 '노천명 시인의 특질' 등 논고가 실린 50페이지의 얇은 책자 5백 부였다. 문단 선배에게 기증한 이외에 동인들이 나누어 들고 서울의 주요 서점에 배포한 창간호가 서점에서 매진되자 우리는 용기백배하여 점차로 발행 부수를 1천 부까지 늘려가면서 계간 발행을 계속하였다.

68년도에는 임성숙(현대문학), 김여정(현대문학), 이경희(한국일보) 시인이 영입되었고 그 후 박영숙 시인과 김숙자 시인이 미국이민으로, 김여정 시인이 개인사정으로 불참하면서 2013년 현재는 다시 7명이 되었다.

이때부터 동인지 제호를 '청미'로 바꾸고 계간 발간을 1년에 한 번 앤솔로지로 발간하게 되었다.

청미회의 활동은 동인지 발간 이외도 합동 수필집 발간과 시낭송회, 독자와의 대화 행사를 가졌고 저명 화가들과 함께 시화전, 시판화전 등을 열면서 활동 영역을 넓혔다. 그리고 기회 있는 대로 동인들끼리 국내의 여행으로 친목을 도모하기도 했다.

처음 출발 때는 작품 성향을 의식하지 않고 막연하게 모였으나 동인지 발간을 계속하면서 청미 동인들의 작품이 표현은 주지적인 자유시로서 각자 강한 개성을 보였지만 대체로 새로운 서정시 범주에 속했다. 그래서 박남수 시인께서 동인회 명칭을 '신서정'이라고 했으면 좋겠다는 의견을 주셨으나 동의는 했으면서 표제를 변경하지는 않았다.

창립 35주년을 기해서 동인지 발간 등 동인 활동은 일단 접기로 하고 그간의 동인 시들을 한데 엮은 청미 총집 상·하권을 간행한 바 있다. 그러나 청미 동인들은 2-3개월에 한 번씩 우정의 모임을 지금까지 계속하고 있다.

시를 사랑하고 시를 생각하면서 사유의 돛을 가슴에 담고 있는 한. 우리들은 항시 젊은 정신으로 미래지향적으로 살고 있다고 자부한다. 우리들 동인 활동이 작품 발표를 위한 도인지 발간에 그치지 않고 동시대인으로서의 문학인으로서의 자각과 삶의 본질을 추구하는 공통된 시창작 열의를 가지고 시적 교감을 소중히 여겨온 그 심지로 해서 오랜 우정의 길을 손잡고 올 수 있었다고 믿는다.

마치 널뛰기처럼 서로를 자극하고 부추겨주는 보이지 않는 힘이 내적 충실의 동인회를 가꿔왔고 그 열정과 힘은 또한 우리 동인 개개인의 문학 생명을 탄력감 있게 키워주었다고 하겠다.

나이와 상관없이 각자 시인으로서의 창작활동은 식지 않는 열정으로 계속하고 있음을 밝히면서, 청미 동인들의 청미(靑眉)가 진정한 백미(白眉)로서 심신 모두 아름답게 건강하게 빛나도록 진정성 있게 가꿔갈 것을 다짐한다.

이제 후배들의 활동을 지켜보면서 뿌리를 깊이 내린 나무처럼 청미 동인회라는 나무는 의연하게 서 있을 것이다.

김후란 시인의 자평은 청미 동인회가 한국 최초의 여성시 동인이었다는 점에서 출발해서 이들의 활동이 공식적으로는 동인지 발간이 35년의 활동으로 끝났지만, 50주년 기념 문집까지 펴냄으로써 반세기의 역사를 이어왔다는 점을 강조하고 있다. 시동인지의 역사를 반세기까지 기록한 동인지가 없다는 점에서 이는 분명 새로운 역사임에 틀림없다. 그러나 청미가 기록한 시사적 의미를 제대로 평가해 보려면, 청미 자체의 평가를 넘어 타자의 객관적 시선으로 바라볼 시각이 필요하다.

초기 단평으로는 정한모 교수의 「60년대 시단에서의 독자적 정진」(《심상》 4월호, 1976)이 있다.

김선영, 김숙자, 김혜숙, 김후란, 박영숙, 추영수, 허영자를 구성 멤버로 하는 '청미회'는 그 모임의 이름이나 동인지의 제호가 명실상부하게 잘 어울리는 이름으로 생각되었다. 공통된 이념 같은 거창한 것이 아니라, 서로 통하는 감성적인 것, 여성다움 같은 것이 하나의 특성으로 집약될 수 있는 모임이라 볼 수 있었다. (중략) 갖가지 동인시지들이 쏟아져 나오던 60년대 전반기였지만 '청미회'의 존재는 그것이 다만 여류시인들의 모임이라는 의의 이상의 실질과 특색을 지니고 꾸준하였다.

자고로 '남류'라는 말을 찾을 수 없고 유독 '여류'라는 두드러진 이름만을 내세운 것은 그 희소가치에서 연유해 왔다고 볼 수 있다. 그러나 오늘날 '여류'라는 개념에는 그와 같은 희소가치가 아니라 그 독자적 특성이 더욱 큰 자리를 차지하고 있는 것이다. 특히 60년대 시인들 가운데서 여류가 차지하는 비중은 더욱 무겁다고 아니할 수 없으며 동인시지 『돌과 사랑』의 출현은 이러한 '여류시'와 더불어 이러한 60년대 시단의 특징적 현상을 증명해 주었다고 볼 수 있다.

'청미회'는 그 후 김여정, 이경희, 임성숙 등 세 시인을 동인으로 추가하여 70년대에 들어와 계간이 아닌 연간 앤솔로지 『청미』를 묶어내고 있으며 시판화전도 연 바 있다.

15년을 넘어 아직도 꾸준한 '청미회'의 정진은 동인 각자의 시인으로서의 독자적 성장과 더불어 한국현대시에 그만큼 현저한 기여를 해왔다고 할 수 있다. 발표 지면만을 위한 무의미한 동인지군 속에서 '청미회' 동인들은 공통된 것을 지니고 있어 하나의 에콜을 이루고 있는 것 같다. 그것을 무엇이라고 지적할 것인가는 더 두고 볼 일이며, 더 차분하게 찾아볼 일이므로 총망한 이 자리에서 서둘러 언급하는 일을 피하고 뒤로 미루기로 한다.

다만 '청미회'는 여성적인 특성을 더욱 강렬하게 풍기면서 '탈여류적' 지향을 해왔다고 볼 수 있다. 즉 여류시인으로서의 특성을 살려 그 독자적 위치를 더욱 확실하게 한 것이다.

앞으로 '청미회'가 어떻게 진일보 전신도약(轉身跳躍)할 것인가? 60년대에 동인 각자의 성장 과정에서 가졌던 연대 의식이 모임과 또한 개개인의 발전을 결과했을 것이라고 볼 수 있고, 그 인간적인 친화감과 젊은

추영수 평전

여류시인으로서의 연대 의식이 15년을 한결같게 정진할 수 있게 한 것이며, 앞으로도 그러한 관계와 정진은 변치 않고 지속될 것으로 생각되지만, '청미'에 대한 기대는 다만 이러한 변함없는 연륜의 연장에만 있는 것은 아닐 것이다.

정한모 시인은 '청미'의 15년을, 전반적으로는 긍정적인 어조로 바라보고 있지만, 몇 가지 문제점도 함축시켜 놓고 있다. 우선은 여류시인들의 동인지라는 점에서, 이제는 여류라는 희소가치에서 벗어나야 한다는 점이다. 단순히 여성시인들의 모임이라는 외면적인 특성에서 벗어나야 한다는 지적이다. 남성 시인들과 성별이 다르다는, 단순히 성별 차원의 모임으로는 큰 의미가 없다는 것이다. 남성시인들이 내보이지 못하는 다른 시 세계를 보여줄 수 있는 여성집단이 되어야 한다는 점을 암묵적으로 제시하고 있음이다.

다음은 "발표 지면만을 위한 무의미한 동인지군 속에서 '청미회' 동인들은 공통된 것을 지니고 있어 하나의 에콜을 이루고 있는 것 같다. 그것을 무엇이라고 지적할 것인가는 더 두고 볼 일"이라는 지적 속에 담긴 주문이다. 동인지의 출발은 일차적으로 발표 지면의 확보라는 현실적인 문제를 해결하는 지름길 중의 하나임에 틀림없다. 그러나 해를 거듭해 나가면서 하나의 시동인은 하나의 에콜을 형성해 나가야 하는 지향점을 자연스럽게 지니게 된다. 그런데 '청미'가 15년을 지나면서 한국시단에 내보인 에콜은 "다만 '청미회'는 여성적인 특성을 더욱 강렬하게 풍기면서 '탈여류적' 지향을 해왔다고 볼 수 있다. 즉 여류시인으로서의 특성을 살려 그 독자적 위치를 더욱 확실하게 한 것이다."란 점에 그쳐 있다는 매우 날카로운 지적이 숨겨져 있다.

이를 넘어서기 위해서는 각고의 노력이 있어야 함을 주문하고 있다. 그 주문은 '청미'에 대한 마지막 기대로 나타나고 있다. 즉 단순한 연륜만의 연장으로는 '청미'가 한국현대시사에서 기록될 에꼴을 남기기가 힘들다는 것이다.

인간적인 친화감과 젊은 여류시인으로서의 연대 의식이 15년을 한결같게 정진할 수 있게 한 것이며, 앞으로도 그러한 관계와 정진은 변치 않고 지속될 것으로 생각되지만, '청미'에 대한 기대는 다만 이러한 변함없는 연륜의 연장에만 있는 것은 아닐 것이다.

이렇게 일차로 평가된 '청미'가 연륜이 더해져 창립 20주년이 된 해에는 김우종 평론가가 「한국문학사에 새긴 뜻 – '청미' 창립 20주년 기념 특별기고」(1983)에서 '청미'가 지닌 의의를 나름으로 평가하고 있다.

'청미회'가 창립된 것은 1963년이다. '돌과 사랑'이란 이름으로 첫 동인지가 나왔다.

이때부터 헤아려서 20년의 세월이 흘렀다. 그동안에 14권의 동인지를 발간했고 우수한 작품들을 그때마다 새로 써서 발표했다. '청미회' 동인들이 그때부터 스무 살을 더 먹어 중년에 들어섰듯이 그들의 작품도 이미 그만큼 원숙한 경지에 들어섰다. '돌과 사랑'이 그들의 시라면 그 돌엔 이미 푸른 이끼가 앉은 지 오래고, 사랑도 쓴맛 단맛 다 알고 인생을 저만치서 바라볼 때쯤 되었을 것이다.

이런 세월로서의 '청미' 동인 20이란 이 나라의 문학사에서도 매우 귀중한 뜻을 지니는 것이겠다.

'청미' 동인 20년은 한국문학사에 있어서 동인 그것 자체로서 큰 뜻을 찾아보게 된다.

한국의 현대문학은 원래 동인 활동으로써 문학적인 막을 올렸다고 보아도 좋다. '창조', '폐허', '백조' 등이 그것을 증명해 준다. 그런데 '청미' 동인은 그것과는 아주 다르다. '창조', '폐허' 등은 문예지가 없을 때 스스로 발표 지면을 갖기 위하여 만들어진 것이다, 그러니까 그들은 자금난이 해산의 원인이 되기도 했지만 딴 발표 지면이 생기면 저절로 흩어질 소지가 있었다.

하지만 '청미' 동인은 사정이 다르다. 물론 시인에게 발표 지면이 적은 것이 사실이지만 이들은 대부분 《현대문학》지 출신으로서 그들의 발표지가 따로 있었고 또 그 밖에도 딴 지면들이 있는 시대에 동인을 구성했다. 더구나 40을 넘긴 중견 시인이 되어 이들은 어디서나 정중한 예우를 받는 위치에 있다. 그러므로 이들의 동인지는 처음부터 지금까지 색다른 의의를 지녀온 셈이다.

즉 어려운 추천 과정을 뚫기 전에 서로 지면을 얻기 위해 만들어지는 많은 동인지와 달리 이미 단단한 자리를 굳히기 시작한 기성인들이 자신들만의 목소리를 한 자리에 집약시키기 위해서 이루어진 것이다.

그러면 그들은 한데 모여서 무엇을 말해 온 것일까. 내가 보기엔 이들은 시의 방법론이나 어떤 시 작업의 목적의식이나 문학에 대한 이념에 있어서 특수한 공통성을 지니지는 않았었다. 대개 딴 동인들이 창립 단계에서 자신들만의 주의 주장을 어떤 정당 강령처럼 들고나온 데 비해서 이들에겐 그런 것이 없었다. 그렇지만 그런 뚜렷한 공동선언문 같은 것이 없었다는 점에서 이들은 더욱 중요한 뜻을 지닌다.

그런 특수 목적이 있었다면 이들은 벌써 일찍부터 해체되었을 것이다. 그런 일치된 견해나 목표는 문학에 있어서는 결코 집단적으로 오래 가는 것이 아니기 때문이다.

문단이란 저마다 음색이나 음질이 다른 악기를 켜고 있는 자리이며 굳이 어떤 하나의 공통성 속에 자신을 묶으려는 것은 무리한 일이다. '청미 동인'은 그런 뜻에서 처음부터 저마다 색다른 소리를 내고 있었다. 색다른 소리를 마음껏 내면서도 서로 그것을 존중하고 더욱 훌륭한 하모니를 형성해 왔다는 점에서 이들은 멋진 오케스트라에 비유된다.

그렇지만 그런 개성을 발휘하면서도 다 함께 이룩해 나간 문학사적 의의가 있다.

이들은 모두 50년대 말과 60년대 초 사이에 등단한 시인들이다. 이들은 그 이전의 세대들과 다르다. 왜냐하면 그 이전엔 여류시인도 거의 없었으려니와 이들은 특히 까다로운 추천의 관문을 거치고 그만큼 엄격한 자격 심사를 받아서 정선된 사람들이기 때문이다.

그뿐만 아니라 우리는 해방 후 비로소 우리말 우리 문학을 본격적으로 공부할 수 있게 되었으며, 그같은 전문적 교육을 비로소 알차게 받고 시인으로 등단한 최초의 세대는 바로 '청미' 동인 때의 세대들뿐이다. 50

년대 후반 그리고 60년대 초부터 우리 문학이 그 이전에 비해 얼마나 비약적인 발전을 보여주었는지를 살피면 짐작이 가는 일이다.

그러므로 우리가 말을 자유롭게 구사할 수 있는 시대를 처음으로 맞이한 후, 우리 언어가 지닐 수 있고 가장 풍요한 감각과 메타포의 가능성 등을 우리 문학사에서 최초로 성공적으로 실증하기 시작한 대표적인 집단이 바로 '청미' 동인이 될 것이다. 물론 당시의 딴 시인들도 있지만 적어도 그런 특성과 그런 역사적 의지가 우연이든 아니든 하나의 집단 형태로 표현되기 시작하고 오늘날까지 그 저력이 빛을 내고 있는 것은 '청미' 동인이다.

이렇게 출발한 '청미' 동인이니만큼 이들이 저마다 수 편씩 신작을 모아서 출간한 '청미' 시집은 그때마다 이 나라 여류시단의 가장 높은 수준이 어디까지 와 있는지를 대충 일괄해 보여줄 수 있는 대표적인 것이 되었다.

그뿐만 아니라 동인 활동은 작품 활동인 동시에 인격과 인격과의 결합으로서의 문단 활동이었다. 그런 의미에서 '청미'는 은연중에 소중한 역할을 해왔다.

'청미' 동인들은 오로지 시인으로 살아온 사람들이요. 그밖에 언론이나 교육계에 몸담고, 시 이전에 시인의 몸짓으로 우리를 감동시켜 온 분들이다. 선배들로서 실제로 가장 중추적 역할을 할 수 있는 시인들이 이런 모습을 지녀왔다는 것은 그만큼 이들이 우리 문단을 지키는 단단한 보루의 역할을 해온 것이라고 보아야 할 것이다.

즉 20년의 세월이 흐르는 동안 어떤 역사적 변화 속에서도 모든 것을 오직 시 속에 수용하고 시로써 응답하며 조용히 자신들의 내면세계를 확충해 나간 것이 이들의 삶의 전부였다고 한다면 그 시는 물론 시인으로서의 삶의 자세가 우리 문단에 끼쳐온 파급효과도 매우 소중한 것이었음을 능히 짐작하고 남음이 있을 것이다.

김우종 평론가는 '청미'가 지닌 의의를 한국문학사 속에서 찾고 있다. 한국문학사가 시작된 초창기 창조나 폐허 같은 동인지와 비교하면서 그 성격이 다름을 평가하고 있다. 문예지가 없던 시절에 오직 지면 확보를 위해 발간되었던 시절의 동인지와는 '청미'의 출발이 지닌 성격은 분명 다르다는 것이다. 그리고 예비 시인들의 활동 무대인 동인지와도 차별화하고 있다. '청미' 구성원들이 어려운 추천 과정을 거친 기성시인들이란 점을 부각시키고 있다. 어느 정도의 시적 평가를 받을 수 있는 시력을 지닌 '청미' 동인들이 지속적으로 20년 동안 활동해 온 결과로 한국 여류시단의 수준을 높여왔다는 점을 긍정적으로 평가하고 있다.

문제는 20년 동안의 활동을 통해서 어떤 시적 에꼴을 보여주었느냐 하는 점이다. 앞선 정한모 시인의 평가에서는 이 에꼴을 구체적으로 밝히지는 않았지만 무언가 연륜이 더해가면서 하나의 에꼴이 형성되어지기를 기대했다. 그런데 김우종 평론가는 이러한 에꼴의 형성에 대해 부정적인 입장을 내보인다.

그러면 그들은 한데 모여서 무엇을 말해 온 것일까. 내가 보기엔 이들은 시의 방법론이나 어떤 시 작업의 목적의식이나 문학에 대한 이념에 있어서 특수한 공통성을 지니지는 않았었다. 대개 딴 동인들이 창립 단계에서 자신들만의 주의 주장을 어떤 정당 강령처럼 들고나온 데 비해서 이들에겐 그런 것이 없었다. 그렇지만 그런 뚜렷한 공동선언문 같은 것이 없었다는 점에서 이들은 더욱 중요한 뜻을 지닌다.

그런 특수 목적이 있었다면 이들은 벌써 일찍부터 해체되었을 것이다. 그런 일치된 견해나 목표는 문학에 있어서는 결코 집단적으로 오래 가는 것이 아니기 때문이다.

문단이란 저마다 음색이나 음질이 다른 악기를 켜고 있는 자리이며 굳이 어떤 하나의 공통성 속에 자신을 묶으려는 것은 무리한 일이다. '청미 동인'은 그런 뜻에서 처음부터 저마다 색다른 소리를 내고 있었다. 색다른 소리를 마음껏 내면서도 서로 그것을 존중하고 더욱 훌륭한 하모니를 형성해 왔다는 점에서 이들은 멋진 오케스트라에 비유된다.

그렇지만 그런 개성을 발휘하면서도 다 함께 이룩해 나간 문학사적 의의가 있다.

김우종은 '청미'가 지니는 문학사적 의의는 이들이 하나의 목소리를 낸 데 있는 것이 아니라, 각기 다른 시적 목소리를 통해 훌륭한 하모니를 형성해 왔다는 점을 높이 평가하고 있다. 하나의 에꼴을 내세우지 않고 각자의 목소리를 그대로 마음껏 펼칠 수 있게 한 열린 광장이 '청미'가 지닌 특장이란 평가이다. 다시 10년의 세월이 흐른 후에는 '청미'가 어떤 평가를 받았을까? 창립 30주년을 맞아 '청미' 30주년 기념호에는 김용직, 정영자의 평가가 보인다. 김용직 교수는 「서정의 여성 대열 – '청미회' 30년

그 의미와 시 세계」(청미 30주년 기념호, 1993)에서 '청미' 동인지를 다음과
같이 평하고 있다.


(전략)

3. 서정성의 기수 '靑眉'는 '청미'로

어느 의미에서 시간과 장소가 사람을 만든다는 말은 참일지 모른다.
그러나 이 말이 곧 '청미'가 얻어낸 명성이 우연의 결과라는 이야기를 가
능케 하는 것은 아니다. 여류로서는 최초로 집단 활동을 시도하면서 '청
미'는 물론 동인 각자의 개성을 최대한 존중하는 입장을 취했다. 그러나
그와 함께 이들은 두 개의 행동 축 같은 것을 야멸차게 부여잡고 있었다.
그 하나가 전통적인 세계나 가락을 지향해온 점이라면 다른 하나는 서
정시의 본질적인 새 감성을 줄기차게 추구해 온 점이다.

본래 모든 시 또는 예술은 서로 그 이해가 어긋나는 동력선을 문맥
화(文脈化)하는 것으로 이루어진다. 시와 예술은 선행한 것을 지양. 극복
하여 새 차원을 구축하지 않고는 그 존재 의의가 성립될 수 없다. 이것은
그 생명의 한 가닥이 창조적 차원의 확보에 있음을 뜻한다. 그러나 그와
동시에 우리가 시를 쓰고 작품을 만드는 일은 선행한 그것들에 대한 의
식없이는 이루어질 수가 없다. 그 가운데는 가장 양질에 속하는 것들의
가락이나 심상, 그 형태, 구조를 터득하지 못하면 우리 활동은 풍차를 괴
물로 알고 돌격하는 돈키호테의 어리석음을 범하게 된다. 좋은 시란 바
로 이들 두 요소를 한 형태로 결집시키는 작업이다. 그런데 개인이나 집
단, 유파에 따라서는 전자에 더 역점을 두는 경우가 있다. 현대에 접어들

어서는 미래파나 다다. 초현실주의를 표방한 시인들이 바로 그랬다. 그들은 시를 격렬한 실험을 통해 빚어낼 수 있는 공작품이라고 믿었다. 그러나 또 다른 시의 유파 가운데는 전통의 기능적 계승을 통해서 시의 영토를 넓히려는 예도 나타났다. 우리 문학사를 통해서 보면 시조부흥운동을 한 사람이라든가 판소리 사설의 가락을 서사 양식에 담으려고 시도한 분들이 바로 그에 해당된다. 그런데 '청미' 동인들은 말씨나 가락에 한국적인 것을 곁들이고자 한 듯 보인다. 이것이 그들의 첫째 특색이다.

이와 함께 '청미'의 또 다른 특징적 단면으로 생각되는 것이 그 서정시에 대한 집착이다. 그 자취는 한 동인이 쓴 산문을 통해서 포착된다.


한 시인 선배는 우리에게 신서정의 영역을 감당하는 동인지로서 기대한다고 말하였다. 이 점에 대해서 우리는 이따금 토론도 하고 생각해 보지만 완전한 해답을 얻지 못한 채 오늘에 이르고 있다.


근대 이후의 시는 엄밀한 의미에서 서정시에 한한다. 부르주아지 계층의 대두와 함께 서사 양식은 그 양식적 특성이 소설로 꼴바꿈을 했다. 이 분화 이후 시는 스스로의 존재 의의를 확보하기 위해서 제 나름의 의장을 개발하고 독자적 구조를 갖추지 않을 수 없었다.

그 결과 서정시는 더욱 집약적인 각도에서 언어를 써야 했다. 형태, 기법에 대해서도 신경을 곤두세워야 했다. 위의 글에서 신서정이란 그런 차원 개척을 위한 감각을 가리키는 것이다. '청미' 동인들은 이에 대해서 완전한 해답을 얻지 못한 채라고 했다. 이것은 다소간의 겸손인 동시에 너무나도 당연한 말이기도 하다. 어떤 집단이 보다 좋은 시를 위해 일정한 시도를 할 수는 있다. 그러나 거기서 완전한 해답을 얻어내기란 애초에 불가능하다. 만약 완전한 해답이 나올 수 있다면 시 곧 서정시=현대시의 도식으로 나타나는 시의 역사는 그것으로 끝이 날 것이기 때문이다. 이것이 '청미'가 이제까지 상당히 유익한 과정을 거쳤다는 말을 성립시키기도 한다.

'청미'는 앞으로도 서정시를 수호하고 개발해 나가는 유파로 남을 것이다. 그런 의미에서 그 30년은 우리 현대시사에 어엿한 풍경으로 남으로리라 믿는다.

김용직 교수의 '청미'에 대한 평가는 시의 본질과 특징을 바탕으로 이루어지고 있다. 그는 '청미' 동인들이 펼쳐내 보이는 시의 특징을 신서정의 차원에서 규정짓고 있다. 이는 전통적인 서정시에 바탕을 두고 있는 것으로 지속적으로 천착해 나가야 할 과제로 제시하고 있다. 이는 지금까지 '청미' 동인들의 시를 하나의 에꼴로 규정하지 못한 지점을 넘어서는 평가로 보인다. 즉 '청미' 동인들이 30년 동안 추구해 온 시 세계는 전통적인 한국의 말씨나 가락을 바탕으로 한 새로운 서정시를 추구해 온 역사로 보고 있는 것이다. 그래서 '청미'는 한국현대시사에서 서정시를 수호하고 개발해 나간 유파로 남을 것이라고 평가하고 있다.

이어서 정영자 교수는 「삶에서 진솔한 통찰력과 여성 특유의 따뜻한 인간주의」(청미 30주년 기념호, 1993)를 통해 '청미' 동인 각자 시인들의 시세계를 해석하고 있다. 즉 동질성과 이질성을 분석해 보고 있다.

(전략)

동인들의 꾸준한 작품 세계를 천착할 때 대체로 다음과 같은 동질성을 획득할 수 있다.

첫째 여성성의 고유한 정한을 바탕으로 한국적 서정의 세계와 인간 내면세계에 대한 부단한 성찰과 기원을 이루고 있다.

둘째 섬세한 감수성의 명증한 세계를 노래하면서도 주정주의가 빠지기 쉬운 감상주의를 극복하는 시적 긴장과 절제·극기를 이루는 절묘한 수사기법을 구사하고 있다.

셋째 자연과 세상을 진술하고 직설적이며 평면적인 구도로 접근하되 부드러운 연가풍으로 표현하고 있다.

넷째 동양적 관조의 세계와 존재의 넉넉함을 여성적 글쓰기의 체험적 증언으로 묘사하고 불교적 인연설을 그 바탕으로 하고 있다.

다섯째 1960년대 초엽 《현대문학》지를 통하여 문단 데뷔를 한 이후 한국시단에서 확고한 위상을 차지하고 있는 중견시인으로 자신의 개성과 영향력은 물론이거니와 자신의 독자층을 확보하고 있는 한국문단의 특성 있는 시인들이다.

여섯째 그 문학적 성과는 동인 대부분이 한국시인협회상, 현대문학상, 월탄문학상 등을 수상하여 평가받았다.

일곱째 시대의 조류에 편승 없이 도시감각적이고 현실비판적인 점까지 접목시키면서 새로운 신서정의 특성을 창출하고 있다

여덟째 지극히 개성적이기 때문에 조화를 이룰 수 없을 것 같은 우려를 깨고 깊은 우정의 성곽을 쌓아 인간적인 사랑과 여유를 가짐으

로써 작품 이전에 인간성의 매료라는 이쁘고 아름다운 역사를 창조하고 있다.

아홉째 서정의 날개를 펴는 공통성을 가지고 있으면서도 그들이 가진 빛깔과 향기는 각기 다른 다채로운 자기 세계를 획득하고 있다.

열째 불교적 인연설을 바탕으로 하지만 그들의 지향은 대체로 기독교적 소망과 밝음의 지향이라는 생산적이고 긍정적인 정신에 닿아 있다. 때문에 상실의 미학에서 출발했으나 항상 감사와 은혜로운 충만과 내일에 대한 소망으로 가득하다.

이상과 같이 '청미' 동인들의 시가 지닌 공통적인 요소들을 열 가지로 정리함과 동시에 각 시인들이 지닌 개성적인 시 세계를 각각 규명하고 있다.

김선영은 초기의 곱고 맑은 서정에서 날카롭고 예민한 감수성에 비유와 상징의 지적인 개성으로 변모하고 있다. 의욕적으로 쓴 연작 장시인 『탈출하는 삶』에서 육체의 평범한 '살'을 뛰어넘는 인간의 시간을 상징하는 '살'을 노래함으로써 부단한 연구와 실험의식을 가지고 노력하는 시인이다. 신들린 듯이 쏟아져 나오던 그의 거침없는 주술은 80년대를 고비로 관조적 원숙미로 변모된다.

김혜숙은 자신의 시집 『잠깨우기』(문학세계, 1988)에서 한 잔의 맹물시론을 논하여 이것저것 잘 갖추어진 진수성찬을 포식하고 난 다음에 가장 맛있게 먹히는 것이 한 잔의 생수이며, 그 한 잔의 맹물 맛을 안다면 아무 맛도 없는 나의 맹물시도 용납되리라 믿는다는 재치로써 자신의 평범성, 일상성을 진솔하게 고백하였다. 김혜숙은 일상성의 무상한 인간사와 세상사를 노래하는 사설조의 작품세계를 보이고 박력있는 시문체를 보임으로써 비애와 감상을 극복하고 있다.

김후란은 111매의 서사시 「세종대왕」을 발표하여 역사인식의 사회성을 획득하는 정열을 보이고, 상징적 수법으로 현실과 사회 비판을 예리하게 표현하여 신문사의 논설위원, 여성의 새로운 위상을 정립하고 있는 한국여성개발원 원장 역임이 가지는 체험적 시각을 나타내고 있다. 김후란의 시 세계에 대한 본질은 자연과 생명에 대한 아름다움이며 따뜻한 정서이지만, 이것을 지켜 나가기 위한 사회비판적 논의를 수용하고 있는 것이다.

지금 미국에 체재 중인 박영숙은 그동안 작품 활동이 뜸하였으나 주로 고뇌하는 인간상을 다루는 사회성을 가지고 있으며, 이경희는 내면 세계의 성찰과 사색을 중심으로 하되 교시적 기능을 시문학에 적용하여 엄숙한 선비적 기질을 유감없이 드러내고, 임성숙은 자기폐쇄성을 가지는 성찰과 함께 외향적인 페미니즘으로써 여성성의 양면성을 분명하게 보여주고 있어 페미니즘적 시각으로 한 특성을 이루고 있다.

추영수는 여성다움의 정숙함과 겸허한 정열을 섬세하고 구체적으로 표현하고 있는 맑은 이미지를 보여주고 있다. 청순한 기도자의 자세가 시적 태도이다.

허영자는 한국 서정시의 전통성을 그대로 이어받으면서도 화사하고 간결하며 연가풍의 주옥같은 표현이 그 특성이다. 그의 시적 긴장감과 절제와 극기는 부끄러움의 시학이라는 개성을 보여주고 있다.

각 시인들의 구체적인 시 작품을 섬세하게 해석하고 분석해서 내린 정영자 교수 나름의 시 작품 개관을 통해 '청미' 동인들의 시 세계가 지닌 특질들을 우선은 이해할 수 있는 지침은 될 수 있다. 동인들이 지닌 시 세계의 공통점과 개성적인 차이점을 정리해 볼 수 있다는 것은 '청미'가 지닌 시 세계를 또 다른 차원에서 이해할 수 있는 참조 틀을 제공해 준 셈이다.

문홍술 교수는 「이지와 정열의 순수 서정, 그 한 길의 역사」(시와 사상, 1993)에서 '청미' 30년의 활동을 한국 서정시의 정수를 보여주고 있다는 점에서 개별 시인들의 시 세계를 분석하고 이를 바탕으로 '청미' 동인지의 시사적 의미를 평가하고 있다. 청미 동인 중 김선영, 김숙자, 김후란, 김혜숙, 추영수 시인은 전통적인 서정시의 계보를 발전적으로 계승하고 있다고 보았다. 이들의 시적 시선은 사라져 가는 자연물 내지 유년기의 아름다운 전원적 고향, 나아가 무한한 우주공간에 집중시킨 채 그것과 일체가 되고자 하는 강한 열망을 드러내고 있다고 본다. 김선영의 시에서 인간과 자연이 동일성을 이루는 고향을 추구하고 있음을 찾아내고 있다면 김숙자의 시에서는 우주의 소리를 찾아 자유롭게 비상하는 자아를, 김후란의 시에서는 세월이 아무리 흘러도 변하지 않는 목마의 모습에서 출발하여 풀잎에 맺힌 이슬에 도달하고 있다고 보았다. 그리고 김혜숙의 시에서는 유년기 고향에 대한 지향성을 드러내고 있음을, 추영수 시인의 시에서는 자연을 내재화시킨 상태에서 자연과의 동일성의 세계를 지향하고 있음을 밝히고 있다.

이와는 좀 다른 차원에서 현대 물질문명을 비판하면서 서정적 동일성의 세계를 추구하는 시인으로 박영숙, 이경희, 임성숙을 들고 있다. 박경숙 시인은 도시를 검은 개펄을 밀어오는 울음소리와도 흡사한 춘조의 도시 내지 고갈된 영들이 섧게 사는 고독지옥으로 규정하고 그곳에서 스스로 시세가 없는 걸인 내지 실명 시인이 되고자 한다고 그의 시 세계를 파악한다. 이경희 시인은 「분수」 연작시를 통해 인간과 인간의 단절을 특징으로 하는 사물화된 세계에서 첼로라는 도시 감각적 대상을 연주하면서 서정적 동일성의 세계를 갈망하고 있다고 보았다. 그리고 임성숙 시인의 「여자」 연작시는 남성중심주의 이데올로기가 지배하는 사회에 있어서 여성의 소외된 모습을 집요하게 탐구하고 있다고 평가하고, 허영자 시인은 인간존재란 무엇이며 어떻게 사는 것이 진정 인간적 삶인가라는 존재론적 질문을 시의 핵심 요체로 삼고 있다고 파악하고 있다.

이렇게 개별 동인들의 시 세계를 규명한 후에 문홍술은 다음과 같이 이들의 시사적 의미를 평가하고 있다.

청미 동인들은 단순히 우정이라는 인간적 유대감에 의해 결속된 것이 아니다. 그들은 그 방법상에 있어서 편차를 드러내고 있지만, 근원적으로 모두 서정적 동일성의 세계를 지향하고 있다. 그들의 우정은 아마이 서정적 동일성의 세계에 대한 강렬한 지향성에서 비롯된 것일 것이다. 지면 관계상 구체적으로 살펴보지 못했지만, 이들 동인들의 시편 하나하나에는 근대 이후 상실된 세계, 인간과 인간, 인간과 자연이 동일성을 이루는 평화로운 세계에 대한 강한 지향을 드러내고 있다. 그들은 30

년의 긴 시작 과정에서 때로는 그 지향성의 좌절로 인한 깊은 아픔을 드러내기도 하고, 또 때로는 상승적 희열을 드러내기도 하면서 아름다운 시편들을 21권의 동인지에 실어놓고 있다. 그 시편 들 속에는 그들의 시와 삶에 대한 정열과 그 정열을 이지적으로 다스리는 품격이 고스란히 내포되어 있다. 동인지 '청미'가 걸은 30년의 노정은 순수서정시, 그 한 길의 의미있는 역사를 일구어내는 알차면서도 소중한 것이라 할 수 있다. 그렇기 때문에 그것은 단순히 한 동인지의 역사로만 규정될 수 없으며, 한국 서정시의 흐름을 총체적으로 집약하고 있는 살아있는 역사로 규정되어야 할 것이다.

문흥술 교수의 결론은 '청미' 동인지 30년의 역사는 한국 서정시의 역사로 규정되어야 한다고 보고 있다. 그 이유는 '청미' 동인들의 시가 추구해 온 서정적 동일성의 세계에 대한 강렬한 지향성이 그동안 이들이 펴낸 21권의 시집 속에 고스란히 남아 있다고 평가하기 때문이다. 즉 근대 이후 상실된 세계, 인간과 인간, 인간과 자연이 동일성을 이루는 평화로운 세계에 대한 강한 지향을 드러내고 있다는 것이다. 특이 이들이 지닌 시와 삶에 대한 정열과 그 정열을 이지적으로 다스리는 품격을 높이 평가하고 있다.

5년이 지난 1998년에는 청미 35주년 총집을 내면서, 한영옥 시인이 「시의 위의(威儀)에 엄격한 청미의 시인들」이란 평가를 내리고 있다. 여기서 한영옥 시인은 각 시인들의 개별적인 작품을 분석하고 있다.

김선영의 시 「탈출하는 살」을 통해 현실과 허구의 경계를 능숙하게 넘어서는 데서 그만의 독특한 세계를 마련하고 있다고 해석하고 있으며, 김숙자의 시 「근황」을 통해 이미지와 관념을 교호시키며 구체적 삶의 상황을 시로 승화시키고 있다고 보았으며, 김혜숙의 시 「흔들리는 얼굴」을 통해서는 삶의 구체적 국면을 보이는 그대로 짚어내면서, 거기에 감추어진 불가해한 딜레마를 한탄하지 않고 그냥 보여주기만 하면서 의미를 내재화하고 있다고 평가한다. 그리고 김후란의 시 「풀잎에 맺힌 이슬」에서 김후란 시인은 자연의 내면적 의미를 보아내는 데 익숙하며, 그의 시선에 잡힌 자연은 언제나 경건하고, 그 경건함을 찾는 섬세한 시선의 순례자가 되어 그 순례의 자취를 우리에게 보여준다고 해석한다. 박영숙 시인의 시 「로마의 종착역」을 통해서는 이방인의 시각이 짚어내는 낯설음, 그리고 낯설게 잡아내는 공존의 미학이 존재한다고 평가한다. 이경희 시인의 시 「분수」에서는 서정적 자아의 결핍을 메워 자기동일성을 회복하려는 몸짓을 간절하게 형상화하여 호소력을 극대화하고 있다고 본다. 임성숙 시인의 시 「여자·54」를 통해서는 그는 여성의 속성과 관련하여 운명화된 여성의 실존을 탐구하여 여성성의 정체와 실체를 모색하고 있다고 규정한다. 추영수 시인의 시 「난심」을 두고는 자연의 목소리를 듣고 대답하는 데 능숙한 모습을 보인다고 평가하며, 그의 시는 자연을 대상화한다기보다는 자아화하는 양상을 보여주고 있다고 해석한다. 그리고 마지막으로 허영자 시인의 시 「간이역」을 통해 허영자 시인은 사라지는 도정에서의 순간순간을 돌려 세워 놓고 의미화하는데, 이 순간에의 포착이 바로 응축의 미학으로 드러나고 있으며, 따라서 그의 시는 삶의 앞뒤를 은밀하게 가리고 드러내지만 읽는 이에게는 만단정화를 품게 한다고 평가한다. 이상의 각 개별적인 시인들의 특징을 정리한 후에 한영옥 시인은 '청미' 동인들의 시를 다음과 같이 정리하고 있다.

　　이상 '청미'의 시를 읽어 보았다. 일곱 사람은 각각 독특한 개성을 지
님에도 불구하고 많은 부분이 겹쳐지고 있었다. 그중에서도 세계를 포
용하는 너그러움과 깊이, 즉 모성적 공간을 공유하고 있었음이 주목되
었다. 한편 모성성의 충만함에서 새어 나오는 뜨거운 입김을 이들은 한
결같이 잘 삭혀서 보여주고 있다는 사실에 더욱 주목할 수 있었다. 일찍
이 지용이 설파한바 '안으로 뜨겁고 겉으로는 서늘한' 시의 위의(威儀)에
엄격성을 견지하고 있었던 것이다. 이렇게 본다면 '청미' 시인들에게 나
타나는 여성성은 지극히 내재화된, 시성(詩性)으로 승화된 것이라는 사
실에 미루어, 이 땅의 여성시 면모의 또 다른 모습을 보여주어 그 외연
을 넓히고 있다 하겠다. 그리고 시의 본질론에 의거한다면 청미의 시인
들이 보여준 세계야말로 정전으로 자리할 수 있으리라 본다. 60년대에
서 2000년대를 눈앞에 둔 현시점까지 청미 그룹이 헤쳐온 시의 길은 이
제 누구도 지울 수 없는 뚜렷한 이후의 사람이 반드시 지나서 가야 할
길이 될 것이다.

　　'청미' 시동인들의 시에 대한 마지막 평가는 50주년 기념호에 실린 신
동욱 교수의 「지적으로 성숙된 인간주의의 시업(詩業) 성취 – 한국시문학
사에서 본 청미 동인회의 위상과 그 시 세계」(2013)이다. 신동욱 교수는 청
미 동인들은 특정한 이념이나 문학의 유파를 중심으로 모인 것이 아니었
으나, 50년대 이후의 현실적 삶의 문제를 서정적으로 시화한 공통점이 있

고, 동시에 시편들이 한국적인 삶의 전통을 이어오고 있다고 평가한다. 그러나 시인마다의 시심의 경지는 개성에 의한 독자성을 지니고 한 시기의 여류의 시적 성취를 이루고 있다고 보아 7시인의 개별 시 세계를 해명하고 있다.

　김선영 시인은 「어머니」에서 시적 화자는 우리의 오랜 전통 속에 살아온 어머니의 모습이 자연과 완전히 동화된 심상으로 제시되고 있다고 보았으며, 이러한 어머니상은 가족의 성원으로서 세사에 시달리며 고통을 스스로 이겨내고 오랜 세월 속에서 정신적으로 승화된 하나의 고상한 인품을 시화하였다고 평가한다.

　김혜숙 시인은 초기 작품인 「숨은 꽃」에서 시적 화자가 미세한 존재에 관한 관찰을 보이고 그 미세함 자체의 온당한 가치나 의미를 말하려는 아량을 보이고 있으며, 전통적인 풍경시나 즉물시 같은 시적 전통을 이으면서도 감상이나 영탄에 빠지지 않고 시적 진술은 시인 개인 혼잣말과 같은 게 하나의 특징이라고 해명한다.

　김후란 시인은 「존재의 빛」에서 시적 화자는 어떤 가치에 관한 그리움을 말하고 있는데, 이는 인간적인 것일 뿐만 아니라, 만 가지 사물 사이의 관계 속에서 우러나는 보편적인 기다림이나 소망까지도 포괄하는 시정신으로 보고 있으며, 오늘의 세태가 이념 양분화, 상업주의에 심하게 기운 풍조, 그로 인한 비정한 경쟁으로 순연한 존재들의 소외현상을 고려할 때 인간적인 유대감은 매우 소중한 시심이라 할 수 있다고 평가한다.

　이경희 시인은 「분수 Ⅱ」에서 첼로 연주의 실제 모습을 연상케 하는 시상을 보이고 있는데, 여기서 시적 화자는 악기의 연주 현상을 보면서도, 그

악기와 감각적으로 일체화된 시점에서 악기의 현과 키의 마찰을 하나의 교감작용으로 인식하고 있다고 해석했다. 이러한 첼로의 연주와 시적 자아의 공명의 현상을 통하여, 세계와 시적 자아의 융합 또는 화합의 황홀을 알려주고 있는, 이경희 시인 특유의 시적 장치를 알게 된다고 본다.

임성숙 시인은 「온몸으로」에서 시적 화자는 거리낌 없는 자아실현의 상승적 황홀을 복종이나 막힘, 또는 갇혀 있음이나 소외로부터의 심리적 고뇌를 떨쳐버리고, 확연히 자아의 활달한 실현의 높은 경지를 노래하고 있다고 본다. 극복과 이룸의 경지에서 시심은 더욱 높이 비상하여 여성성의 사회적, 통속적 편견으로부터 높이 비상하는 통쾌한 경지를 제시하고 있다고 평하고 있다.

추영수 시인은 「어떤 손」에서 '손'은 세속적 존재의 '손'의 의미를 수용한 듯도 보이지만 이 손은 죽음과 유사한 상태에서 벗어나도록 신비의 힘, 아니면 섭리의 힘에 의하여 다시 '피'가 돌게 할 수 있는 근원적인 창조의 손으로 제시된다고 보았다. 이는 시적 화자의 손과 섭리의 손이 일체화가 된 어떤 접점을 예감으로나 신앙적 각성에 우러나는 사상으로 짐작하고 있다. 이러한 추영수 시인의 시적 발상은 청미 시인들이 공통적으로 지닌 상실의 미학을 극복하고 은혜로운 충만에로의 지향함을 내보이는 경우라고 평가한다.

허영자 시인은 「얼음과 불꽃」에서 삶의 여러 현상 속에서 내재된 양면성 즉 긍정과 부정, 열정과 냉정, 이룸과 실패 등의 현상을 투시하며 그 실상을 안고 살아가는 존재의 지적 및 의지적 훈련을 암암리에 알려주고 있다고 보았다. 그래서 있음과 있어야 할 것 사이, 본연적인 것과 사회적 제

약 등 실로 복잡하게 얽힌 현상 일반을 지적인 분석을 가하면서도 시적 화자의 본연한 힘이 나타난 오히려 지적인 성찰을 무리 없이, 과장 없이 보여준다고 평가한다.

이상의 개별 시인들의 평가와 함께 시사적 의미를 다음과 같이 평가하고 있다.

청미 동인들은 그 시적 성취가 각기 다른 개성에 그 뿌리들을 두고 있으나, 1960년대에서 오늘에 이르기까지 그 시적 성취는 매우 뜻있고 귀중하다 하겠다.

그 모두의 한 공통적인 시창조의 특징을 요약한다면, 여성적 영탄이나 애상에 물들지 않고, 삶에 내재된 바 그 근원적인 생명적, 존재적 고통을 극복하고, 지적으로 성숙된 가치 세계를 지향하고 있음을 말 할 수 있다.

우리 시사에 내적, 원생적 여러 모순들을 지적으로 극복하고 쉽게 감상에 빠지지 않는 시업을 이룬 점을 귀한 가치로 평가한다. 20세기 중반 후부터 상업주의의 풍조, 이념의 양분화와 국토의 양분화, 일부 독재정권의 세월들을 거치면서도, 지적 절제로서 인간주의의 시업을 이룬 청미 시인들의 업적에 적지 않은 감동을 받게 된다.

# 『청미』 동인지에 나타나는
# 추영수 시인의 시 세계

『청미』 동인지에 나타나는 추영수 시인의 시 세계를 정리하려고 하면, 추영수 시인이 『청미』 동인지에 발표한 시편의 현황을 먼저 확인할 필요가 있다. 추영수 시인이 동인지 『청미』에 발표한 시편은 다음과 같다.

제1집　『돌과 사랑』(1963. 4. 1)

　　　　「거짓말이란다」, 「꽃뱀의 노래(2)」

제2집　『돌과 사랑』(1963. 6. 30)

　　　　「옛일」, 「흐름의 소묘」

제3집　『돌과 사랑』(1963. 9. 30)

　　　　「당신은 모르셔야 합니다만」, 「소묘」1. 2

제4집　『돌과 사랑』(1964. 1. 1)

「물길이 보이는 골짝에」, 「무제」

제5집 『돌과 사랑』(1964. 4. 20)

「수선(水仙)을 놓아」, 「철장(鐵墻) 앞에서」

제6집 『돌과 사랑』(1964. 8. 31)

「계가(季歌)」 1, 「강변초(初)」

제7집 『돌과 사랑』(1965. 1. 20)

「광장에서」(2), 「너와 나」

제8집 『청미』 • I (1970. 12. 1)

「광화문 네 거리에서」, 「풍경」, 「아가야」, 「한라산」, 「소녀와 현금」

제9집 『청미』 • II (1971. 12. 31)

「이른 봄빛」, 「아가(雅歌)」, 「귀로(歸路)의 시(詩)」

제10집 『청미』 • III (1972. 3. 31)

「아가야」, 「밤바다에서」, 「어둠을 배경으로 한 창」, 「바우래」, 「기상도」

제11집 『청미』 • IV(1976. 1. 10)

「기도서 1-6」

제12집 『청미』 • V(1979. 12. 30)

「기상도」, 「노을」, 「기다리기」, 「소리」, 「가을 바람」

제13집 『청미시집』(1980. 12. 25)

「70년대의 재롱이(1-7)」

제14집 『청미시집』(1981. 12. 20)

「감남무 잎」, 「우리의 때는」, 「쌍두꺼비 바우」

제15집 『20주년 기념 시집』(1982. 11. 25)

「내 가슴이고저」, 「소망(1-7)」

제16집 『'84 청미시집』(1984. 11. 25)

「혼자 가는 연습」, 「목소리」, 「묵향」, 「물보라」, 「당신의 반백은(1-2)」

제17집 『'85 청미시집』(1985. 11. 10)

「은발」, 「산여울」, 「흐름의 소묘」, 「소복」, 「봉선화 물들이기」

제18집 『'86 청미시집』(1986. 12. 10)

「다리(1, 2)」, 「그대는」, 「물새」, 「이 기름진 어지럼증」, 「자라는 나래」,
「성자」, 「당신이여!」

제19집 『'87 청미시집』(1987. 11. 30)

「어찌할거나」, 「스승님은」, 「하늘을 보면」, 「화답」, 「오월 하늘 바람」,
「앉은뱅이꽃 배웅」, 「네가 날 수만 있다면」, 「대화」, 「저녁 어스름에」,
「2월 배밭에서」

제20집 『가슴에 고인 그리움, 강이 되어』(1988. 11. 30)

「민들레」, 「은밀한 바람」, 「감읍(感泣)」, 「체념」, 「오대산 등반길」

제21집 『청미시집 30주년 기념 시집』(1993. 12. 11)

「난심(蘭心)」, 「대한국민 만세」, 「한 가람」, 「하늘은 비스듬이 누워」,
「산책로의 뒷걸음마」, 「한 뫼」, 「새벽산에선」, 「엽신」, 「감사 기도」,
「소망」


청미 동인지 21집까지에 발표한 시편은 1집에서 7집까지는 2편씩, 8집에
5편, 9집에 4편, 10집에 5편, 11집에 1편(연작시), 12집에 5편, 13집에 1편(연
작시), 14집에 3편, 15집에 2편, 16집에 5편, 17집에 5편, 18집에 7편, 19집에

8편, 20집에 5편, 21집에 9편으로 총 79편이다.

　동인지에 발표한 시편 수만 헤아려 본다면 수적으로는 그렇게 많은 편은 아니다. 전체 시편은 시집 한 권 정도의 분량이다. 그가 펴낸 전체 시집 수에 비하면 동인지에 발표한 시편은 그렇게 많지 않다는 것이다. 이는 동인지에 발표된 시를 통해 추영수 시인의 시 세계를 고찰할 때, 어떻게 시인의 시 세계를 바라보아야 하는가라는 과제를 던진다. 청미가 개인시집이 아닌 7인 공동의 시집인 까닭에 추영수 시인은 어떤 시들을 동인지에 투고하였을까 하는 의문이 생기는 지점이다. 청미 동인지가 지닌 특성이 어떤 하나의 유파나 이념을 중심으로 활동을 해온 것이 아니라 자유로운 자신의 세계를 서정시의 형식에 담아내는 작업에 충실했기에, 동인지가 출판되기 전의 자신의 작업의 한 결실로 동인지에 시를 발표할 수밖에 없었을 것이다. 이렇게 발표된 시들은 다시 시집으로 묶여 나왔다 그러므로 동인지에 발표된 시편들은 추영수 시인의 시작 과정의 흐름을 개관해 볼 수 있는 텍스트로서의 의미가 크다고 할 수 있다. 이제 그 흐름을 1960년대, 1970년대 그리고 1980년대와 1990년대로 나누어 살펴보고자 한다.

　1960년대는 1963년 창간호에서부터 7집까지, 1970년대는 8집에서 12집까지 그리고 1980년대는 13집에서 20집까지 출간되었으며, 마지막 1993년에 종간호가 나왔다. 그러니 1960년대에 7권, 1970년대에 5권, 1980년대에 8권, 1990년대 1권으로 정리된다. 동인지에 실린 편수는 1960년대에 14편. 1970년대에 20편, 1980년대에 36편, 1990년대에 9편이다. 이 시편들을 통해서 추영수 시인의 시적 변모 과정을 찾아본다.

내

안

저만치 어느 한 녘에서


밤낮으로 나를 손짓하는 게

있어


앙상한 나뭇가지와

마주 서

본다


어쩌면

내가 나뭇가지가 되고 나뭇가지가 내가 되는 몸짓으로

달이 떠오면


혹

이승과 저승 사이의 기차게 서러운 사연을

잊기도 한다


잊는 게 아니라

내가

서러운 사연 그것이 된다는 말이다

꽃나무 가지가 내 팔이 되고

꽃이파리가 내 입술로

되살아나듯


내 팔이 꽃가지 되고

내 입술이 꽃이파리 되어

곱게 피로 웃는 꽃나무가 되듯 말이다


실은

꽃나무랑 나랑 또 하늘이랑 달이

다 한 자리에 한 매무새로 모이기 전


서러움을 잊는단

거짓말이란다

이리도 그리움이 아롱지는데…

—「거짓말이란다」


　시적 화자의 마음속에는 밤낮으로 손짓하는 뭔가가 있음을 노래하고

있다. 그 마음속의 추상적인 무형의 상태를 드러내는 시적 대상이 앙상한

나뭇가지로 이미지화되고 있다. 그 앙상한 나뭇가지와 마주 서보는 순간

<내가 나뭇가지가 되고 나뭇가지가 내가 되는> 상태로 전환된다. 즉 나와

나뭇가지가 동일화되고 있다. 그런데 시적 화자와 동일시되는 나뭇가지는 잎이 무성하거나 꽃이 피어 화려하거나 하여 생동하는 모습을 지닌 상태가 아니라 앙상한 나뭇가지로 형상화되고 있다. 이는 추영수 시인의 첫 추천 작품인 「꽃나무」의 이미지와 멀지 않다. 꽃나무를 통해 생명을 노래하기보다는 죽음의 상태에 가까운 부정적인 이미지를 노래하고 있기 때문이다. 그 부정적인 이미지의 근원이 시적 화자에게는 <이승과 저승 사이의 기차게 서러운 사연>임을 드러내고 있다. 앙상한 나뭇가지와 동일시하는 시적 화자의 마음에 자리한 부정적 이미지의 토대가 <기차게 서러운 사연>에 있다는 것이다. 달이 떠오면 혹 잊기도 하지만, <잊는 게 아니라/내가/서러운 사연 그것이 된다>. 즉 시적 화자 자신이 <곱게 피로 웃는 꽃나무가 되>고 있다. 피로 웃는 꽃나무가 된다는 표현 속에서 그 서러운 사연의 아픔이 전달되고 있다. 추영수 시인의 초기 시에 나타나는 이러한 부정적인 이미지의 시에 대해서 추영수 시인은 《문학시대》에서 나눈 대담에서 다음과 같이 회고하고 있다.

질문　「꽃나무」라는 시를 읽어봤는데요, 꽃이 피거나 열매를 맺는 것이 대표적인데 여기서는 꽃이 진다는 표현이 나와요.

답　그렇지. 그래서 우리 어머니한테 실은 … 시를 쓰고 혼이 많이 났어요. 이 시가 아니고 그 전 습작 때. 왜냐하면 우리 어머니께서 한학에 능하셔서 … 막내 삼촌과 어려서 남복을 하고 같이 서당에 다니신 분이기 때문에 한시와 한학에 깊으신 분이야. 그런데 내가 시를 쓰고 야단을 맞았어. 왜냐면 이 시 구절 하나가 그 사람의 운명을 나타낸다는 거야. 그런데 어째 이 시가 밝고 진취적이지 못하고 이러냐, 그리고 보면 꽃나무도 그렇죠? 막 꽃이 피는 걸 찬양한 게 아니라 꽃이 떨어지고 난 자리, 그리고 그 기억이 사람의 마음속에서 물든 흔적, 그게 하늘에 물든 구름의 흔적, 그게 성품이었나봐 … 그래서 막 그러지 말라고. 처음에 「운석」은 등단하기 전 동인지거든. 대학 다닐 때 동인지예요. 그때도 어머님한테 혼났어. 생각을 건전하고 진취적이고 생산적인 데로 하라고. 아마 이런 시 구절이었을 거야. "나는 너를 사랑하는데, 너하고 나하고 가지고 있는 컵이 깨져서. 사금파리 햇빛에 비쳐서 빛나면은 … " 우리 어렸을 땐, 봄이 되면 유리 조각들을 주워 우리 때는 유리 조각이 흔하지 않았으니까. 그리고 꽃잎도 다 주워서 땅을 요렇게 파서는 빨간 꽃, 노란 꽃, 파란 꽃 다 넣고 유리를 요렇게 덮어. 그게 초등학교 2.3학년 때야. 그렇게 해놓으면 그게 얼마나 예쁜지 몰라. 초등학교 운동장이 흙바닥이잖아? 지금 생각하면 우습지? 운동장에서 뛰어놀면 될 텐데 … 그니까 땅바닥에 모여 앉아서 모자이크를 만들어 내 집을 만드는 거야. 유리를 덮어서. 그럴 때 하나의 체험 속 유리 조각이 나에겐 참 예뻤어. 그러니까 컵 자체가 예쁜 것도 좋지만, 깨진 유리 조각이라도 생명이 나한테는 영원한 거야. 컵이 깨졌다고 이제 끝나는 게 아니라 깨진 컵도 햇살을 받고 꽃잎을 만나고 … 그럼 그것도 영원한 거야. 내가 컵이라고 이름을 불러줬을 때 컵이 되었지만 유리 조각이 나에게 와서 땅에 모자이크를 수놓을 때도 나에게 굉장한 의미를 가지게 되죠. 그래가지고 그 시 구절을 썼다가 어머니한테 혼났어. 나는 어떤 삶에서 잘 먹고, 잘 살고, 다이 아몬드 반지가 반짝거리는 것도 좋지만 그 안이 그렇지 않으면서도 서로

위로가 되고 기쁨이 되고, 향기가 되는 그런 삶도 좋지 않느냐고 어머니
한테 말했다가 혼났지. 그런 삶을 살기를 바라시지 않거든. 그러니까 내
가 약간은 불행한 시기를 넘긴 것 같아. 시 하나를 봐도 그 사람의 운명,
사고의 방향, 깊이가 다르다는 걸 알 수 있어.

이렇게 세계를 남다르게 보는 시선은 추영수 시인의 초창기 시에서 상
당한 시간 지속되고 있다.

> 물길이 보이는
> 골짝에
> 묻히고 싶다
>
> 무덤엔 봉(封)을랑 말고
> 아무렇게나 생긴
> 바위 한 개만 눌러주면
>
> 절로
> 뿌리 뻗어 찾아온
> 잔디가 족해
>
> 구천을
> 복에 겨운 가슴이나

앓으리니

걸어온 발길이

귀태스럽지

않았듯

마음이라도

돌이끼로 피우는

날이면

친구야

살아서 나누던 거칠은 손길에

피가 뜨거워

그리도 사랑하고프던

넋이

못내 잊히잖는

난

물길이 보이는 골짝에

묻히고 싶다.

—「물길이 보이는 골짝에」

어머니로부터 <생각을 건전하고 진취적이고 생산적인 데로 하라>라고 질책을 받은 바가 있지만, 「물길이 보이는 골짝에」 시에서 추영수 시인은 지속적으로 부정적인 죽음을 노래하고 있다. 시적 화자가 죽은 후에 <무덤엔 봉(封)을랑 말고/아무렇게나 생긴/바위 한 개만 눌러주>면 좋고 <절로/뿌리 뻗어 찾아온/잔디가 족>하다고 실토하고 있다. 그리고 시적 화자의 삶의 발길이 <귀태스럽지> 않았다고 함으로써 삶에 대한 진취적인 사유를 발견하기는 쉽지 않다. 단지 마음이 <돌이끼로 피우는/날이면>, <거칠은 손길에/피가 뜨거워>지더라도 수미일관 시적 화자는 <물길이 보이는 골짝에/묻히고 싶다>고 기원하고 있다. 작품의 시작과 마무리를 <묻히고 싶다>고 반복 강조함으로써 죽음의 그림자가 작품 전체에 스며들어 있는 분위기다. 이런 죽음의 분위기와 이미지는 「무제」에서도 그대로 이어지고 있다.

가슴에 피멍울이 지도록

꽃물이 번진 사연을랑

덮어 두십시오


고독이 진하면 꿈마저 앗는 자학이 넘실거려

하이얀 벽지엔

각혈이 어우러 피고


알뜰히 가꾼 난촛닢이

흔들리는 불꽃으로

청미(靑眉)를 그리면


차마 못다 푼 한이라도 거두어

다시 밤이

빗장을 여는 소리


내 무덤가 바위에

묏새가 풀고 간 고달픔이

아아라히 강줄기를 돋우리다.

―「무제」


&lt;가슴에 피멍울이 지도록/꽃물이 번진 사연&gt;이란 앞선 시들을 통해 확인 한 바 있는 시적 화자의 가슴 속에 남겨진 부정적 요소들이다. 이러한 시적 화자의 삶은 고독한 삶을 스스로 영위할 수밖에 없게 만든다. 그런데 그 고독은 시적 화자를 자학으로 몰아가는 악순환을 빚게 되고, 여기에 각혈이라는 현실적 고통까지 덮쳐오는 현실을 떠올리게 한다. 시적 화자가 이 작품에서 특별히 '각혈'이란 시어를 쓸 수밖에 없었던 것은 시인 스스로 결핵이란 병마와 싸워야 했던 참담함 경험이 가슴 깊이 새겨진 연유로 보인다. 그래서 시적 화자의 생은 &lt;알뜰히 가꾼 난촛닢이/흔들리는 불꽃&gt;으로 은유되고 있다. 결국 시적 화자의 무덤가 바위에는 &lt;묏새가 풀고 간 고달픔이/아아라히 강줄기를 돋우리&gt;고 노래함으로써 죽음을 예

감하고 있다. 앞선 시에서는 <물길이 보이는 골짝에/묻히고 싶다>라고 노래했지만, 이 시에서는 <강줄기를 돋우리>라고 노래함으로써 물 이미지는 추영수 시에 나타나는 하나의 원형적 이미지로 작동하고 있음을 볼 수 있다. 이렇게 물 이미지에 시적 발상의 토대를 두고 있던 추영수 시인은 힘들게 의식을 누르고 있던 생각을 넘어설 「수선을 놓아」 물 위에 피어나는 미소를 꿈꾸고 있다.

못다한 가슴의
오색실을 풀어 들고
조용히 울음을 거두어 봅니다

하이얀 치마폭에
수선을 놓아
등 실
물 위에 피어 사는 수선를 보려

아픈 상채기를 달래며
달빛에
실을 거는 순정(殉情)

그날이 오면
수선이 물 위에서 웃음 짓는

그날이 오면
고운 눈매들 되살아만 날 것 같아


나는 원시(遠視)가 됩니다.


　시적 화자는 <하이얀 치마폭에/수선을 놓아> 한 포기의 수선화를 만들고 있다. 이 수선화 작업을 통해 시적 화자는 마음속으로부터 쉼 없이 흐르는 울음을 이제는 거두어 보려고 한다. 이는 수선화 수놓는 작업을 통해 마음을 누르고 있는 부정적인 의식의 뿌리를 뽑아내려는 시도로 보인다. 그 수선화가 완성되어 물 위에 피어나게 되면 아픈 상채기는 달래어질 수 있기 때문이다. 그래서 시적 화자는 그 행위를 <달빛에/실을 거는 순정(殉情)>으로 의미화한다. 달빛에 실을 거는 순정의 행위는 얼마나 숭고하고 아름다운 행위인가? 그러나 이는 얼마나 어려운 일인가? 이 행위를 통해 수선이 물 위에서 웃음 짓는 그날이 올 것을 기대한다. 그 기대 때문에 시적 화자의 시선은 수선화의 속명인 나르키수스(Narcissus)에서 벗어나기 위해서 원시(遠視)가 되고 있다. 고독한 자기애(自己愛)로부터 벗어나는 길을 나서고 있는 것이다. 그래서 1970년대로 넘어서면 어둠을 걷어내고 여명의 빛을 만나게 된다.


오랜 날을
가슴 깊이 숨겨두고 불러온
연가라도 있은 듯

새벽 하늘이

당돌한 수줍음으로

물들 때


잠깐 동안의

내 혼곤한 방문을 열고

풀 속으로 달려온

천상의 별떨기여


과수밭을 함께 웃는

싱그럽고 까아만

능금씨알이


깁으로 마름된 초록 틈에서

순수로 눈 뜨는

폐포의 불덩어리여

빛줄기로 올올이 엮어 짠

네 영원한

요람엔


천지를 달래는

노랠 실으리

높으나 높은 바람 실으리.

—「아가야」

「아가야」 시편이 내보이는 시의 전반적인 어조와 분위기는 이전의 시에
비하면 상당히 밝아진 모습이다. 시간상의 흐름으로도 새벽이 열리는 때
로 설정되어 있고, 공간상으로는 아가의 요람이 자리한 곳이다. 빛줄기로
올올이 엮어 짠 요람이요, 천상의 별떨기가 방문을 열고 달려온 곳이다. 그
래서 그곳은 <싱그럽고 까아만/능금씨알이 깁으로 마름된 초록 틈에서/
순수로 눈 뜨는> 공간이며, 천지를 달래는 노래가 전해진다. 이러한 밝은
이미지로의 전환은 「낮달」을 노래하면서도 이어지고 있다.

백옥

쟁반이네요


쟁그렁-

파아란 하늘물에

뱅그르르르

잠겨가는 눈웃음


일렁이는 바람가지에

흐르는 목화송이

밟고

밟고


님 맞는 버선발

바쁜 마음


낮달을 백옥 쟁반으로 은유할 수 있음은 시적 화자가 세계를 인식하는 시선이 긍정적으로 바뀌었음을 의미한다. 낮달은 하현달로서 기우는 달이다. 그 기우는 낮달을 백옥 쟁반으로 이미지화할 수 있다는 것은 그만큼 대상을 바라보는 시선이 맑고 밝아졌음을 의미한다. 그래서 하늘물에 잠겨가는 눈웃음을 포착해 내고 있다. 이전의 시에서 자주 내비치던 울음이 이제는 웃음으로 바뀐 것이다. 그리고 하늘에 흐르는 구름들을 목화송이로 인식하여, 낮달이 흐르는 구름인 목화송이를 밟고 가는 형상으로 그려, 낮달이 떠 있는 모습을 한 편의 그림처럼 시각화하고 있다. 이렇게 추영수 시인이 세계를 바라보는 시선이 근본적으로 바뀐 근원적 동인은 어디로부터 비롯되었을까? 「기도서」에서 그 실마리를 만날 수 있다.


5

주여

비워주십옵소서

당신의 빛항아리 만큼이나

온전히 비게 하여 주시옵소서

그리하여
당신을 뵙게 하여 주시옵고
당신을 담게 하여 주시옵고
당신에 물들게 하여 주시옵고
당신을 노래하게 하여 주시옵고

그리하여
참 나를 보여주시옵고
그리하여
참 나를 알게 하여 주시옵고
참 내 여정을 짐작케 하여 주시옵고

6
주여
창 밖
마른 나뭇가지가
하늘님 은총으로 물기를 되찾듯
메마른 내 영혼에
생수를 내려주시옵소서

겨울 나뭇가지에 매달려

감동이 말라버린

생명 잃은 고엽이외다

관 속에 안이(安易)로 눈감은 시신이외다


주여

오뇌하게 하시옵소서

이 평안의 꽃방석에서

바늘 방석의 고행을 절감케 하시옵고

근시의 백태를 벗겨

눈 뜨게 하시옵소서


내 이웃의 설움을

함께 나누고

내 이웃의 안녕을

진심으로 기뻐하게 하옵소서


주여

육교 위에 엎디어

나를 향해 벌리는

때묻은 손목을 잡고

애통하는 순수를 주시옵고

찢어지는 가슴을 주시옵고

각혈로 흘려버리는

내 피를 나누어 갖는

끓는 가슴을 주시옵소서

우리들 마음 바닥에 깔려 있는

동정일랑 거두어 주시옵소서


주여

진심으로 내가

네가 될 수 있고

또 네가

내가 될 수 있는

본래의 나를

되찾게 하시옵소서.


주를 향한 기도의 내용은, 당신을 통해 참 나를 새롭게 알고, 시적 화자가 나아갈 길을 짐작하게 해달라는 것이다. 그래서 시적 화자의 영혼이 새롭게 생명을 회복해서 살아가기를 희망하고 있다. 그 삶은 <평안의 꽃 방석에서/바늘 방석의 고행을 절감케 하>고, <내 이웃의 설움을/함께 나누고/내 이웃의 안녕을/진심으로 기뻐하게 하>는 삶, <내 피를 나누어 갖는/끓는 가슴> 등을 기도하고 있다. 이는 바로 <내가/네가 될 수 있고/또

네가/내가 될 수 있는/ 본래의 나를/되찾게 하>는 것임을 노래하고 있다.
이런 기도의 삶의 자세는 그동안 추영수 시인이 지내온 삶의 방향을 온전
히 전환케 하는 계기가 된 것으로 보인다.

　이러한 신앙인으로서의 자기전환은 1980년대로 넘어서면, 더 깊어져
가는 모습을 보인다. 「우리의 때」에서는 하늘의 뜻을 좇아가는 겸손한 자
의 삶을 지향하고 있다.


　　　나뭇잎들은
　　　계절에 맞춰
　　　제 빛깔의 옷을 바꾸어 입었습니다


　　　떨어져 가야 할 잎들은
　　　때를 어기지 않고
　　　겸손히 제 뿌리로 돌아가고


　　　더운 바람
　　　찬 바람
　　　순리대로 제 자리를
　　　찾아가고
　　　찾아옵니다


　　　하루살이들의 앙탈은

시신으로 굳어도
푸른 잔디는 금잔디로

금잔디는 또 눈밭 아래서
겸손히 엎드려
때를 기다립니다

하나님
우리가 갈아입어야 할 옷 빛깔은
어떤 빛입니까
우리가 가야 할 때는
언제입니까?


　계절의 변화에 따라 나뭇잎들이 제 빛깔의 옷을 바꾸어 입듯이 시적 화자의 삶도 이를 닮아가고자 한다. 순리의 삶을 희구함이다. <떨어져 가야 할 잎들은/때를 어기지 않고/겸손히 제 뿌리로 돌아가>는 자연 현상을 통해 시적 화자의 삶에 대한 태도를 엿보게 하고 있다. 자연의 변화가 시간에 따라 이루어지는 순리이기에 그 순리를 따라 사는 삶을 희망하고 있다. 그 삶의 구체적 실천은 겸손히 엎드리는 삶이다. <우리가 가야 할 때가 언제입니까>라고 묻는 의도 속에는 겸손히 순리에 따라 살고자 하는 시적 화자의 의지가 역설적으로 드러나고 있는 부분이다. 신앙인의 삶이란 땅 위에 발붙이고 사는 인생이지만, 그의 시선이 땅으로만 향하는 것이 아니라,

하늘을 향해 살아가는 길을 포기하지 않음에 있다. 하늘을 향하는 자의 삶은 하늘의 뜻을 좇아 사는 삶이다. 그 하늘의 뜻이 자연 현상 속에 현현하고 있음을 나뭇잎을 통해 드러내고 있다.

자연 현상을 통해 하늘의 뜻을 좇아 살아가고자 하는 시적 화자의 태도는 「소망」에서도 만날 수 있다.


1
초라해서
오만해진
속 마음을
하나님 앞에
자복하고
새벽 이슬로
맺힌
눈물

잎을
헤아리는
바람결에도
날로 날로
주눅들어
작아만지는

꽃송이

태연한 미소
오히려 서러운
세상에
파르라니 피워 올리는
바램 있어
어김없이 찾아오는 사철은
약속이었네.


2
죄없는 이
와서
돌을 던져요

부끄러움 없는 이
와서
짓밟아요

가슴 깊이
간직한
약속 있어

나 죽어도 좋으리

나

죽어서도

다시

꽃

피우리.


3

당신의 옷자락에

한 점

검불

되고지어


오만 가지

세상사

재로나

날리우고


빗살

가려 땋아

꿈으로 꿈으로

엮는

기도.

4
당신의
피곤을
내
닦으리
향기로운
영혼풀어
당신의
발을
닦으리

영원히 사는
삶
내게 주신 이
내가
'나'되게
가슴 열어주신
이여.

5

한땐

믿음 없어

말씀

잊었지요

한 땐

이해 없어

깨닫지 못했지요


눈은 있어

뭣 하나요

보지 못하는 눈

귀가 있어

뭣 하나요

듣지 못하는

귀


보지 못하

이

홀로이니

외로와라

듣지 못하는

이

깜깜하니

서러워라


나

당신 향해

두 팔 벌린

나무 되고지어

나

당신 우러러

말씀의

새

깃들이는

푸른 나무

되고지어.


6

당신이

계시어

비로소

나

있네

빛나는

아침 해

푸른

하늘

푸른

바다야


내

눈 씻고

새로

뜨네요

하늘 따 어디메고

나와 함께

계신 당신.


7

믿음

있는 곳에

영원히

있지요

의심이 없으니

화평이

있네요

화평에

더한

욕심이 있을까

마음이

가난하면

상을 타리라

당신이 날 사랑함을

내가 믿는

상을 타리라.


　「소망」에서 시인은 연작 형태로 7가지의 소망을 노래하고 있다. 그러나 이 소망들을 분석해 보면 크게 두 가지로 대별해 볼 수 있다. 그것은 겸손과 믿음이다. 추영수 시인은 「우리의 때」에서 순리를 따라 운행되는 자연 현상을 통해 겸손한 삶을 희구했다. 그런데 인간의 삶 속에서는 겸손 아닌 오만이 늘 우리를 괴롭힌다. 그래서 시적 화자는 첫 소망으로 <오만해진/속 마음을/하나님 앞에/자복하고> 있다. 소망은 일반적으로 우리의 희망이고 현실적인 꿈이긴 하지만, 신자에게 있어서 소망은 단순한 바램만은 아니다. 소망에는 언제나 인내가 필수 요소이기 때문이다. <새벽 이슬로/맺힌/눈물//잎을/헤아리는/바람결에도/날로 날로/주눅들어/작아만지는/꽃송이>를 떠올리는 이유이다. 이런 고통의 시간을 통해 소망은 현실화된다. 그런데 신자가 바라는 소망은 그 원천이 믿음이다. 이 시에서 믿음이 중요한 주제로 제시되는 원인이다. <한 땐/믿음 없어/말씀/잊었>지만 이제 그 믿음을 통해 <당신 향해/두 팔 벌린/나무 되고지어/나/당신 우러러/말씀의/새/깃들이는/푸른 나무/되고지어>라고 소망하고 있다. 이 믿음을 소유함으로써 영원에 이르는 길을 마련하고 있다. 뿐만 아니라 화평을 누리는 세계에 다가서고 있다.

　이러한 삶의 흐름 속에서 시인은 자신의 뿌리와 같은 어버이에 대한 사념을 지속적으로 펼치고 있다. 세상의 근원인 하늘에 대한 시적 사유를 지속하면서 자연스럽게 자신을 땅에서 생명을 이어 나가게 한 근본인 어버이에 대한 생각을 저버릴 수 없었기 때문이다. 「은발」, 「혼자 가는 연습」, 「묵향」, 「목소리」, 「묵향」, 「당신의 반백은」 등의 시편에서 이를 확인할 수 있다.


　　　어버이 마음


　　　우리, 쉰 고개 여순 고개 넘도록
　　　언제 어버이 마음
　　　제대로 짐작했던가


　　　우리들 절로
　　　땅에서 솟고
　　　하늘에서 떨어진 양
　　　오만한 눈짓

불손한 목소리 없었을까


앉으시나 서시나

맑은 날에도 궂은 날에도

돌아오는 시간이 일러도 늦어도

간이 떨어지는

기름 좋은 간이 천만 길 낭떠러지에

떨어지는 현기로

단아하신 귀골에 면류관처럼 빛나던

은발

그 은발 보이잖는 뜨거운 눈가에

눈시린 바람만

우리들 은발을 염려하며 서성이네.

—「은발」


　인간이 어버이의 마음을 제대로 인식하게 되는 나이는 언제쯤일까? 시적 화자는 <쉰 고개 여순 고개 넘도록> 어버이 마음을 제대로 짐작하지 못했던 것이 아닌지를 토로한다. 자신이 어버이가 되고 나면 자신의 어버이 심정을 이해하기 시작한다고 한다고들 하지만 시적 화자에겐 그것조차 제대로 되지 못했음을 고백한다. 이는 그만큼 어버이에 대한 깊은 사랑을 헤아리고 있는 결과이다. 어버이로부터 받은 사랑이 크면 클수록 그 사랑의 깊이에 다가설 수 없기 때문이다. 그 사랑의 한 면모를 「목소리」를 통해 소환하고 있다.

> 고우신 숨 고르며
> 오늘도 수화기를 올리며 맴도는
> 목소리
> "다들 별일 없니?
> …
> 아침인데도 컴컴하더라
> …
> 내 가슴이 아프더구나
> …
> 난 괜찮다…"

> 산정을 오르듯 숨이 차시다
> 신새벽에 나가는 외딸 생각에
> 컴컴한 6시 겨울 하늘이
> 더 캄캄해 보이신 아버지 목소리
> 사바를 달래는 애타는 지성.

　나이 들어 숨이 찬 아버지가 딸의 안부를 걱정하는 전화 목소리는 그 자체가 사랑의 메시지다. <난 괜찮다>라는 아버지의 마지막 한 마디 속에는 자신을 벗어던지고 오직 자식을 생각하는 아버지의 부단한 사랑의 행위가 담겨 있다. 이러한 아버지의 자상함은 「묵향」으로 이어지고 있다.

하늘이 아름다워도

붓을 드셨다

묵향이 방안을 가득 채우면

열다섯 살 적

마나님이 웃고 오셨다


"요것 네 엄마 버선발 같제?"

예쁜 획에선

마나님 버선발

마나님 버선발 소리를 들으셨다


그러나 아버지께선

마나님 버선발보다

마나님 맨발을 더 예뻐하셨다


창 밖이 궂은 날은

먹을 가셨다


당시 귀절 걸린

묵향어린 매화가지 사이에서

열다섯 살 적

당시 외는 마나님 목소리 들리어

　아버지가 그린 묵화에서 엄마의 버선발을 떠올리는 장면이 선연하다. 재미나는 대화는 그린 묵화를 두고 <"요것 네 엄마 버선발 같제?">라는 아버지의 질문이다. 먼저 떠나신 엄마를 그리는 외로 된 아버지의 그 질문에서 시적 화자는 <아버지께선/마나님 버선발보다/마나님 맨발을 더 예뻐하셨다>고 해석함으로써 어버이 사이의 사랑을 확인하고 있다. 뿐만 아니라 <열다섯 살 적/당시 외는 마나님 목소리>가 들린다고 회상함으로써 엄마에 대한 삶의 기억을 떠올리고 있다. 묵향과 매화 가지, 거기에 당시가 결합되어 있는 「묵향」의 시적 분위기는 추영수 시인이 줄곧 추구해 온 미적 세계의 한 모형이다. 한국의 전통적 서정에 토대하면서 단아하면서도 향을 품고 앉은 백자항아리의 이미지를 추구해 온 시인의 곁에는 이와 동궤에 놓이는 난(蘭)이 자리하고 있다. 「난심(蘭心)」을 노래하는 이유이다.

자는 바람에도

고맙다

고맙다

잘 살아주어서 고맙다며

눈길처럼 가늘게

고갯짓하네

자정이 넘어도 잠들지 않고

칼날로 서서

온갖 세상 소란

단칼에 베이어 내고

고요로

고요를 지켜주네


자는 바람에도

착하다

착하다

서로 다독이는 마음 착하다며

푸르른 손길로

부르튼 손 감싸주네.


인간이 시끄럽고 소란한 현실 속에서 이에 휩쓸리지 않고, 초연하고 곧
곧하게 살아간다는 것은 참으로 힘들다. 그러나 이런 삶의 전형을 인간에
게 내보이는 것이 난이다. 소란 속에서도 고요를 지켜내는 삶의 모습을 난
은 보이고 있다. 난은 칼날로 곧게 서서 온갖 세상 소란을 단칼에 배이어
내는 힘을 내장하고 있다. 그러나 난은 그런 날카로움과 함께 부르튼 손을
감싸줄 수 있는 부드러운 푸른 손길도 소유하고 있다. 이는 난을 통해 인
간이 지향해야 할 삶의 한 방향성을 읽어내고 있음이다. 그런데 인간이 이
땅 위에서 「난심(蘭心)」처럼 살아간다는 것은 지난한 길이다. 결코 순탄한

삶의 길이 아니다. 추영수 시인이 삶을 돌아보며 「감사」할 수밖에 없었던 이유는 바로 여기에 있다.

발 앞은
천 길 낭떠러지였습니다만
오! 주님
여기 외나무 다리를 주셔서
감사합니다

가슴은 사정없이 겁에 질려
굳었습니다
오! 주님
외나무 다리를 건너라는
의지함을 주셔서 감사합니다

현기증으로 눈은
장님이 되었습니다만
오! 주님
이 어려운 아픔을 감수할 수 있게
하심을 감사합니다

제 힘으로는 도저히

끝까지 갈 수 없습니다만

오! 주님

온전히 주님께 자신을 맡길 수 있는

큰 평화를 감사합니다.


「난심(蘭心)」으로 살아간다는 것은 어쩌면 천 길 낭떠러지의 외나무다리를 건너는 형국과 같을 수도 있다. 현실 삶의 흙탕물 속에 휩쓸리지 않고 고고한 난처럼 살아가기 위해서는 인생살이가 외나무다리를 건너야 하는 과정에 비견될 수 있기 때문이다. 그런데 시적 화자는 천 길 낭떠러지를 건널 수 있는 외나무다리를 주심을 감사하고 있다. 천 길 낭떠러지 위 외나무다리를 건너는 것은 결코 만만치 않은 길이다. 겁에 질리고 불안에 떨 수밖에 없기 때문이다. 그래서 시적 화자는 현기증에 눈은 장님이 되었다고 고백한다. 이 상태를 아픔으로 표현하고 있음은 외나무다리를 건너는 길이 얼마나 어려운 길인지를 다시금 인식하게 한다. 그런데 나의 힘을 다 포기하고 오직 모든 것을 주님께 맡김으로써 이 길을 끝까지 갈 수 있다고 확신한다. 그 확신의 결과가 평화에 감사함이다. 하늘이 주는 평화를 경험한 자의 진정한 고백을 엿보게 되는 장면이다.

# 기독교 시인들의
# <열두 시인 신앙시집> 활동

하늘만
우러르고 삽니다
모두를 보듬고 삽니다

그렁 그렁
감격하는 미소로
늘 목마르지 않습니다

추영수 시인은 1999년부터 시작된 한국 기독교 시인들의 모임인 <열두 시인 신앙시집> 활동에 2000년 제2집부터 참여하여 신앙시를 집중적으로 발표하게 된다. 이 동인 활동에는 2009년 8집까지에 참여해서 많은 신앙시를 발표했다. 이후 건강의 악화로 더 이상 공식적인 매체에는 시를 발표하지 못했다. 이 동인 활동은 2017년 이후 다시 활동을 재개했다.

2000년도에 발간한 <열두 시인 신앙시집>은 그 주제를 <예수 그리스도>로 삼고, 여기에는 김소엽, 김지원, 김지향, 도한호, 손진은, 신규호, 양왕용, 엄창섭, 정선기, 추영수, 홍문표, 김석이 참여했다. 여기에 추영수 시인은 「승리의 왕 예루살렘성 입성」, 「하나님의 성전이고저」, 「나 주님 것이오니」, 「주님 다시 오시는 날」, 「향기로운 헌신」을 발표했다. 이 중 「하나님의 성전이고저」, 「주님 다시 오시는 날」을 중심으로 <예수 그리스도>를 어떻게 그리고 있는지를 살펴본다.


두 손 모아 기도하옵나니

나 하나님의 거룩한 성전이고저…


천국의 왕이요 대 제사장이신

나의 주님 나의 하나님

주님 내 안에 오셔서

날 보듬으시니

나는 하나님의 성전


주님 계신 곳 천국일진대

마음밭 갈고 갈아 주님 뜻 뿌리 안고

귀한 열매 조심히 영글면

나는 하나님의 거룩한 성전


열매 맺은 뒤에야

비로소 잎이 무성해지는 무화과나무이거늘

열매도 맺기 전에 잎이 무성했던

그 때 그 나무

오늘 바람결에 울음 터뜨림은

허기진 이웃의 시장기 앞에서

가슴에서 순금십자가만 빛나지 않았는지…

피땀으로 얼룩진 갯세마네동산의 기도를 잊고
내 안일과 내 풍요만을 기원하지 않았는지…

새벽에도 낮에도 밤에도
철야하며 금식하며 열매없이 있는 듯
모양새만 갖추고 연명하지 않았는지…
내 집은 만민이 기도하는 집이라 하셨거늘
마룻장이 울리도록 동전만 골라잡은
인색한 계산대는 아니었는지…

내 이름이 거기 있으리라 하신 주님의 성전
하나님을 알게 하는, 하나님이 계신 곳
나 그리스도의 참 향기 되기 위해
애통하는 회개가 새벽 별로 뜨면
세상 아픔 변하여 기쁨의 샘 솟으리.

영혼의 중심에 주님보좌 모시어
성령 하나님 늘 내 안에 계시면
나는 하나님의 거룩한 성전
우리는 모두 기도하는 집이라

하나님의 이름을 높이는 곳이라.

두 무릎 꿇어 하나님께 기도하옵나니
나 하나님의 거룩한 성전이고저
하나님을 알게 하는 평화의 성전이고저…

———「하나님의 성전이고저」

성경 시편에는 다윗이 부른 <성전에 올라가는 노래>가 시편 120편부터 134편까지 나와 있다. 제1부에서는 거하는 곳에 평안이 없는 외부적인 문제를 통해서 순례의 길을 떠나게 되지만, 시온에 가까이 갈수록 제3부는 내적인 문제, 영적인 문제를 매우 깊숙이 다루고 있다. 외부의 공격과 핍박(거짓된 혀, 전쟁을 일으키고자 함)이 있는 상황에서는 이러한 상황으로부터의 보호와 안전, 곧 '평안'(샬롬)이 가장 긴급하고 필요한 복이라면, 깊은 곳에 도사리고 있는 죄의 용서는 진정한 평안을 얻는 가장 핵심 요소라 할 수 있다. '하나님의 집' 성전이 있는 시온/예루살렘을 향하여 떠나는 발걸음이 예루살렘 성내로, 다시 성전으로 가까워갈수록, '여호와께로 향하는' 사람들의 마음은 자신의 내면의 깊은 곳을 들여다보면서 하나님을 더욱 온전하게 의지하게 되는 것을 볼 수 있다.

추영수 시인은 시편에서 노래하고 있는 구체적 건물인 성전을 노래하는 것이 아니라, 자신의 마음속에 자리 잡아야 할 성전을 노래하고 있다. 10연으로 구성된 이 노래는 1연에서 자신이 하나님의 거룩한 성전이 되기를 기도하고 있다. 이를 이루기 위해 2연에서는 주님이 내 안에 오시고 보들어 주길 원한다. 주님이 내 안에 들어오셔야 나의 몸이 하나님의 성전이 될 수 있기 때문이다. 그런데 이는 그렇게 쉬운 과정이 아니다. 단순히 내 마음만 연다고 주님이 내 마음속에 들어와 계실 수 있는 것이 아니다. 3연에서 내 마음 밭을 갈고 주님 뜻을 안아야 한다고 노래하는 이유이다. 주님이 내 마음에 온전히 심겨져서 나무로 자라 열매를 맺어야 나는 하나님의 거룩한 성전이 될 수 있다. 4연에서 열매 맺지 못하고 잎만 무성한 무화과나무를 탓하며, 시적 화자의 삶을 반성하는 이유이다.

5연에서는 내가 하나님의 성전이 되기 위해서는 주님의 겟세마네 동산의 기도처럼 자신을 버리고 하나님의 뜻을 좇는 기도를 드려야 하는데, 나의 기도는 그렇지 못한 나 자신의 욕망만 실현하기 위한 기도였음을 회개하고 있다. 6-7연까지에서도 이러한 열매 없는 기도에 대한 반성은 이어지고 있다. 8연에서는 내 몸이 성전이 되기 위해서는 그리스도의 참 향기를 풍겨야 하는데 이를 위해 필요한 애통하는 회개를, 9연에서는 내 영혼 중심에 성령을 모셔야 내가 거룩한 하나님의 성전이 될 수 있다고 지속적으로 노래한다. 이를 통해 시인은 10연에서 나 자신이 단순한 하나님의 거룩한 성전일 뿐만 아니라 하나님을 알게 하는 평화의 성전이 되기를 기도하고 있다. 이는 내가 온전히 하나님의 성전이 됨으로써 이 땅에 평화의 사도로 살아가고자 하는 평화주의자의 꿈을 꾸고 있음이다.

그런데 내가 하나님의 거룩한 성전이 되고, 갈등과 전쟁이 지속되는 이 땅에서 평화의 사도로 살아간다는 것은 참으로 지난한 고난의 길이다. 이 고난의 길을 부단히 걸어 나갈 수 있는 힘은 어디로부터 오는 것일까? 「주님 다시 오시는 날」을 늘 소망하고 있기 때문이다.

오늘은 밤이거니

양떼와 염소 떼가 함께 거하는 어둠 속이거니

흑백이 분간되지 않는 칠흑 어둠 속…

이 밤이 다하면

푸른 초장 아득히 펼쳐진 저 끝 지평선에

아침해 붉게 붉게 타오르리


지금은 태풍의 눈 고요 중의 고요

떨리는 가슴, 숨 죽인 찰라

나를 돌아다보는 순간을 잡아라

우레 소리 천지를 뒤흔들면

목자의 음성 문빗장 열리니.


공의로우신 심판의 주 우리 하나님

하늘 영광으로 다시 오시는 날

주님 이름으로 기도한 자들

주님 앞으로 성결의 영을 닦는 자들

오른 손 들어 머리 짚어주시리.


오직 믿음 안에서 순종하며

경건의 옷을 입은 자들이여

두 무릎 헤어지도록 겸손히 무릎 꿇고

주님 이름 가슴에 새긴 자들이여

말씀대로 행하기에

손마디 마디마다 옹이 박힌 자들이여


목자의 음성을 알아듣는 너는 내 양이라

일어서 나아와 오른 편 줄에 서라

서로 사랑하고 대접하기에

손 닳고 발 닳은 고난의 세월 동안

때묻고 헤어진 그 남의(襤衣)가

어느 새 눈부신 성의(聖衣)로 되살아나리.


여기 내 형제 중에

지극히 작은 자 하나에게 한 것이

곧 내게 한 것이라

우레 소리 귀 먹먹 요란한 중에

숨죽인 침묵을 깨치는 하늘 음성 들어라.


지금은 밤이거니

양 떼와 염소 떼가 함께 거하는 어둠 속이거니

흑백이 분간되지 않는 칠흑 어둠 속…

이 밤이 다하면

푸른 초장 아득히 펼쳐진 저 끝 지평선에

약속의 흰 구름 송이 피어오르리.

아침 해 붉게 붉게 타오르리.

―「주님 다시 오시는 날」

　7연으로 구성된 「주님 다시 오시는 날」은 첫 연과 마지막 연의 종지를 <아침해 붉게 붉게 타오르리>라고 수미일관화 함으로써 세상이 끝나는 미래의 종말을 노래하는 시편으로서의 분위기를 형성하고 있다. 1연은 현재는 양과 염소가 공존하는 그래서 흑백이 분별 되지 않는 칠흑같이 어둔 밤이지만 밤이 다하면 아침 해가 붉게 타오르리라고 선언한다. 2연도 역시 그러한 분위기를 태풍 전야에 비유하고 있다. 그래서 나를 돌아다보는 순간을 잡으라고 권고한다. 3연에서는 공의로우신 심판의 하나님이 오시는 날 <주님의 이름으로 성결의 영을 닦은 자들이 오른 손 들어 머리 짚어 주시리>라고 노래한다. 4연에서도 믿음 안에서 순종한 자들, 겸손히 무릎 꿇고 주님 이름 가슴에 새긴 자, 말씀대로 행하기에 손마디 마디마다 옹이 박힌 자들을 열고 하고, 5연에서는 이들을 오른편에 세울 것이라고 성경에 나타난 마지막 심판날의 정황을 예고하고 있다. 6연에서는 특별히 <내 형제 중에/지극히 작은 자 하나에게 한 것이/곧 내게 한 것이라>는 마지막 날의 심판을 통해서 시적 화자가 어떻게 현재를 살아가야 할지에 대한 자세를 가다듬게 하고 있다. 그리고 7연은 첫 연의 내용을 거의 그대로 반복함으로써 신자가 가진 마지막 심판 날에 대한 소망을 확신하고 있다.

　제3집은 『시와 찬미로 여는 아침의 노래』인데, 여기에는 12시인이 쓴 강단에서 사용하는 절기 시집이란 부제가 붙어 있다. 즉 교회 절기 때에 활용할 수 있는 시를 창작해서 편집해 본 시집이다. 여기에 참여한 시인은 김지원, 김지향, 신규호, 양왕용, 엄창섭, 이지현, 이탄, 추영수, 홍문표, 김상길, 김석, 김소엽 등이다. 이들은 이 시집 서문에서 시집을 펴내는 의미를 다음과 같이 밝히고 있다.

이번에 간행되는 교회력 속의 절기 시인 『시와 찬미로 여는 아침의 노래』는 역사를 섭리하시고 주관하시는 하나님께서 1월부터 12월까지 교회에서 지키는 교회력 속의 사건들을 통하여 창조주 하나님께서 우리에게 묻고 있는 믿음의 결실과 계시하심과 사명은 무엇인가를 중심으로 나를 고백하고 다짐하면서 쓴 시들입니다.

우리들은 시인과 신앙인의 사명을 가지고 이 일을 착수하고 있습니다. 앞서 간행한 두 번의 시가 성서라는 하나님 말씀의 테두리 안의 사건을 중심으로 한 종교의 진실성을 형상화한 좀 무거운 주제였다면, 이번에 발간되는 시집은 하나님이 나의 삶이 전개되고 있는 시간이라는 계절과 공간이라는 장소를 통하여 구체적으로 나타내시는 그리스도의 섭리를 삶의 현장에서 체험하고 느끼고 기도하며 쓴 시들입니다. 그래서 여기에 모은 열두 시인들의 시는 먼저 교회력의 바른 이해와 그리스도의 찬미를 바탕으로 하고 있습니다. 그리고 그리스도께서 창조하신 계절을 통하여 보여주고 있는 섭리와 믿음 안의 내 삶과의 함수관계에 시의 앵글을 맞추고 있습니다.

우리는 성서의 정확무오설을 믿고 의지하고 있습니다. 그리고 날마다

신의 섭리를 체험하고 영감을 얻으며 살아가기를 소망하고 있습니다. 또한 이 말씀이 우리의 삶을 위로하며 기독교 신자들뿐만 아니라 전 인류에게 평화의 길로 인도하여 줄 것을 확신하고 있습니다. 우리의 세 번에 걸친 합동시집은 시를 통하여 살아계신 하나님의 은총을 무엇보다 먼저 우리 스스로가 일깨우고 그 영적인 말씀을 더 아름답고 진실한 모국어의 형식과 내용에 담아보려고 노력하였고, 노력하고 있습니다. 그래서 우리 열두 시인은 우리가 추구하는 시의 세계가 기독교에 바탕을 두면서도 어디까지나 문학 본래의 효용성을 상실하지 않도록 힘썼습니다.

이런 신앙인의 사명과 의지 속에서 작품이 탄생될 때에 기독교 문학의 의의가 있고 기독교 시가 문학성 가치를 획득하게 된다는 것을 우리들이 깊이 인식하고 있습니다. 이런 문학관 아래서 새로운 시의 지평을 열어 넓혀 가는데 우리 열두 시인들의 사명이 있고 삶의 가치가 있음을 우리들은 믿으며 노력을 기울이고 있습니다.

기독교가 지닌 종교적 효용성을 최대한 유지하면서 문학성도 겸비하겠다는 의지로 열두 시인들이 공동 작업을 하고 있음을 밝히고 있다. 추영수 시인이 이 동인지에 발표한 시편들의 목록은 「신년시」, 「주현절」, 「부활절 아침 햇살」, 「어버이날」, 「온전히 주를」, 「맥추감사절」, 「광복절」, 「종교개혁주일」, 「오직 하나」, 「성탄절」, 「산 제물 되게 하소서」 등이다. 이중 「신년시」와 「산 제물 되게 하소서」는 추영수 시인의 삶의 자세가 가장 솔직하고 순전하게 드러나는 시로 읽는다.

감사하라 감사하라

은혜의 배에 실려

어둠의 강 헤어 나왔으니

여기

새 생명의 해를 맞는구나


조용히 아주 조용히

방황턴 발걸음 믿음으로 다스리면

가장 편안한 마음

고르로운 숨결로

눈을 감고 하늘을 보리

귀를 닫고 하늘을 들으리.


예 있자 예 있자

사랑으로만 사랑으로만 예 있자

단 한 분의 손 꼬옥 잡으면

포도송이 알알이 사랑 여물도록

보라빛 헌신의 강물 출렁이도록

조심조심

허락하신 오늘에 살리.

―「신년시」

「신년시」는 3연으로 구성되어 있는데, 각 연의 첫 행은 <감사하리 감사하리>, <조용히 아주 조용히>, <예 있자 예 있자> 등으로 반복을 통해 리듬을 자연스럽게 형성하고 있다. 첫 연은 은혜의 배에 실려 어둠의 강을 헤어 나왔으니 감사할 수밖에 없기에 <감사>로 새해를 시작하고 있다. 하나님의 은혜로 어둠의 세상으로부터 벗어났기 때문이다. 이 어둠에서 빛으로의 이행은 신자의 삶의 거듭남을 의미한다. 이 거듭남의 은혜를 깨닫고 감사하고 있는 것이다. 삶에서 감사하는 행위가 얼마나 중요한지, 신앙생활 자체의 본질적 의미가 감사에서 시작할 수밖에 없음을 노래하고 있다. 신 앞에서 살아간다는 것은 어둠의 세계로부터 벗어나 새로운 생명의 해 아래에서 사는 삶이다. 신년을 맞는다는 것은 단순히 물리적인 1월 1일을 시작한다는 것을 넘어서 새로운 생명의 해를 시작한다는 것이다. 새로운 생명의 해로 상징되는 하나님의 통치 아래서 살아간다는 신앙고백이 배후에 작용하고 있다. 그러므로 신년의 의미는 신자들에게는 단순한 새해의 의미를 넘어서 새로운 생명의 탄생으로 받아들여져야 한다는 시인의 사유가 바탕에 깔려 있는 것이다.

그런데 신자의 삶은 새로운 생명으로 거듭남이 전부가 아니다. 오히려 이후의 삶이 더 중요하다. 빛과 어둠이 공존하는 이 세상에서 새 생명을 유지하면서 살아가야 하기에 인생길에는 흔들림과 방황함이 언제나 뒤따른다. 이 흔들림과 방황을 붙잡아 줄 수 있는 원동력이 믿음이다. "믿음은 바라는 것들의 실상이요 보지 못하는 것들의 증거니 선진들이 이로써 증거를 얻었느니라"(히브리서 11:1)는 정의처럼 믿음은 보이지는 않지만 역사 속에 나타나는 확실한 증거가 있기에 붙잡을 수 있는 근원적인 힘이 된다.

이 믿음으로 시적 화자가 마음을 다스리면 가장 편안한 마음을 유지할 수 있는 이유이다. 이런 마음으로 눈을 감고 귀를 닫고, 하늘을 보며 하늘의 소리를 듣고 있다. 땅 위에서 보이는 것, 들리는 것들은 참된 생명과는 거리가 있기 때문이다. 하늘로부터 비롯되는 영원한 생명의 빛을 받으며 살아가는 자세를 엿보게 한다. 그러나 신자의 온당한 삶은 믿음만으로는 부족하다. 믿음과 함께 사랑의 실천이라는 명제가 수반되어야 한다. <사랑으로만 사랑으로만 예 있자>라고 강조하는 소이이다. 그런데 사랑은 언제나 헌신을 요구한다. <보라빛 헌신의 강물 출렁이도록/조심조심/허락하신 오늘>을 살리라고 다짐하는 연유이다. 헌신을 통한 사랑의 실천은 달리 말하면, 산 제물로서 살아가는 삶을 말한다. 「산 제물 되게 하소서」라고 기도하고 있는 이유이다.

> 경건의 모양도
> 미처 갖추지 못했습니다
> 주여! 보혈로 덮어 주사
> 산 제물 되게 하옵소서.
>
> 이 세상 사는 동안
> 찢기고 터진 상처
> 주님의 대못 박힌 손으로 어루만져
> 흠 없는 제물이 되게 하옵소서.

머뭇거리는 발걸음

갈라지는 마음

주님의 두 팔로 품어 안으사

온전한 제물로 드려지게 하옵소서.


세상 유혹 큰 바람에

흔들리는 삶

주님만 우러르는

산 제물 되게 하옵소서.

—「산 제물 되게 하소서」

　고래로 성전에 바쳐지는 제물은 흠 없이 온전해야 하며, 살아있어야 했다. 살아있는 생명의 피를 통해 죄를 사할 수 있기 때문이다. 구약 시대에 많은 산 짐승들이 인간의 죄를 대신하여 피를 흘리며 산 제물이 되었다. 그런데 인간의 죄를 대신하여 주님이 십자가에서 피를 흘리며 죽음으로써 산 제물이 되었다. 그래서 주님의 보혈로 대속함을 받은 모든 신자들에게는 "몸을 하나님이 기뻐하시는 거룩한 산 제사로 드리라"는 명령을 받았다. 몸을 거룩한 산 제사로 드리기 위해서는 하루하루의 삶이 산 제물이 되어야 한다. 이는 피흘리는 삶이며, 희생을 감내하는 삶이다. 현실을 살아가면서 이것이냐 저것이냐로 양분되는 갈라지는 두 마음을 하나로 통합하여 순전한 상태로 만들어야 산 제물로서의 삶을 살 수 있다. 뿐만 아니라 이 땅의 유혹에 흔들리는 마음을 바로잡아야 한다. 이는 얼마나 힘든 고통의 삶이며 고난의 삶인가? 불완전한 인간으로서는 감당하기 힘든 길이다. 이런 무거운 짐을 진 삶을 매일 매일 경험하고 있기에 시적 화자는 하늘을 우러러 산 제물이 될 수 있기를 기도하고 있는 것이다.

제4집은 『신령한 노래로 화답하라』로 이 시집은 가정과 교화의식에 사용하는 기독교 행사 시집이란 별칭이 붙었다. 일종의 종교의식 때 사용할 수 있는 시들을 창작해 모은 것이다. 열두 시인은 서문을 통해 "기독교 문화의 확장을 위한 이 일이 비록 보잘것없는 작은 것이긴 하지만 한 알의 밀알을 생각하면서 기독교 문화를 일구어내는 자양분이 되어 이 땅에 하나님 나라가 확장되는 밑거름이 되리라고 확신한다"며 시에 대한 애정과 사명을 밝히고 있다. 여기에는 김지원, 김지향, 신규호, 양왕용, 엄창섭, 이지현, 이탄, 추영수, 홍문표, 김상길, 김석, 김소엽 등의 시인이 참여했고, 추영수 시인은 「결혼식」, 「추도식」, 「은퇴식 1」, 「은퇴식 2」, 「은퇴식 3」, 「은퇴식 4」, 「칠순」, 「선교사 파송」, 「졸업식」, 「헌당식」, 「장례식 1」, 「장례식 2」, 「스승의 날」 등을 발표했다. 이 시편 들 중 「장례식 1」과 「장례식 2」는 신자의 삶의 진정한 의미와 인간됨의 본질을 의미 있게 노래하고 있다는 점에서 돋보인다.

오늘 일몰의 눈짓이
어찌 그리도 아름다울 수 있는지

서녘 하늘가에
구름송이들의 붉은 눈시울은

누굴 만나기에

또 저리도 정겨운지


"그으래 그래"

머리 주억거리며

허리 펴시는 어머니

어머니는 아시지요


서녘 벌 서성이시다가

돌아오신 아버지

아버지도 아시지요


아아라히 폭죽 터지는 본향의 잔치 소리

영원한 만남이 주님 안에 있사옴을…

—「장례식 1」


　「장례식 1」은 인생의 종말을 일몰로 은유하면서 시가 시작된다. 죽음은 일차적으로 이 세상에서의 영원한 이별이란 점에서 슬픔과 애통을 수반하기 마련이다. 그런데 이 시에서는 죽음을 아름답다고 노래하고 있다. 나아가 <서녘 하늘가에/구름송이들의 붉은 눈시울은/누굴 만나기에/또 저리도 정겨운지>라고 노래함으로써 죽음의 비극성은 찾아볼 수 없다. 이는 신자들에게 주어진 영원한 생명에 대한 믿음 때문이다. 이 땅에서 이별하더라도 저세상에서의 만남과 영원한 삶이 있음을 확신하고 있음에서 비롯되는 확실한 소망 때문이다. 이 시에서 어머니 아버지를 등장시키고 있는 이유는 시인 자신이 부모를 먼저 저세상으로 떠나보낸 연유로 보인다. 부모를 떠나보면서 이렇게 죽음을 노래할 수 있다는 것은 깊고도 깊은 죽음 이후의 삶에 대한 확신이라 할 수 있다. 그러나 인간에게 있어 사별이란 힘든 일임을 「장례식 2」에서 노래하고 있다.

네
믿습니다
믿고 말구요
영원한 집 우리에게 있는 줄

그런데
왜 자꾸만
가슴에
가슴에
하늘 물 고이지요
발걸음 천근 되어
돌아서지 않지요

이승의 이별은
잠시 잠깐인 것을

그래도 한 말씀만 다시 듣고 싶어

엎드려 님의 목소리 귀 기울입니다.

—「장례식 2」

아무리 영원한 집이 있다는 확신을 가지고 살아가지만 인간의 죽음 앞에서는 어쩔 수 없는 인간이 지닌 본질적인 사별이 주는 아픔을 경험할 수밖에 없다. 그 인간적인 본성과 감정을 솔직하게 고백해 놓고 있다. <가슴에 하늘 물 고이고, 발걸음이 돌아서지 않는> 고통과 아픔을 겪을 수밖에 없는 것이 인간이다. 이승의 이별은 잠시 잠깐이라고 자위해 보지만 <그래도 한 말씀만 다시 듣고 싶어/엎드려 님의 목소리 귀 기울입니다.>는 언표는 모두가 공감할 수밖에 없는 보편적 인간의 정서로 다가선다.

2003년에 나온 『외투 한 벌』에는 신규호, 양왕용, 엄창섭, 이탄, 추영수, 홍문표, 김석, 김소엽, 김지원, 김지향, 손진은, 조정 등 12시인이 참여했는데, 이들은 서문에서 이 시집의 성격을 다음과 같이 설명하고 있다.

이제 다섯 번째 출간하는 시집에서는 열두 시인 한 사람 한 사람의 생활 속에 육화된 신앙 체험을 형상화해 보자는 데 의견의 일치를 보고 그렇게 쓰려고 노력한 시들입니다.

그래서 이 시집에 열두 시인이 지은 외투 한 벌이란 이름을 붙여 보았습니다. 이런 제목을 붙인 데는 빈궁한 과부가 드렸던 두 푼의 연보와 신약성서 마태복음 10장 10절과 감옥에 갇혀 겨울을 맞이하던 사도 바울이 외투 한 벌을 요청했던 이날을 염두에 둔 것입니다.

동양식 표현을 빌면 貧者一燈의 시집으로 내 스스로를 묶는 부끄러움과 정직성을 제목으로 나타내려고 한 것입니다. 그러므로 이 네 번째 시집 속의 시들은 그리스도 안에 뿌리내린 시인의 삶과 현실 상황을 수직과 수평으로 조화시키려는 작은 노력의 결과로 탄생된 것입니다.

추영수 시인은 이 시집에서 「기도 1」, 「기도 2」, 「기도 3」, 「기도 4」, 「기도 5」, 「참 복있는 사람」, 「하늘 잣대 드리워지면」, 「칠흑 하늘에 몰래 뜬 그믐달」, 「설화」, 「하늘의 꽃이여」 등의 시편을 선보이고 있다. 이 중 「기도 2」, 「기도 3」은 신자의 일상 삶에서 어떤 자세로 기도하며 살아가야 하는지를 일상의 구체적인 현실에서 건져 올리고 있다.

바쁘다 바쁘다의 바다 속에 빠져

개헤엄으로 허우적거리다가

알뜰한 눈짓

살가운 숨결

그만 놓치는 일

없게 하여 주시옵소서


둑 길 지름길

서두르는 내 차바퀴에

행여라도 깔려

신음하는 여린 풀 잎

없게 하여 주시옵소서

풀 숲에 숨어서 기다리는
풀벌레들의 간절한 두근거림에
달빛 되어 이슬 되어 귀 기울이는
자상한 정다움으로 기도하는 시간만은
꼭 허락하여 주시옵소서.

　　　　　　　—「기도 2 - 자상한 정다움으로 기도하는 시간만은」

이 시는 3개 연으로 나누어진 기도문이다. 각 연 마지막 행에서 <주시옵
소서>로 끝맺음함으로써 전형적인 기도문의 형식을 내보이고 있다. 기도
는 신자에게 호흡과 같다. 그런데 이 호흡은 생리적인 호흡이 아니라, 영적
호흡이라서 일상생활이 바쁨 속에 빠지면 영적 호흡은 자연스럽게 멈추게
된다. <바쁘다 바쁘다의 바다 속에 빠져/개헤엄으로 허우적거리다가/알
뜰한 눈짓/살가운 숨결/그만 놓치는 일/없게 하여 주시옵소서>란 기도는
이러한 영적 호흡을 위한 시적 화자의 자기 방안 마련이다. 이어지는 2연의
기도 역시 시적 화자의 서두름으로 인해 내 차 바퀴에 깔려 신음하는 여린
풀잎이 없게 해달라는 배려의 기도이다. 3연에서는 자상한 정다움으로 기
도하는 시간을 허락해 달라고 기도하고 있다. 그 자상함과 정다움은 <풀
숲에 숨어서 기다리는/풀벌레들의 간절한 두근거림에/달빛 되어 이슬 되
어 귀 기울이는> 행위로 나타나고 있다. 특히 달빛과 이슬 되어 귀 기울인
다는 것은 소리 없이 다가서는 달빛과 이슬처럼 묵상기도의 은밀성과 세

미함을 지칭한다. 이러한 심정으로의 기도는 인간의 속사람을 더러움으로 부터 씻어내는 자정의 시간을 가짐을 의미하기도 한다.


설거지를 한다

기름 끼 맛 끼 색 끼 말끔히 씻으려고

참 샘을 퐁퐁 풀어 닦고 씻고 헹군다

그러고도 골에 박혀 남는 착색

지독한 락스 숨 막고 한 방울 떨어뜨려 녹여낸다

그러고도 퐁퐁 끼, 락스 끼 끼 끼 끼를 우려내려고

맹물을 부어 밤을 재운다

그러고도 수돗물 속 중금속의 독성 찌꺼기 생각나서

백비탕白沸湯 한 사발 부어 튀겨 내다가


골수를 열고 떠오르는 말씀


"무엇이든지 밖에서 사람에게로 들어가는 것은

능히 사람을 더럽게 하지 못하되 사람 안에서

나오는 것이 사람을 더럽게 하는 것이니라." – 막 15:16


내 영혼을 불쌍히 여기소서

나를 지으신 주여!

주님의 활활 불붙어 오는 눈부신 성령으로

내 오장 육부를 씻고 헹구고 녹이고 우려내고 튀겨내어 주소서

— 「기도 3 - 골수를 열고 떠오르는 말씀」

「기도 3 - 골수를 열고 떠오르는 말씀」은 일상의 설거지 과정을 통해 골에 박혀 남는 착색을 말끔히 씻어내는 모습을 리얼하게 그려내고 있다. 그런데 이 과정에서 시적 화자가 강조하는 바는 씻어내야 할 더러운 것들은 사람 밖에서 들어가는 것이 아니라, 사람 안에 존재한다는 영적인 인식이다. 내 영혼 속에 더럽혀진 것들을 어떻게 깨끗하게 설거지할 것인가 하는 점이다. 그릇을 씻는 설거지에서는 물과 세제를 사용하여 어느 정도 깨끗해질 수 있을지는 모르지만, 영적 더러움은 이런 차원의 설거지로서는 불가능함을 노래하고 있다. 영적 더러움을 자정하는 데는 성령의 불만이 가능하기에 그 불인 <주님의 활활 불붙어 오는 눈부신 성령으로/내 오장 육부를 씻고 헹구고 녹이고 우려내고 튀겨내어 주소서>라고 기도하고 있다.

2005년에 펴낸 『성경 속의 여인』에는 양왕용, 엄창섭, 추영수, 홍문표, 김석, 김소엽, 김지원, 김지향, 손진은, 조정, 신규호, 박남희 등이 참여했는데, 이 시집은 성경 속에 나타난 여인들을 대상으로 한 열두 시인의 시편을 선보이고 있는데, 추영수 시인은 여기에 「시시각각 감사가 넘침은」, 「동녘이 붉게 타오르는 연유」, 「하늘 가슴 젖은 날 뱃고동 소리」, 「그것이 바로 길이었구나」, 「사제는 미네랄을 갈았어요」, 「농무는 아름다운 날을 위하여」, 「마라나타 나의 친구여」 등을 발표했다. 이 중 「그것이 바로 길이었구나」가 룻을 다룬 유일한 시편이다.

그것이 바로 길이었구나

눈밭에 뚜렷이 찍힌 발자국

돌, 자갈, 뻘, 모래, 진탕, 길에

깊이 아프게 그리고

당당하게 페인 바퀴 자국


사랑하는 지아비를 여의고

사랑하는 부모형제 고향산천 다 버리고

오직

시어머니의 하나님을 경외하며

시어머님 나오미를 지극 정성 섬기며

시어머님의 고향을 찾아온 친구여

낯선 이국 여인 룻의 순수한 헌신

외로움을 다 바친 순수한 사랑

시어머님 이르심에 따른 순수한 순종


그것이 바로 길이었구나

다윗 대왕의 증조모가 되고

메시아의 족보에 당당하게 오르는

바로 그 길이었구나

—「그것이 바로 길이었구나」

구약 룻기에 나오는 주인공인 룻의 삶을 노래하고 있는 시이다. 룻의 고단했던 삶을 <눈밭에 뚜렷이 찍힌 발자국/돌, 자갈, 뻘, 모래, 진탕, 길에/깊이 아프게 그리고/당당하게 패인 바퀴 자국>으로 은유하고 있다. 그 구체적인 삶을 2연에서 펼쳐 보여주고 있다. <사랑하는 지아비를 여의고/사랑하는 부모형제 고향산천 다 버리고> 와야만 하는 외롭고도 힘든 길이었다. 이 힘든 길을 <오직/시어머니의 하나님을 경외하며/시어머님 나오미를 지극 정성 섬기며/시어머님의 고향을 찾아온 친구여/낯선 이국 여인 룻의 순수한 헌신/외로움을 다 바친 순수한 사랑/시어머님 이르심에 따른 순수한 순종>의 삶으로 노래하고 있다. 한 마디로 하나님을 경외하는 순종과 헌신의 삶으로 요약하고 있다. 이 순종과 헌신으로 그녀가 <다윗 대왕의 증조모가 되고/메시아의 족보에 당당하게 오르는> 길로 나아가게 되었다고 노래하고 있다. 성경 속에 등장하는 수많은 여인들이 있지만 추영수 시인이 특별하게 룻을 지목한 이유는 그녀의 삶에서 읽혀지는 하나님의 경외와 순종과 헌신의 삶이 자신이 평생 지향해온 삶의 길이었기 때문이 아닐까?

2008년에 출간된 『그날의 십자가』에는 김상길, 김지원, 김지향, 신규호, 양왕용, 엄창섭, 이지현, 조영순, 최금녀, 추영수, 하현식, 홍문표 등이 참여했으며, 서문에서는 다음과 같은 입장을 표명하고 있다.

말씀이 문학적으로 표현된 사실을 토대로 하여 우리가 기독교적 주제를 문학적으로 표현하게 되는데 이를 기독교문학이라고 하게 된다. 물론 말씀을 시적으로 표현하면 기독교시, 또는 신앙시가 된다. 하나님이 말씀을 문학적으로 표현하여 성서문학을 완성했듯이 우리도 말씀의 주제를 문학적으로 표현하여 이 땅에 하나님의 나라를 세우는 일에 봉사해야 한다. 특히 문학적 달란트를 가진 크리스챤이라면 마땅히 말씀을 문학적으로 형상화하여 땅끝까지 전해야 하는 것이다.

이러한 진실을 확인하면서 평생 시를 창작해온 크리스챤 열두 사람들이 합심하여 기도하면서 기독교시, 신앙시를 통해 하나님께 영광 돌리고 말씀의 나라를 선포하는 일에 일조를 하겠다고 나선 것이 열두 시인 시집 운동이다. 특히 이번 시집의 주제는 '십자가'로 하였다. 십자가에 대한 우리들의 시적 형상이 말씀의 진실을 더욱 높이는 귀한 계기가 되기를 소망한다.


이 시집에 추영수는 「순종의 하나님 나의 하나님」, 「용서의 십자가」, 「십자가 아래 모두 내려놓고」, 「십자가의 길」, 「십자가의 바람」 등을 발표했다. 이 시편들 중에 「용서의 십자가」와 「십자가의 길」은 추영수 시인이 인식하고 있는 십자가 사상을 잘 드러내고 있는 작품으로 읽힌다.


목에 금사슬을 두르고 가슴에 십자가를 내리고 있음은 나는 당신의 어떤 행위도 용서할 줄 아는 그리스도인이라는 증표랍니다. 주여 저는 비겁자입니다 저는 제 가슴에 십자가를 내리지 못했습니다 주님께서는 십자가 위에서 당신의 손과 발에 못 박는 이들을 위하여 아버지 하나님께 대신 용서를 빌어 올리셨는데 지금도 제 귀에 그 음성 은은히 들리는데 제 가슴은 의미없이 뛰기만 합니다 옆구리 창에 찔려 물과 피 쏟으

시고도 "다 이루었다"고 하늘 우러러 그리스도로서의 임무 완수를 확
인시켜주셨건만 주 믿는다는 하늘 백성 이리 비겁하옵니다 주여 용서
의 십자가 밑에 꿇어 엎디어 통회하오니 불쌍히 여기시고 제 마음 고쳐
주소서

　제 마음을 아프게 해놓고 후회하며 떨고 있는 저 이웃을 보듬어 주게
하시고 제가 어려움을 당할 때 아무 것도 아무도 원망하지 않게 하소서
서러울 때나 억울하여 가슴 미어질 때 주님의 음성에 귀 기울이며 하나
님께서 검은 구름 위에 빛나는 태양을 마련해 놓으신 그 사람의 십자가!
용서의 십자가를 묵상하며 실천하는 지혜와 용기를 주소서

ー「용서의 십자가」


　십자가는 기독교의 상징이면서도 중심 이미지라 할 수 있다. 기독교에
서 십자가는 예수의 사랑과 희생을 상징하는 중요한 상징물이다. 그 상징
물의 주체인 십자가에 못 박힌 예수의 말씀은 예언적인 의미로 전해졌으
며, 이를 따르는 많은 사람들이 일차적으로 그 예수께 헌신하는 기초가 되
었다. 또한 십자가는 예수의 죽음을 상징하는 도구이지만, 동시에 구원의
상징이기도 하다. 예수가 십자가에서 인간의 죄를 사하고 구원의 길을 열
어주는 역할을 했기 때문이다.
　시간이 지나면서 예술의 형태와 교회의 변화는 십자가의 이미지를 변
화시켜 왔다. 십자가의 이미지는 러시아와 그리스의 아이콘부터 동양식 교
회, 조각상까지 모든 종류의 그림과 예술적 표현의 주제가 되었다. 그래서
오늘날 십자가의 이미지는 다양한 예술 작품과 교회의 장식 등에서 찾아

볼 수 있게 되었다.

그렇다면, 십자가의 중요한 상징은 무엇인가? 우선은 죽음과 구원의 상징이다. 십자가는 예수의 죽음을 상징하는 도구이지만, 동시에 구원의 상징이기 때문이다. 십자가형은 매우 잔인한 형벌로, 예수는 십자가에서 고통스럽게 죽음을 맞이했다. 그러나 예수는 죽음 직전까지 자신의 가르침을 전하고자 했으며, 인류를 구원하기 위한 희생을 감수했다. 그래서 십자가는 예수의 희생과 사랑을 상징하는 동시에, 인간의 죄와 구원을 상징하는 도구가 되었다. 그러므로 그리스도인들은 십자가를 바라보며 예수의 희생과 사랑을 되새기고, 자신의 죄를 고백하며 구원의 은혜를 누릴 수 있게 되는 과정에 진입하게 된다.

현대에 와서는 십자가의 이미지가 더욱 다양하게 변화하고 있다. 이는 예술의 발전과 함께, 종교적 자유와 다양성이 증가한 결과이다. 현대의 십자가 이미지는 전통적인 형태뿐만 아니라, 다양한 예술적 요소를 결합한 새로운 형태도 등장하고 있다. 십자가의 이미지는 시대와 지역에 따라 다양하게 변화했지만, 십자가가 기독교 신자들에게 예수의 희생과 사랑을 되새기고, 자신의 죄를 돌아보고 구원을 소망하는 상징으로 여겨진다는 것은 변함이 없다. 십자가를 통해 예수의 희생과 사랑을 되새기고, 자신의 삶을 되돌아보며, 구원을 향한 믿음을 더 깊게 만들어 갈 수 있는 이유이다.

추영수 시인이 「용서의 십자가」를 기도하는 이유는 이러한 십자가의 사상을 체득한 이유이다. 십자가의 사상을 자신의 삶의 가치로 수용한 신자들에게 있어 십자가의 의미를 실천하는 삶은 기본이다. 그래서 제 가슴에 십자가를 제대로 내릴 수 없는 부끄러운 자신의 삶을 성찰하면서 비겁한 자신을 뉘우치고 있는 것이다. 용서를 통해 십자가의 희생과 사랑을 구현해 나가고자 하는 삶의 지향을 엿보게 한다. 그런데 이런 십자가의 사상을 실현해 나간다는 것은 쉽지 않은 길이다. 그 길을 추영수 시인은 「십자가의 길」에서 다음과 같이 노래하고 있다.

마음이 아픈이여
눈물이 흘러내리지 못하도록
님의 하늘을 우러르자
십자가 위에서 조차 우릴 위해 기도하시던
님의 눈물 기억하면서

가슴이 찢어지는 이여
흘러넘치는 눈물을 마시며
님의 모습을 그리자
우릴 위해 생목숨 찢겨가시던
님의 피 튀기는 생살 기억하면서

오장육부 다 비어 애간장 녹아내리는 이여
님을 찾아 나선 저 별을 따르자
화려한 향연 다 끝내고 등 돌려 돌아간
공허의 뒷자리/차가운 말 구유에 육신을 누이면서

―「십자가의 길」


    추영수 시인이 노래하는 십자가의 길은 가슴이 찢어지는 길, 흘러넘치는 눈물의 길, 생목숨 찢겨지는 길, 피 튀기는 생살의 아픔이 있는 길, 애간장 녹아내리는 길, 차가운 구유에 육신을 누이는 길이다. 이 길은 화려한 영광의 길이 아니라 결국 죽음에 이르는 길이며, 자신을 버리는 길이다. 한마디로 고난의 길임을 노래하고 있다. 신자에게는 누구에게나 각자 지고 가야 할 십자가가 있다. 추영수 시인이 이렇게 십자가의 길을 노래할 수밖에 없었던 것은 자신의 삶의 길에서도 자신이 평생 지고 가야 할 십자가가 있었기 때문이라고 본다.

    2009년도에 나온 『참 아름다워라 주님의 세계는』에는 김소엽, 김지원, 김지향, 마경덕, 양왕용, 엄창섭, 이영지, 이지현, 최규철, 최연숙, 추영수, 홍문표 등 열두 시인의 작품이 실렸다. 머리말에서 다음과 같이 출간의 변을 드러내고 있다.


    시적인 은유적 언어야말로 하나님이 인간과의 소통, 말씀이 육신이 되는 섭리의 코드가 되고, 반대로 인간이 하나님을 향한 소통의 코드도 역시 시적인 은유적 언어가 되어야 하는 절대절명의 진실이 있다. 기독교적인 삶, 하나님을 향한 신앙적 고백, 그 어느 것도 시적인 언어형식을 통해서만 상달될 수 있는 것이다.

    이러한 진실에서 하나님을 찬양하는 모든 찬송가의 가사가 시적일 수밖에 없고, 하나님을 향한 모든 고백의 언어는 시적일 수밖에 없다. 여기서 신앙시, 기독교시의 당위가 있고 비밀이 있다. 이러한 진실을 알았기에 이 땅의 기독교 시인들 중에 열둘이 모여 하나님을 찬양하는 열두 시인 시집을 내기로 하였고, 금년 들어 일곱 번째 시집을 엮어내게 된 것이다.

여섯 해 전 열두 제자를 생각하며 이 땅의 기독교 시단에 앞서가는 열두 시인이 되겠다고 다짐하였지만 아직도 열두 시인들의 사역은 미미할 뿐이다. 회원들도 자주 바뀐다. 정성이 부족해서일까. 워낙 세속의 시단에 찌들어서일까. 그러나 이번엔 사명감과 열정을 가진 시인들이 다시금 뜻을 함께하여 이 땅의 기독교 시단에 분명한 깃발을 세울 것을 다짐하면서 『참 아름다워라 주님의 세계는』이라는 제목으로 이렇게 열두 시인 시집을 발간하게 된 것이다.

이번에 상재된 작품들은 표제 그대로 하나님이 지으신 아름다운 세계를 통하여 주님의 섭리와 계획을 드러내고자 한 것이다. 아름다운 자연을 통해 주님을 발견하는 놀라운 은혜가 이 시집을 읽는 모든 영혼들과 함께 하기를 간절히 기도하는 바이다.

여기에 추영수 시인은 「한반도가 유전이 될지도 몰라」, 「아픔은 꽃이네」, 「풀씨의 증언」, 「꽃이 아름다운 연유는」, 「아름다운 이생이제」 등을 발표하였다. 이 중 「아픔은 꽃이네」와 「꽃이 아름다운 연유는」은 꽃을 통해 기독교적 이미지를 형상화하고 있다.

삶은 꽃이다

침묵의 바다에

몇 송이씩 피어나는

백모란 꽃송이

아픔은 꽃이었네

상처 깊을수록

그 향기 짙어

하나님도 피 흘리셨네


비가 내리면

눈물이 아프게 꽂히면

바람이 불면

통한이 갈퀴 털 세워

몸부림치면

고요의 가면을 벗고

깨어나는 영혼


추억에서도 피가 흘러

골고다 언덕

나무십자가의 못자국

지는 해 붙안고

참회로 흐느끼는 붉은 꽃

암초로 굳어진 엉어리

하나님께 사뢰고 나면

이픈 삶일수록

아룸다운 꽃이 되네

파도꽃

　　　　　　　　　　—「아픔은 꽃이네」


　<삶은 꽃이다>라는 은유로 시작되는 이 시편은 다양한 의미로 해석될
수 있다. 일차적으로는 꽃의 이미지가 아름다움과 직결되어 있기에 삶의
밝은 측면을 노래하는 것으로 이해할 수 있다. 그런데 이어지는 시적 진술
은 참으로 깊은 의미로 다가선다. <아픔은 꽃이었네>라고 노래하고 있기
때문이다. 이는 달리 말하면 삶은 꽃에서, 꽃은 아픔으로 그래서 결국 삶
은 아픔으로 전이되고 있음을 보게 된다. 이렇게 삶이 아픔이란 인식은 일
반적인 삶에 대한 인식일 수도 있지만, 추영수 시인은 이를 넘어서고 있다.
상처는 아픔인데 그 아픔의 피흘림을 하나님이 보여주셨다는 인식 때문
이다. 그 피흘림의 고통이 아름다운 꽃으로 피어났다고 믿기 때문이다. 그
래서 <아픈 삶일수록 아름다운 꽃이 되네>라고 노래하고 있다. 그런데 그
꽃은 아름다운 향기로 퍼져나가기에 그 꽃을 파도꽃으로 명명하고 있다.
이 명명은 어느 시인도 지금까지 하지 못한 추영수 시인만의 시적 명명이
다. 이 꽃이 아름다운 이유를 「꽃이 아름다운 연유는」에서 노래하고 있다.


　소멸을


216　　　　　　　　　　　　　　　　　　　　　　　　　　추영수 평전

두려워하지 않는 눈부심으로
순종을 완성하기 때문이다

가슴에 품은
신비의 자물통
아낌없이 열어
골고루 쏟아 주는
수 만 개의
나눔
손

향기로운 하늘을 위해
향이 제 몸을 불사르듯
오늘을 빚는
열정으로
내일을
비상하기 때문이다

—「꽃이 아름다운 연유는」

3연으로 구성된 이 시편은 꽃이 아름다운 연유를 형식상으로는 세 가지로 노래하고 있다. 첫째는 <소멸을/두려워하지 않는 눈부심으로/순종을/완성하기 때문이>라고 제시한다. 소멸을 두려워하지 않는 순종이란 의미는 무엇인가? 이는 신앙인이 가져야 할 자기부정의 삶을 의미한다. 자기를 온전히 부정함으로써 가능한 타자를 향한 헌신을 온전히 수행하는 삶을 말한다. 이러한 삶의 구체적 실현으로서 2연에 나타나는 나눔이 두 번째 연유이다. 아낌없는 나눔은 온전한 자기부정의 바탕없이는 불가능하다. <가슴에 품은/신비의 자물통/아낌없이 열어/골고루 쏟아 주는> 행위는 자기부정의 결과로 나타나는 타자를 향한 베풂이다. 이런 실천 행위의 결과가 세 번째 연유인 <향이 제 몸을 불사르듯/오늘을 빚는/열정으로/내일을/비상하기 때문이다>라는 시적 언표이다. 추영수 시인은 여러 시집에서 다양한 꽃을 많이 노래했다. 지상에 존재하는 수많은 꽃들도 향기롭고 아름다운 꽃이지만, 인간이 순종과 헌신과 자기부정이란 아픔을 통해 빚게 되는 삶의 꽃은 더없이 아름다운 꽃이라는 인식은 향기로운 하늘 향해 살아가는 신앙인이기에 가능한 세계 인식이다.

추영수 평전

## 일상의 호흡이 된
## 기도문

하늘만
우러르고 삽니다
모두를 보듬고 삽니다

그렁 그렁
감격하는 미소로
늘 목마르지 않습니다

추영수 시인의 기록 중에는 시와 일반 산문도 중요하지만, 그의 삶을 버티어온 중심에는 호흡처럼 일생을 같이했던 기도가 있었다. 그 기도로 평생을 살아왔다. 어쩌면 그의 시가 기도였기도 했지만, 시와는 달리 그는 기도문을 많이 남겨 놓았다. 자신과 가족과 친척을 위한 기도문도 있지만, 교회 공동체와 나라와 세계를 향한 그의 끝없는 간구는 그가 남긴 수첩 구석구석에 메모로 남겨져 있다. 이는 그의 시와는 결을 달리하는 소위 기도문이기는 하지만, 그의 내면의 정신사 일부를, 아니 전부를 이해할 수 있는 기록이란 점에서 이를 정리해 두고자 한다.

　　그가 메모해 둔 기도서 속에는 뒤러의 '기도하는 손'의 사연을 소개하는 글을 삽입해 둠으로써 기도의 의미와 중요성을 늘 인식하고 있었음을 확인할 수 있었다.

알베르트 뒤러의 어린 시절은 너무 가난해서 학비조차 낼 수 없는 형편이었습니다. 같은 처지의 친구를 만나 학교에 갈 수 있는 방법을 함께 궁리하던 중에, 친구가 뒤러에게 이런 제의를 했습니다.

"우리 두 사람 모두 학교에 다닐 형편이 안 되니 네가 먼저 그림 공부를 해. 그러면 내가 일을 하면서 돈을 벌어 널 도울게. 네가 공부를 마친 후 그때 나를 지원해 주면 되잖아?"

뒤러는 처음에 그럴 수 없다고 거절했지만 친구의 진실된 설득에 하는 수 없이 그렇게 하기로 마음먹었습니다. 뒤러는 친구의 도움으로 가고 싶던 미술 학교를 무사히 졸업하였고, 마침내 작품 활동도 시작하게 되었습니다. 기쁜 마음에 친구를 찾아간 뒤러는, 마침 친구가 일하던 식당 한구석에서 기도를 하고 있는 모습을 보았습니다.

"하나님 아버지, 뒤러가 훌륭한 화가가 되게 해주셔서 감사합니다. 뒤러가 하나님의 영광을 위하여 그림을 그릴 수 있게 해 주십시오. 제 손은 험한 일을 많이 한 까닭에 더 이상 그림을 그릴 수 없게 되었습니다. 그러니 제 몫까지 뒤러가 모두 그릴 수 있게 도와주십시오."

친구의 손은 이미 굳고 딱딱한 나무토막처럼 변해 있었습니다. 뒤러는 친구의 험해진 손을 보며 눈물을 흘렸고 그 고귀한 친구의 손을 그리기 시작했습니다. 그 그림이 바로 뒤러의 '기도하는 손'입니다.

# 개인과 가정을 위한 기도

①

좋은 시를 쓰고 싶다는 것. 영원히 살아 있을 감동적인 시를 쓰고 싶다는 것. 시인이라면 누구나 꾸는 최대의 꿈이 아니겠는가? 그러나 좋은 시는 <내>가 쓰고 싶어 <내>가 죽어라고 써서 탄생되는 것이 아님을 알아야한다. 불후의 좋은 시 한 편 감동의 작은 신음소리 한 줄도 오직 <영감>으로 이루어짐을 알고 믿고 고백한다. 언제 <내>가 <나>의 열심을 믿고 장담했던가 어리석은 외침이었음을 고백하오니 나를 섭리하시는 주님! 용서하시고 오직 성령님의 사랑으로 나를 품어 주소서. 오직 주님의 영광을 위하여 이 불쌍한 영혼을 보듬어 일깨워 주소서. 오직 주가 주시는 영감에 의지하여 숨 쉬고 살아서 시 쓰기를 바라옵니다.

②

하나님!

이렇게 귀한 시간에 주님 앞에 나아와 앉아서 주님이랑 대화할 수 있게 하여 주신 크신 사랑 감사하옵니다.

나의 주 나의 하나님!

남은 세월 얼마 되지 않아도 이렇게 값진 시간 갖게 하여 주시니 나의 주여, 지금 주시는 하루가 천년의 가치를 가지고 제 앞에서 빛나오니 주여 감사하옵니다.

하루를 살아도 한 시간을 살아도 감사가 넘치는 값있는 삶이오매 주여 바로 예가 천국이옵니다.

나의 주여 오직 바라옵건대 저를 불쌍히 여기시어 홀로 두지 마옵시고 꼭 동행하여 주시어 역사하여 주시사 순결하고 정직하고 과장되지 않고 위선스럽지 않고 소박하고 백일 이전의 참 애기가 되어 나의 주 나의 하나님을 찬송 찬송하게 하옵시고 그 찬양과 찬송이 나처럼 아프고 서러운 이의 위로가 되게 하여 주옵소서.

주여! 베드로처럼 파도를 보지 않고 주님을 바라보며 물 위를 걸을 수 있었던 순박한 베드로 같기를 원하면서 주여 세상 걱정을 하는 것을 불쌍히 여기시고 용서하여 주소서. 다름이 아니오라 저를 인하여 자식들이 부끄러움도 당하지 않게 하여 주옵소서. 제게 주신 소명을 잘 감당하게 하여 주시고 제게 주신 세상 살림을 잘 정리정돈해 놓고 세상을 떠날 수 있게 하여 주소서.

예쁘게 성경 말씀을 써서 우리 머리맡에 걸어놓고 깨끗이 정리를 끝낸

후 그 고독한 삶을 평안으로 자식 앞에서 눈 감으셨던 아버지처럼 저도 그렇게 주님 앞으로 갈 수 있게 하여 주소서.

맑은 심성 성화를 거쳐 승화된 심성 좋은 작품과 정리정돈을 끝낸 삶, 흐르는 강물 위에 내 보물을 띄워 보낼 수 있는 넓은 아량과 생명책에 기록될 이름도 간구하며 예수님 이름으로 기도드립니다. 아멘

③

주여! 저의 기도에 응답하여 주신 줄 믿고 감사기도 올립니다.

주님 이제 저의 자식들을 위하여 기도합니다.

승준, 승희, 혜리, 혜림

석준, 선희, 혜령, 성훈

명진, 이건, 재호

이상의 11식구가 주께서 제게 주신 자손이옵니다. 이 자손들이 오직 주님만 의지해서 주의 영광만 나타내면서 주의 지경을 넓히는 일꾼들이 되게 하여 주소서. 아이들 하나하나 육신이 아픈 곳이 많이 있답니다. 주여 영육이 함께 강건하여 주님 주신 사명을 잘 감당해 내며 승리하는 자손들 되게 하여 주시옵소서. 이들에게 주신 학문과 예술과 재주와 재물이 오직 주님 안에서 주의 영광을 나타내는 귀한 쓰임을 통하여 청년들의 향도가 되게 하여 주시옵소서. 주님의 효자 효녀가 되어 나아가 그 부모와 이웃의 효자 효녀가 되어 천국의 지경을 넓히는 역군들이 되게 하여 주시옵소서. 예수님 이름으로 기도드립니다. 아멘

④

하나님! 우리 형제 특히 투병을 하고 있는 원 집사를 위하여 기도드립니다. 6개월 만에 의지하던 형님과 어머니를 여의고 암이 재발 전이되어 지금은 극히 어려운 지경에 있다고 합니다만 오직 믿음으로 그 어려운 고비를 이겨내고 있습니다.

히스기야를 15년간 더 살려주신 하나님, 원 집사의 기도를 받아주시어 그의 경각에 달려 있는 목숨을 연장시켜 주시옵소서. 활성 악종의 활약을 멈추게 하여 주시사 믿음의 간증자가 되게 하여 주소서. 혜선이의 태중의 아가가 건강히 자라서 조부를 기쁘게 하는 재롱도 보게 하여 주시고, 김포 아파트들이 제값을 받고 팔아서 홀로 있는 동생이 독립한 모습을 보고 가게 하여 주소서.

형제들이 각자 타인이 책임을 다하도록 감사하기 전에 먼저 자기들 스스로 책임 이행할 것들을 찾아 행하므로 화목한 핏줄이 되게 하여 주시옵소서. 부모 형제를 모셔 보지 못한 자들은 모셔 보지 않은 댓가를 해야 한다는 사명감을 깨달으므로 남을 정죄하지 않게 하여 주소서. 예수님의 이름으로 기도드립니다. 아멘

⑤

주님 안에서 살 수 있는 가족들을 주시어 위로가 되게 하심을 감사합니다.

승준이 목장으로서 하나님의 백성을 정성껏 섬길 수 있는 안정된 삶을 주셔서 감사합니다. 경제학 박사학위를 받게 하시고 미주리 주정부 규제위

원으로 근무하게 하시며 승희 교육 경영 박사학위 취득으로 교육 연구원으로 근무하게 하시며 오마바 대통령상을 받은 혜리 가정예배 때마다 한글로 성경 읽으며 기도하는 믿음의 딸이 되게 하심 감사합니다. 석준네 장로의 직분을 주시고 잘 감당할 수 있는 능력과 충성심을 주실 줄 믿고 감사드립니다. 선희 믿음의 엄마로서 집사로서 나중 된 자가 먼저 된다는 주의 말씀의 실천자가 되어 헌신할 수 있게 하심 감사합니다. 혜령이도 가정예배 때마다 한글 성경을 읽으며 하나님께 기도드리고 플룻 연주로 지역 오케스트라 단원이 되어 화목한 인간관계를 가지게 하심 감사합니다. 성훈 혜림 잘 적응하는 어린이 되게 하심도 감사합니다.

명진이 순전한 믿음을 주시어 외로운 학생들 품어주시고 시아버님을 정성으로 모시는 효심을 주셔서 믿음의 본이 되게 하심을 감사합니다. 내년 안식년을 잘 대비하게 해 주심 감사합니다. 재호 전도사님의 딸을 배필로 예비해 주시며 믿음으로 객지의 삶을 잘 이겨내게 하신 주님께 감사합니다. 주님 앞에 가는 날까지 여생을 주께서 지켜주시어 더욱 정결한 자로서 주님께 안길 수 있게 하여 주소서. 아멘

# 나라를 위한 기도

나라를 위하여 기도드립니다.

세계 경제의 악화 속에서 각국이 위기를 느끼는 가운데 있습니다. 이러한 위기를 극복해 나갈 수 있도록 위정자, 정치인, 경제인들에게 위기를 극복할 수 있는 지혜를 주시옵고 요즘 부쩍 구조조정의 사태가 강화되어 청년 실업자와 조기 정년자와 노인층의 증가 등 여러 가지 어려움 속에서 노숙자만 늘어가고 병원의 우울증 환자 및 정신질환 환자만 늘어나고 있습니다. 아버지여 불쌍히 여겨 주시옵고 이러한 악순환의 원인을 깨닫고 회개할 수 있게 하여 주시오며 우리들 특회의 눈물을 어여삐 보시어 순결의 수정바다가 되어 회복의 길을 열어주시옵소서.

이렇게 세계 경제가 어렵고 보니 북한 동포들이 더 어려움을 겪고 있습니다. 김정일의 폭정과 기근이 심화되는 가난으로부터 벗어나게 하여 주시옵고 북한의 참 기독교인들의 믿음을 굳게 지킬 수 있도록 하나님의 구원의 손길을 보내주시옵소서. 그들에게 하늘의 지혜와 용기를 주셔서 지하에서라도 그 믿음 지켜나갈 수 있도록 보호하여 주시옵소서.

하나님!

대한민국의 교회를 위하여 기도드립니다. 우리 사회 속에서 가장 불신을 당함으로써 하나님의 영광을 가리는 곳이 바로 우리 개신교회입니다. 하나님 불쌍히 여겨 주시옵소서. 섬김과 나눔의 사랑으로 그리스도의 향기를 발하기는커녕 계층 간, 세대 간 갈등과 각파 간의 불화로 인하여 오히려 잘못된 모습만 부각시키고 있는 한국교회의 지도자들이 엎드려 통회하여 서로 품으며 하나되어 화합하게 하여 주시옵소서. 교계의 지도자들이 높은 자리를 내려놓고, 섬김과 나눔에 솔선수범하여 하늘나라를 이 땅 위에 이루는 선도의 역할을 하게 하여 주옵소서. 이를 통하여 예수님의 사랑이 온전히 전파되어 사랑과 믿음으로 승리하게 하여 주시옵소서.

덕수교회의 손인웅 목사님의 영육 간의 강건함과 댁내의 평안하심과 한국교계를 위하여 사역하는 일에 성령님의 역사가 임하시어 기도가 응답받으시기를 간구 드립니다. 덕수교회를 위하여 수고하시는 정병식 목사님, 성현 목사님, 나경식 목사님, 강승태 목사님, 득남하신 박미경 목사님, 김태수 목사님, 및 여러 협력 목사님과 전도사님과 직원, 집사님, 장로님, 제직들이 맡은 바 소명을 잘 감당할 수 있도록 성령 충만케 하여 주시옵고 사랑과 섬김의 실천이 위에서부터 이루어지게 하여 주시옵소서.

덕수교회의 사회봉사위원회가 하는 다양한 사역 위에 주님께서 인도자가 되어 하나님께 영광이 되도록 잘 진행되며 사랑과 섬김과 나눔이 실현되게 하여 주시옵소서. 특별히 노인 주간보호시설이 계획대로 잘 운영될 수 있도록 주여 채워주시고 진행하여 주시옵소서. 북카페 운영 위에 주님 함께 하여 주셔서 친교와 지역사회 섬김에 올바른 도움이 이루어질 수 있도록 하늘의 지혜를 주시옵고 인력과 재력 다 갖추게 하여 주시옵소서. 그리고 교회 내 여러 사역장, 성가대, 교사, 친교실, 주차 봉사, 식당 봉사 등등 보이지 않는 곳에서 헌신 봉사하시는 섬김의 성도들을 기억하여 주시옵소서.

12월 24일 성탄 축하 오페라, 12월 27일 하늘이 열리는 언덕이 잘 진행되어 성탄의 기쁨과 복음이 잘 전파되게 하여 주소서. 비전 2020을 통한 군선교 복음화와 총회에서 추진하고 있는 300만 성도 운동 곧 1인 배가운동이 잘 진행되어 아름답게 열매 맺는 역사가 이루어지게 하여 주소서. 다음 세대를 품는 교회로서 영아부로부터 노년부에 이르기까지 모든 부서의 교육이 그 세대에 적합한 교육이 이루어져 그 결과 공동체가 하나 되는 결실을 맺게 하여 주소서. 남녀 선교회 및 각 기관이 마무리와 계획이 잘 이루어지게 하여 주시고, 특별히 강서 양천구역의 구역 운영이 2009년에는 잘 진행되게 하여 주옵소서. 그리하여 각 구역의 활성화가 작은 교회를 이룩하는 튼튼한 기틀이 되게 하여 주시옵소서.

세계선교복음 전파를 위하여 세계의 오지에 흩어져 온몸으로 헌신하는 선교사들과 그 가정을 지켜주시고 믿음으로 승리하여 복음의 결실을 맺게 하여 주시옵소서. 그들이 복음을 위하여 계획 추진해 나갈 때 주께서 주인 되어 진행하여 주시고 외롭거나 어렵지 않도록 채워주시고 이끌어 주시옵소서. 그리하여 하늘나라가 온 땅에 충만하게 하여 주소서.

주님! 이스라엘로 인한 이슬람의 확대가 세계의 평화를 파괴하고 있습니다. 주여, 어찌하여야 합니까? 이슬람의 확대가 대단하온데 주님 개입하셔서 정리해 주소서. 이슬람뿐만 아니라 이단, 미신, 우상숭배 속에서 신음하는 백성들을 살려주시옵고 탄압 속에서 믿음을 지켜나가는 중국, 북한, 중앙아시아 여러나라의 지하교회를 지켜 주셔서 주님 믿는 믿음 안에서 승리하게 하여 주소서. 교회가 돕는 109개 사랑과 선교 현장의 사역 장소마다 하나님의 능력으로 승리하게 하여 주시고 재정적으로 어렵지 않도록 도와주셔서 열매 맺는 귀한 사역이 날로 성장하게 하소서.

하나님의 창조세계를 인간들이 파괴하여 각종 오염으로 인하여 생명들이 각종 재해를 입고 있습니다. 창조질서의 회복을 위한 전 지구적인 환경 회복 운동이 일어나게 하여 주소서. 인간들이 이기적인 편리함으로부터 벗어나 영원을 추구하는 순수로 돌아갈 마음이 일어나 실천하게 하여 주소서. 이 지구 위에 사막화가 진행되어 아프리카와 온 세계가 신음하고 있사오니 우리가 그들을 도울 수 있도록 능력과 생심을 주시옵고 온 세계가 협력하여 이 땅의 기근으로 아파하는 사람들을 예수님 이름으로 돕게 하여 주시옵소서.

2008년의 대림절을 맞이하여 스스로를 돌아보며 주님의 창조세계를 파괴한 장본인인 자기를 반성, 통회하고 행동하는 신자가 될 수 있도록 용기와 능력을 주시고 성령 충만의 영감을 내려주시옵소서. 예수님의 이름으로 기도드립니다. 아멘

# 덕수 유치원생을 위한 기도

①

사랑하는 하나님! 지난 겨울은 참 많이 추웠습니다. 결단코 풀릴 것 같지 않던 모진 추위가 하나님의 섭리로 물러가고 어느새 봄 햇살이 밝게 비치고 있는 오늘, 만물을 소생시키는 봄 햇살같이 고운 어린이들이 모여 유치원 입학식 예배를 드리게 되어 감사합니다.

우리 모두를 지으시고 특별히 어린이들을 사랑하신 하나님!

여기에 모여 입학식을 하는 어린이들과 이들 어린이들로 하여금 인생의 첫 단추를 바르게 끼울 수 있도록 수고와 헌신을 아끼지 않은 부모님들에게 축복하여 주시어 평생에 가는 동안에도 동행하여 주시옵소서.

우리 어린이들이 장차 세상에 나가서 많은 사람들에게 복의 근원이 되도록 쉬지 않고 하나님께 기도하며, 몸과 마음이 튼튼하고, 올바른 어린이로 양육될 수 있도록 하늘의 지혜를 구하기에 정성을 다하는 참스승들이 되게 하여 주시옵소서.

그리하여 우리 어린이들이 주어진 소정의 기간 동안 참사랑의 기도 속에서 편안히 성장하여 서로 믿고 사랑하고 서로 이해하며 기다릴 줄 아는 큰 나무의 기초가 되어 참 행복의 근원이 되게 하여 주시옵소서.

이 모든 말씀을 우리의 행복을 위해 자신을 주신 예수님의 이름으로 기도합니다. 아멘

②

우리가 서로 사랑하며 행복하기를 원하시는 거룩하시고 사랑이 충만하신 하나님. 오늘 덕수유치원 제27회 졸업식과 진급식을 예배를 주님 전에서 드릴 수 있도록 허락하여 주시고 오늘에 이르도록 덕수 가족들을 지켜주시고 복 내려주신 은혜 감사드립니다.

자비로우신 하나님. 이렇게 예쁘게 성장할 수 있도록 정성을 다하신 어버이들과 그 가정에 하나님의 평안의 복을 내려 주시어 자녀들의 효도를 평생 누리는 복을 내려 주시옵소서.

우리 어린이들에게는 항상 진리 안에서 바르게 자라며 하나님의 보호하심이 일생을 지켜주시어 나라의 큰 기둥과 세상의 빛과 소금이 되는 사랑의 편지들이 되게 하여 주실 줄 믿사옵고 간구기도 올립니다.

또 어린이들을 사랑으로 정성을 다하여 교육에 전념한 원장님과 교사들이 성령님의 도우심을 입어 앞으로 더욱 성장하는 덕수유치원이 되어 이 나라의 인재들을 길러내기에 부족함이 없게 하여 주시옵소서.

당신의 목숨을 바쳐 우리 모두가 행복하기를 원하시는 하나님, 순수 무구한 어린이들이 고사리손을 모아 하나님께 기도드립니다. 이들이 이 땅에서 하나님의 사랑의 꿈을 실현할 수 있도록 전쟁과 미움과 배신과 부자유가 없이 다 함께 잘 사는 복된 대한민국이 되게 하여 주시옵고, 이 땅의 자유와 평화를 해치는 자들을 물리쳐 주시옵소서. 우리를 지켜주시는 하나님께 감사의 찬송을 올리며, 이 모든 말씀 우리를 구원하여 주신 예수 그리스도 이름으로 기도드립니다. 아멘

# 노년부를 위한 기도

①

풍성하신 사랑과 은혜로 저희들을 택하여, 오늘에 이르도록 지켜주신 하나님 아버지께 감사와 찬송을 올립니다. 천지만물을 지으시고 인생의 생사화복을 섭리하시는 하나님께서 친히 저희들의 아바 아버지시오며 사랑과 보호하심을 약속하셨은 즉, 근심과 걱정이란 믿음 없는 증거임을 깨닫고 오직 우리를 구원하여 주신 예수님만 찬송하며 따르고자 하오니 노년부 권사님들의 여생이 하나님 아버지의 기쁨이 되도록 인도하여 주시옵소서.

지난 11월 1일엔 우리 노년부가 하나님의 허락하신 강건한 영육으로 아름답게 단풍 든 가을 산천과 잘 정돈되어 가는 4대강 줄기를 바라보며 특별한 대한민국을 사랑하여 주시는 하나님께 감사와 찬송을 올리지 않을 수 없었습니다. 간절히 아뢰옵나니 믿음의 대통령과 믿음의 지도자들이 하나님의 영광을 가리는 일이 없도록 성령 충만케 하여 주시고 유종의 미를 거두어 하나님 영광 나타나게 하여 주시옵소서.

독립된 삼천리금수강산을 누릴 수 있는 노년부를 허락하신 하나님께 감사하옵고 이 노년부답게 영성과 성화를 가꾸어주시기 위해 성심을 다하시는 정병식 목사님의 사역 위에 하나님의 크신 상급이 내려주실 줄 믿고 기도드립니다.

노년부 권사님들의 기도가 하나님의 뜻에 합한 기도가 되도록 인도하여 주시옵고 영육 간에 강건, 성령 충만한 가운데 덕수교회와 조국과 하나님 나라를 위한 기도가 하나님께 상달되게 하여 주시옵소서.

예수님 이름으로 기도드립니다. 아멘

②

우리를 택하여 주시고 진실로 진실로 참사랑을 바쳐 우리를 사랑해 주신 사랑의 내 아버지여! 감사와 찬송을 올립니다.

요즘 들어 쇠락해지는 육신으로 하여 날로 자신감이 없고 주눅이 들어 소외감을 앓고 있었음을 고백하오며 주님께 용서를 비나이다. 참으로 죽을 수밖에 없는 이 죄인을 주님께서 사랑하시고, '너는 내것이이다' 인쳐 주시어 감히 하나님을 아빠 아버지라고 당당히 부를 수 있도록 자녀 삼아 주시어, 하나님 전에 나아올 수 있도록 허락해 주신 천지만물의 창조자가 내 아버지이신데 어찌하여 주눅이 들어 슬프고 외로워하겠습니까. 이 나약한 마음을 불쌍히 여겨 주시옵소서.

사순절을 지나며 우리를 위해 십자가형을 받으신 주님의 사순절을 지나며 우리를 위해 십자가형을 받으신 주님의 그 고통! 가시관을 쓰시여 피 흘리신 아픔, 십자가 형틀에 박은 그 녹슨 세 개의 대못 창에 옆구리 찔려 피와 물을 쏟으시고 돌아가신 주님을 묵상하며 주님의 사랑에 감읍을 금치 못하옵니다. 이 사랑 안에서 더욱 당당한 자녀가 되어 우리도 이웃사랑을 실천하는 노년부가 되게 하여 주시옵소서. 특별히 나훔을 공부하면서 하나님의 백성을 끝까지 책임져 주시고 회복시켜 주시는 하나님의 사랑에 감사와 찬송을 드리며 재난당한 이웃 일본이 하루 속히 하나님을 영접하고 회개하여 괴롭혔던 이웃 앞에 무릎을 꿇을 때, 그들도 회복하게 하여 주시옵소서.

작은 일 한 가지라도 주님 허락하지 않으시면 가능한 일이 없는 줄 믿사오니 성령님께서 꼭 함께하여 주시옵고, 하나님 영광 드러내는 노년부가 되게 하여 주소서. 우리들의 영혼에 양식을 공급하시기에 수고하시는 정병식 목사님과 그 가정에 하나님의 크신 축복이 임하사 하나님께서 더욱 귀히 쓰시는 그릇이 되어 하나님의 기쁨이 되게 하여 주소서. 예수님의 이름으로 기도드립니다. 아멘


③

참 좋으신 하나님 감사와 찬송을 올립니다. 오늘에 이르도록 지켜주시고 인도해 주신 에벤에셀의 하나님 감사합니다. 나이의 수만큼 빨리 달리는 세월 올해도 4월의 중순에 이르러 목련, 개나리, 산수유가 활짝 피고 가지마다 새순의 빛을 발하고 있습니다.

주님 십자가의 공로로 죄사함 받은 우리 부활의 주님 은총으로 소망에 부풀어 찬송을 올립니다. 주님 감사합니다. 오늘도 심장과 무릎에 힘을 주시고 주님 전을 사모하며 주일 성수 전에 노년부 말씀공부 위해 모일 수 있게 하신 은혜 감사합니다.

주님 품에 안기는 날까지 영육 간에 강건하게 하여 주시고 성도의 교제를 누릴 수 있으므로 천국을 맛보게 하여 주소서. 권사님들의 성숙한 믿음을 위해 정성을 다하시는 장신근 목사님을 특별히 사랑해 주셔서 하나님의 크신 뜻을 성취하는 목사님이 되도록 큰 복을 내려 주시고 그 가정 지켜주소서. 주여 이 나라도 불쌍히 여겨 주소서 주님 때마다 놓치지 않고 지켜서 해결해 주신 주님! 이 땅에 평화가 유지되게 하여 주소서. 김정은을 비롯한 이북의 정치가들 장중에 붙들어 주시사 평화의 도구로 변화시켜 주소서. 목사님께서 전하는 말씀 심비에 새겨 성령 충만한 노년부가 되도록 지켜주실 줄 믿사오며 예수님의 이름으로 기도드립니다. 아멘

# 여전도회를 위한 기도

①

날마다 순간마다 사랑과 은혜를 충만히 주시는 하나님 아바 아버지!

감사합니다. 오늘도 이 죄인 주님 안에서 하나님을 아바 아버지로 부르며 의지하고 기도하도록 허락하신 주님의 은혜에 감사와 찬송을 올립니다. 오늘 이 자리에 5여전도회 연합예배를 드리기 위하여 모였습니다. 허약한 육신에 성령님의 사랑의 역사하심을 부어주시사 이 자리에 참석할 수 있게 하여 주시고 그립던 성도들의 손을 잡고 교제의 성을 쌓을 수 있게 하여 주신 은혜 참으로 감사합니다.

주님 품에 안기는 날까지 "신실한 믿음의 성"을 쌓아 맑고 총명한 정신을 주시어 몸된 교회와 조국과 믿음의 후손들과 저 가엾은 북한 동포들과 기도가 필요한 내 이웃을 위하여 기도하게 하여 주시옵고 날마다 순간마다 "하나님과의 친밀한 교제의 성을 쌓아" 쓸쓸한 외로움과 허전한 소외감을 느끼지 않게 하여 주시옵소서.

세상에서 쌓은 연륜과 기도의 삶을 통해 쌓은 연륜답게 후손과 젊은 이웃들의 본이 되어 주님께서 귀히 여기시는 이정표가 되게 하소서.

그리하여 한나회의 한 분 한 분 권사님들로 하여금 '미래를 준비하는 지혜로운 신부가 되어서 천상의 노래를 함께 부르는 기쁨을 누리게 하여 주시옵소서.

사랑합니다. 나의 예수님 사랑합니다. 나의 예수님 내가 약할수록 주님의 손을 꼭 잡을 수밖에 없다는 사실이 큰 은혜임을 깨닫게 하여 주심을 감사합니다. 날마다 순간마다 "하나님과 친밀한 교제의 성을 쌓을 수 있도록" 허락하여 주시옵시고 도와주셔서 감사하옵고 이 모든 말씀 우리의 구원자 예수그리스도 이름으로 기도 올립니다. 아멘


② 2012년 드림예배 기도

사랑과 은혜가 풍성하신 하나님 아버지 감사합니다.

지난 2011년의 소용돌이치는 세파 속에서 주님의 지극하신 사랑과 은혜로 지켜주시고 오늘 2012년의 새 해맞이 여전도회 주일 연합예배를 주님께 드릴 수 있게 하심을 감사드립니다.

한국의 여전도회가 114년의 역사와 전통을 이어오는 동안 130만의 선교 여성의 연합을 허락하여 주시고 우리 주님 예수그리스도의 지상명령에 순종하고자 국내외 선교에 힘쓰며, 말씀 안에서 이웃을 향하여, 세계를 향하여, 예수님의 사랑과 평화를 실천하는 그리스도의 향기가 되도록 모

성을 깨워주시어 영적 원동력인 한국교회와 함께 발전해 오도록 동행하여 주심을 감사드립니다.

2012년의 여전도회가 "새역사를 창조하는 선교 여성"이라는 대주제하에 모여 선교, 교육, 봉사의 3대 목적사업을 수행하고자 기도하오니 여전도회가 성령 충만함으로 성결케 하여 주시고 하나님의 뜻에 합한 결실을 거두도록 간섭하여 주시옵소서. 우리 여전도회가 복음전도, 구제 및 봉사. 친목 도모, 지속적인 선교사업에 힘써 좋은 결실을 거두어 하나님의 기쁨이 되게 하여 주소서.

은혜의 주님 아무리 작은 사랑도 성령님의 허락하심과 도우심이 없으면 불가능함을 압니다. 주여 긍휼하신 사랑으로 간섭하여 주시사 여전도회 회원 전원을 강건하신 팔로 붙들어 주시어 주님의 참된 일꾼이 되게 하여 주시옵소서.

우리 덕수교회 여전도회 회원 전원이 한결같이 주님 안에 거하게 하여 주시고 능력 주시는 자 안에서 몸된 교회를 성심껏 섬기는 주의 기쁨이 되게 하여 주실 줄 믿고 간절히 기도드립니다.

살아계시어 덕수교회를 참으로 사랑하시는 주님, 우리 손 목사님의 기도가 하나님께 상달되어 모든 것이 합동하여 주님의 유익이 되게 하여 주시옵소서. 당신의 유익을 구하지 아니하시고 항상 주님의 유익을 구하신 손 목사님의 지성어린 믿음으로 은혜의 주님 덕수교회를 사랑해 주시고 보듬어 주실 줄 믿음으로 아름다운 전통 속에 새로워지는 덕수교회가 되게 하여 주시옵소서. 우리를 구원해 주신 예수그리스도의 이름으로 기도드립니다. 아멘

# 유고 시편과 산문

하늘만
우러르고 삽니다
모두를 보듬고 삽니다

그렁 그렁
감격하는 미소로
늘 목마르지 않습니다

추영수 시인은 이미 발간된 시집과 수상집을 통해 그가 창작한 글들의 대부분이 기록으로 남겨져 있다. 그런데 그가 남긴 유품들을 정리하는 가운데 메모로 혹은 단편적인 기록으로 남겨진 원고들이 많이 발견되었다. 이는 시인이 말년에 건강상 이 원고들을 제대로 정리해서 발표할 여력이 없었기 때문이다. 이에 의미 있게 남겨진 원고들을 시와 산문으로 나누어 정리해 여기에 남겨두어 추영수 시인의 진면목을 이해하는 데 도움을 주고자 한다. 시는 32편, 산문은 짧은 동화 한 편, 편지글 8편, 미국 여행 단상 2편, 일반 산문 23편 등도 남아 있다. 특히 유일한 한 편의 동화는 말년에 유치원 원장을 지내면서 자라나는 아이들에게 들려주고 싶었던 작품으로 추정된다.

시 32편은 창작된 시차는 좀 있지만, 기존 발표된 시들과 비교해 보면 그의 시적 사유의 깊이는 더욱 심화되었음을 확인할 수 있다. 「시가 안 되는 날은」에서 그가 드러내고 있는 시 창작에 대한 고통은 시인의 내적 고통을 절실하게 보여주고 있으며, 「문학은 우리의 얼집」에서는 시의 본질에 대한 자신의 시론을 시로써 펼치고 있다. 「꽃샘 바람에 꽃보다 먼저 피가 도는 영혼」, 「당신은 진리를 의지하는 자니이까」, 「골고다 언덕에서」, 「오늘도 님의 해는」, 「어린 날」, 「꿈꾸는 집」, 「하늘 가슴에 잠긴 등불」, 「뜨거운 심장」, 「가슴이 시린 날」, 「주여!」, 「고아는 외롭다」, 「기도」에서 내보이는 신앙시의 깊이는 더 한층 높은 다른 차원으로 나아가고 있다. 그리고 장시인 「병상에서」는 그의 내면에서 솟아나는 속 울음을 그침 없이 내뱉고 있는 절창이다. 뿐만 아니라 「가을 소묘」, 「화장하는 바우산」, 「그래도 행복한 펭귄」, 「꿈 낙엽 같은 빈손」은 여유와 재치가 깃들인 시의 재미를 엿보게 하는 시편들이다. 그리고 <2011년 미국 방문 중 씌어진 시편>들은 그가 추구했던 思無邪와 純眞無垢의 상태를 가족과 자연 속에서 경험하고 있음을 확인할 수 있다.

산문은 여러 형태의 글들이 남아 있었다. 이를 몇 가지 내용으로 나누어 실었다. 우선 추영수 시인의 오빠였던 추헌수 교수가 대만 동해대학교에 있으면서 보낸 편지들이다. 추헌수 교수는 일제강점기에 만주로 가서 공부를 하고 돌아와 연희대학에서 정치외교학과를 졸업하고, 외교사를 전공해서 1962년부터 1989년까지 연세대학 정치외교학과에서 교수로 재직했다. 대만에 연구차 가 있는 동안 1965년부터 1968년까지 보낸 6통의 편지이다. 또 다른 하나의 편지는 청미 동인으로 같이 활동했던 박영숙 동인이 로마에서 보낸 편지와 그 편지에 대한 답신이 남아 있어 이를 함께 정리했다. 그리고 「내 친구 늦둥이 수야에게」는 보낸 편지는 아니지만 편지 글이란 점에서 같이 묶었다.

「나의 문학 나의 삶 – 그 저녁 무렵부터 새벽이 올 때까지 –」, 「처녀시 주변」, 「걸어온 발길 돌아다 보며」는 시인의 문학적 여정을 기억을 바탕으로 펼쳐놓은 부분이며, 「불파편이 날아든 날」, 「어머니의 정원」, 「고독이 나를 키웠다」, 「곱고 자상하시던 그 모습」은 기억의 뇌리에 깊이 인박혀 있는 가족사의 한 편린을 재구성한 글이며, 「한 사람의 시인」 「푸른 솔을 푸르게 세우는 단정학(이경희 성님)」은 이경희 시인에 대한 인간론이며, 「창포향기로 오는 시선」와 「빛과 구원의 시인 우당 김지향 교수」는 허영자 시인과 김지향 시인에 대한 인물평이다.

「내가 만난 예수님」, 「묵상 – 영혼의 교감」, 「시인의 팡세」는 시인이 일상에서 경험한 삶의 내밀한 영혼의 속삭임 같은 수상이다. 「3·1 독립운동 선도자 찬하회」와 「久遠의 횃불」은 3·1 독립선도자 43분의 전기를 기록으로 남겨 길이길이 후진들에게 읽힘으로써 3·1 독립정신을 계승하고자 책으로 엮은 것이 『久遠의 횃불』인데, 그 전기가 나오기까지의 과정을 소상하게 정리한 글이다. 그리고 「사랑이 곧 질서였다」는 그가 모든 정열을 쏟아 근무했던 계원예술고등학교 시절을 회고하고 있는 글이다. 「소감」, 「미당 선생님을 추억하며」는 미당 서정주 시인에 대한 회고이며, 「아버지 참여수업」은 유치원 원장으로 재직하면서 유치원 어린이들의 수업에 아버지들이 참관했던 일의 의미를 교육자로서 풀어내고 있다. 「내 작품 속의 서울 지금 그곳은」은 덕수궁을 방문하여 창작했던 시 「철책」에 내재된 사연을 해설하고 있으며, 「미국 방문 때의 단상들」은 미국에서 느끼고 경험한 이야기를 깊은 사유로 풀어내고 있는 마음 깊이 와닿는 단상들이다. 마지막 산문 「여적」과 「시작 노트 – 시는 영혼의 호흡이다」는 자신의 시 쓰기 작업의 궁극적 의미가 무엇인지를 드러내 놓은 시론이요 문학론이다.

추영수 시인은 시인으로서 평생을 살았지만, 남겨진 그의 산문들을 살펴보면, 그의 산문의 세계는 시를 능가하는 공감력과 잔잔하게 가슴을 울리는 호소력을 지니고 있음을 확인할 수 있다.

# 시가 안 되는 날은

시가 안 되는 날은 가슴이 몹시 뜁니다

혈행에 이상이 있는 듯

관자놀이에서 우지끈 삭정이 뿌러지는 아픔이 일어납니다

그렇죠, 시를 생각하고 시를 가다듬는 일은

내 생애를 다듬는 일이니

날카로운 끌을 대어 다듬어내는 삶이

앓음소리를 내지 않을 수 없는 것입니다

머리통을 쪼으기도 하고 목줄기를 쫄르기도 하고

육장 육부 낱낱이 날카로운 끌을 대지 않을 수 없습니다

어떤 땐 꼭 아픔을 위하여 사는 사람같기도 합니다

촛불이 제 심지를 태워 몽그러질 때

아름다운 빛을 피워 내듯이

내 속의 아픔을 낱낱이 깨워내는 고단한 작업

살기 위한 호흡이요 詩作인가

이 고단한 작업을 무사히 통과한 뒤에

겨우 살아남은 내 얼 몇 조각

그 몇 조각을 만나기 위해

그 많은 아픔을 참고 견뎠나보다

# 꽃샘 바람에 꽃보다 먼저 피가 도는 영혼

오동지 섣달, 천지가 얼어 붙은 날
새파랗게 얼음과자로 옹크린 사철나무랑
악수해 보신 일 있나요
꽃샘 바람에 꽃보다 먼저 피가 도는
길(道)이 보여요

우리들의 아픔을 위해
우리들의 설움을 위해
우리들의 내일을 위해
영혼까지 얼어붙을 수 있음은
사철 기도의 눈물이 넘치기 때문이에요

눈물은 연민의 여운
새 봄으로 일어선 무지개를 향해
화답할 수 있는 부활의 바다
오동지 섣달 새파랗게 얼음 친구로
옹크린 영혼들
당신의 따뜻한 손으로 꼭 잡아 주셔요

# 당신은 진리를 의지하는 자니이까

말로 다할 수 없이 참기 힘든 일을
참아낸 기억 속에는 누가 있었나이까

치받는 분노를 고요로 삭힐 때
누구의 이름을 불렀나이까

통곡을 미소로 달랠 때
당신의 혼은 어디에 있었나이까

남이 한 발짝 다가올 때
한 발짝 뒤로 물러서며 무엇을 보았나이까

남의 삿대질 앞에서 머리로
아주 조용한 그림을 그려본 일이 있나이까

# 골고다 언덕에서

자신이 돌아갈 때를
누가 미리 알겠습니까


당신이 저의 죄 덩어리 그 청동
십자가를 지고 언덕에 올랐을 때


저를 향해 쏜살같이 떨어지는
막나니의 시퍼런 칼날


그곳 그 순간이 제 행복의 길임을
제가 어찌 짐작이나 했겠습니까


그 찰나에 임하신 당신의 사랑
소나무 그늘 아래 말갛게 웃는 한 송이 꽃


오! 주님 주신 새 목숨임을 믿사오니
주여 당신의 낙원에 저를 이끄시었습니다

# 가을 소묘

우짤꼬
무신 하늘이
이렇고롬 넓노

내 작은 가슴이
우짜라고
이렇고롬 깊노

또 저건 뭐꼬
머어야
니는 아무 대답도 없는데

무신 달이 저리 밝노
해보다 더 밝으몬
해는 우짜라카노

# 오늘도 님의 해는

오늘도 님의 해는
그리움을 묵상하는
호심에서 솟았습니다

님의 미소는
꽃무늬 손수건
기폭으로 게양되는 푸른 하늘

비행운으로 새겨지는 님의 시심은
가슴마다 맺힌 가시
꽃잎으로 살려냅니다

호수공원 품속을 맴돌던 잠자리
호심을 지키던 님의 어깨 위에
사뿐히 옮겨 앉아

지구를 보듬고 도는
약속의

하늘이 됩니다

# 병상에서

창문 밖에는 겨울비가
구성지게 내리고 있었다.
10층 병실에서 내려다 본
창문 밖의 거리가 그저
아득하기만 했다.
색색의 우산들은
가벼운 기구처럼 보였고
바쁘게 사지를 움직이며
활보하는 사람들의 자유가
신기했다.
청량리 거리 특유의 홀가분한
차림이 생동감을 더해 주었다.
가로수들은 잎을 다 털어버리고
겨울나기 묵상으로 접어드노라
묵묵히 비에 젖고 있었다.
어떤 것으로부터도 구애받지 않는
자유로움과 활기는 아름다움이었다.
살아 움직인다는 것이

참으로 지고한 은총임을 깨달으며
그 자랑스럽고 아름다운 잎들을
홀홀 털어버리고 생각에 잠겨있는
가로수 곁으로 마음을 보내곤 했다.

방안엔 산소통을 비롯하여
심전도의 계기가 쉴새 없이
움직이고 있었으나 정작
사람은 옴짝도 하지 않았다.
진정 이 시각에
우리에게 필요한 것은
이러한 고가의 문명의 이기로부터
해방되는 것이었다.
오로지
맨손이요 홀몸이 되는 것이었다.
부끄러움을 가릴 옷 한 벌이면 족했다.
아! 저 겨울 나무처럼 빈손 들고
하늘 우르러 비를 맞을 수 있는

건강과 자유였다.
수십 평의 맨션아파트가
무슨 소용에 닿겠는가?
고가의 가전제품을
무엇에 쓰겠느가?

몇 백 만원의 가죽 소파에
누구를 앉힐 것인가?
산해진미 진수성찬은
누가 잡수실 것이며
억대의 승용차는
누구더러 타란 말인가?
목숨이 없다면… 귀중한 주인공이
옴짝을 않는다면…
그동안 우리는 얼마나 헛된 구름만
쫓고 있었던가를 눈물로 뉘우치며
소리 없이 통곡했다.
"오! 하나님!" "오! 하나님!"

단순한 부름이 아니었다.
'애'를 끊어내는 절규였다.


입술을 움찔하는 그의 곁으로 가서
성경을 펼쳤다. 그가 듣든 말든
소리 내어 읽었다.
"그러므로 내가 너희에게 이르노니
목숨을 위하여 무엇을 먹을까
무엇을 마실까 몸을 위하여
무엇을 입을까 염려하지 말라.
목숨이 음식보다 중하지 아니하며
몸이 의복보다 중하지 아니하냐?
공중의 새를 보라. 심지도 않고
거두지도 않고 창고에 모아
들이지도 아니하되 너희 천부께서
기르시나니 너희는 이것들보다
귀하지 아니하냐? 너희 중에
누가 염려함으로

그 키를 한 자나 더할 수 있느냐?

또 너희가 어찌 의복을 위하여

염려하느냐? 들의 백합화가

어떻게 자라는가 생각하여보라.

수고도 아니하고 길쌈도 아니하느니라.

그러나 내가 너희에게 말하노니

솔로몬의 모든 영광으로도 입은 것이

이 꽃 하나만 같지 못하였느니라.

오늘 있다가 내일 아궁이에

던지우는 들풀도 하나님이

이렇게 입히시거든 하물며

너희일까 보냐? 믿음이 적은 자들아

그러므로 염려하여 이르기를

무엇을 먹을까 무엇을 마실까


무엇을 입을까 하지 말라. 이는 다

이방인들이 구하는 것이라.

너희 천부께서 이 모든 것이

너희에게 있어야 할 줄을 아시느니라.

먼저 그의 나라와 그의 의를 구하라.

그리하면 이 모든 것을 너희에게

더하시리라. 그러므로 내일 일을

위하여 염려하지 말라

내일 일은 내일 염려할 것이요

한날 괴로움은 그날에 족하니라.

(마태복음 6장 25절 34절)


그는 조용히 주사바늘이 꽂힌

팔을 내려 내 손을 잡았다.

그리고 미소지었다.

"이제 편안해요. 이것 뺐으면…"

실은 감격할 겨를도 없었다.

급하게 연락되어 주치의가 오고…

괴물같은 산소통이 문쪽으로 물러났다.

그가 자청하여 찬송을 부르라고 했다.

아직도 감격할 겨를이 없는 가족들의

유고 시편과 산문

입에선 217장 찬송이 뜨거운 열기를
뿜으며 흘러나왔고 그제서야
눈물엔듯 땀엔듯 온몸이 젖고 있었다.

# 화장하는 바우산

급경사의 인왕산이
햇빛 쨍한 날을 위하여
돋보기를 끼고
돋보기 거울까지 들여다보며
정성 들여 화장을 합니다

메우고 칠할수록 돋보이는 앙금의 깊은 계곡
부끄러움의 티, 죄의 티, 미련의 티, 한의 티
푸른 피 치솟아 흘러
바라보는 이마다
두 손 모아 가슴 졸입니다

독야청청 소나무 한 그루 뿌리내리도록
마음 밭 조신히 열어 보라고
산아. 하늘 아래 화장하는 바우산아
진정 어린 무릎 한 번 꿇어 보라고
키 작은 풀꽃들 촛불을 켭니다.

# 어린 날

체념이라는 눈물의 과일을

내 설익은

선 가슴으로 익히고

요단강 난간을 굳게 잡고 돌아왔네

어둠은 불꽃이었노라

사리만 남기고

살과 뼈를 먼지처럼 연소시킨

그 때

요단강 가에 이르러서야

비로소 알아내었네

먼지의 본체가 나래라는 것을

푸른 강물 위에

내 모습을 비춰보고

수선화처럼 나래를 향해 고개 숙여

인사를 드리고 돌아왔다네

날개 그 모습에서

나는 님을 만났던 것이었네

먼지 같은 내 작은 목숨이

내 것이 아님을 알았다네

바로 님이었네

나를 사랑하시고 내가 사랑한

나의 님이었네

# 꿈꾸는 집

일상어가 주는 상징성과
시적 분위기가 극히 매력적이다
온유하고 함축미 있는 일상어는
그 사람의 사고와 행동에
품위와 향기를 더해준다

일상어가 주는 시적 치유의 요소가
시인으로 하여금 영원을 확신케 한다
그 분의 약속을 믿게 한다

함축미가 넘치는
그 분의 한 말씀

그래서 시인은 노래한다
품위 있는 일상어는
시인의 일상어는
기교를 초월한 시이다

# 하늘 가슴에 잠긴 등불

바람 앞에선
촛불도 꺼지고
광풍 앞에선
햇불도 드디어 꺼지지만

하늘 가슴에 잠긴 등불
세상 바람에
세상 광풍에
흔들리지 않네

소용돌이쳐 불어올리는
토네이도 앞에서도
그 불길 관계치 않네
하늘 가슴 투명하게 감싼
완벽한 호야의 안
사랑만 비춰 올리네

# 뜨거운 심장

독거 노인이 기다리고 있는

성 넘어 집으로 갔다

돌절구 대야에 물이 모두 얼었다

심장도 대야처럼 생겼는가

뜨거운 심장임에도

고독이 살얼음 지는 가슴에

은은히 들려오는 찬송소리

그리움을 뒤엎으며

주는 그리스도시오 나의 하나님

입술론 외우다가

가슴에 담아

가슴에 새기며

무릎을 세워 일어난다

섬기다가

드디어 목숨까지

내 대신 내어 놓으신 분

주님

# 가슴이 시린 날

아침에 왔는데 또 올라고?

혼자 자문자답하며

손전화를 꼭 쥐고

허리 펴 누워본다

빨리 다가온 어둠이

길기는 어찌 그리 긴지

적막의 꼬리는 열 두발이나 되나

이명인 듯 바람 소리 파도 소리

드디어 선잠 깨우는 신새벽 어스름

예수께서 기도하셨다는

새벽 세 시

나도 무릎 꿇는다

하나님 물마른 나뭇가지

그리움이라는 바람 살아 있게 해주서서 감사합니다

그리워할 이름 주셔서 감사합니다

오늘 하루도 나의 동행은 주님 한 분 뿐이겠지요?

# 그래도 행복한 펭귄

펭귄 한 쌍

두 손 꼭 잡고

신작로를 건너간다

두고 온 바다보다

고단한 발바닥

네 개의 다리보다

똑똑한 지팡이 하나

똑똑똑 앞서 가며

신작로를 안내한다

새끼들 노래소리

바다 내음보다

아득히 멀리서 들려도

내 개의 귀가 마주 보고

서로 웃고 간다

# 문학은 우리의 얼집

아름답고 정의롭고 생명 넘치는 영원한 기도 잘 정돈된 사랑의 얼이 횃불되어 어둠 밝혀야 세상이 밝아짐. 사람이라고 다 사람이 아니고 사람다워야 사람이다 각자 얼집을 잘 가꿔 생각과 행실과 말이 일치되는 삶이 곧 시가 되고 문학이 되는 긍정의 아름다운 얼집을 짓자

# 주여!

오! 주여! 하고 널 향해 감탄했을 때

앞서 가던 너는 뒤돌아 서서

날 보지 않았네

그 순간 난 생각지도 않은 일을 깨달았네

나의 주는 네가 아니라는 것을

삼라만상의 주는 오직 한 분 창조주만이

지으신 이 따로 계시고

꾸미고 가꾸시는 이 따로 계심을

내 오관은

그 순간 분명히 확인했네

발이 시린 어린 날

꽁꽁 언 두 발

아랫목 할머니 무릎에

쏘옥 넣던 그 따스움으로

내 시린 가슴

따습게 녹여주신 이

그리네

# 고아는 외롭다

고아는 이유없이 뒤발군에 채인다

얼마나 당연한 명제인가

너는 나의 거울

고아가 그냥 고아로 있을 땐 외롭지 않다

하늘이 있고 바람이 있을 땐 외롭지 않다

흔들리는 풀잎이 있고

감싸 아는 안개가 있고

있고 있고 있는데 외롭지 않다


그런데 고아가 아닌 네가 내 앞에 있고

심히 넘치게 너를 사랑하는 그대와

어깨가 토실한 네 살집이

내 앞에 있을 때

그리고 비수가 나를 향해 돌진했을 때

고아는 외롭다

# 꿈 낙엽 같은 빈손

어느 날 아침에

10캬렛 짜리 금강석 반지를 얻어 끼고

자랑스럽게 뒷머리를 쓰다듬으며

한 주를 살았었지

눈 부신 태양이

내 반지를 향해 직시하는 어느 순간

내 심장은 즉사하고 말았네

냉동실로 옮겨지고

냉동된 내 알몸엔

반지의 부요가 퍼드린 대상포진 흔적 자국뿐

고아들의 눈물과

비가 새는 시설장의 눈초리는

긍휼로 냉동된 내 알몸을 향하지 않았고

태양처럼 빛나던 그 반지의

쓸모없는 빛을 향했더라

내일을 예감 못하는

뒷통수에 얹힌 낙엽같은 빈손

# 기도

오시옵소서
세상의 회오리 바람
어둠 속에 흉흉하는
거센 파도 자락

주님
우리들 가슴은
외딴 섬 바위 벼랑에
홀로 서서 주님 기다리는
간절한 외로움입니다

오 사랑합니다 예수님
나의 주 하나님
오시옵소서
두려움에 떠는 가슴에
아빠 아버지의
전능하신 가슴으로
오시옵소서

외로움에 지쳐

소스라쳐 우는 마음 속에

# 손녀 혜림을 만나고

바람이 땀을 걷어내어

고슬고슬한 살갗이 상쾌하다

눈이 부신 해님이랑 손잡고

장애물 경주를 하며

내 생애를 뒤돌아 보내고

이렇게 마음 놓고 실컷 웃으며

즐거움을 누린 날이 있었던가

잠간 멈칫하는 사이에도

해님은 날 재촉하네

'함머니 재미있다'를 연발하는

세 살의 천사 앞에

숙제도, 부담도, 체면도 생각할 필요가 없는

한 마리의 자유로운 나비가 된다

# 미쥬리 강을 바라보며

숲에 싸여 미쥬리 강이 유유히 흐르고 있었다

강물 위에서 마음껏 딩구는

햇살의 재롱

믿음과 수용의 놀이 공원이었다

강물은 어디만큼 미끄럼을 태웠으며

햇살은 어디만큼 따라 갔을까

잡거니 따르거니

멈추거나 돌리니

서로가 보듬고 춤추며

가는 길이 삶인 것을

강물은 강물대로 흘러가야 하고

지구는 둥그니까

해님은 숨바꼭질하며

눈붙여야 하고

# 혜림이를 보며

혜림이 공차기가 일품이다

저러다가 몸살이라도 나면 어쩌나

3살과 73살이 젤 알맞은 친구

짝꿍 연령인가

가족이란 연분의 끈은

설탕 시럽에 달구어 놓은 무색실 같은 것

이 끈끈하고 달콤한 연분을

무엇이 와서 폭파시켰을까

터지고 터져 알알이 궁구는 모습들

핵가족이라 부르는가

어느 날 완전히 해체되어야 하는 것을 상징하는 말일까

혼자 서 있는 나무는 숲이 아니다

혼자 서 있는 나무의 가슴은 좁다

너와 내가 깍지 끼고

서로가 서로에게 피톤치드를

선물할 때 나무는 숲이 되고

우리가 되어 樹海의 파도소리로

교향곡이 연주되리라

아가와 할머니는 궁합이 맞는

젤 좋은 친구

# 햇살은 소리를 보듬고

햇살은 소리를 보듬고 찾아온다

적막은 꼬마새들의 오선지였나 보다

휴식과 묵상과 성찰을 통한

심령을 가다듬은 목소리로 동병상린의 연민이 연주되다

미소로 손 흔들며 안녕을 고하는 기차

백발의 옛 연인이 사진처럼 기다리는 간이역

# 새야 날개 다친 새야

외팔이의 아픔을 위로하기 위해 어깨 쭉지 내리고 고운 발 쩔룩이며 내게로 온 새야 편애하지 않으시는 님의 사랑 전하는 건가

진흙탕에 딩굴러 숯검정까지 뒤집어 쓴 강아지야 예쁜 꼬리 살랑이며 씻어도 씻어도 거무죽죽한 내 앙가슴에 안기려 왔는가

오뉴월 더위에도 밤이슬에 한기 든 몸 골고루 다독이며 보듬는 햇살 오! 나를 지으신 이의 자상하신 사랑이여

# 길

참 여러 모양의 길이 내 앞에 펼쳐진다. 우선 내가 지금 달리고 있는 고속도로 그리고 잘 다듬어진 정겨운 작은 도심의 길, 또 좌로 돌고 우로 돌며 즐기는 골목길, 그러다가 어느새 무릎을 짚고 오르는 산길, 고개 넘어 다다른 냇가에서 만나는 징검다리길, 조심조심 생각에 잠기는 올래길, 그리운 어머니 젖가슴 같이 소박한 미소 먹음고 맞아주는 고향 집 사립문. 미나리깡을 끼고 돌아 바깥 대문 안내문을 들어서면 변함 없는 낯빛 붉히며 가슴보듬는 한 쌍의 살구나무를 뛰어올라 구름밭을 열고 하늘길을 달려온 것이네. 내 눈물과 웃음과 한숨과 통곡으로 채색된 갖가지 길을 되돌아보면서 한 마리 작은 새가 되어 오늘을 노래한다. 내가 여기까지 이르럼이 오직 창조주의 은혜임을 깨달으며 감사와 감격의 눈물을 훔친다.

# 원앙의 노래

그대가 가슴에 사무쳐 수염 박힌 컬컬한 목 가다듬어 그대를 부를 때
내 심중에 고였던 근심과 어두운 그림자 말끔히 씻어내는 그대의 맑은
응답소리에 나 비로소 참 대장부 되리

하늘에서 은총의 햇빛 내리니 내 깃이 주님 찬송의 무지개 되어 일어
서네

우리의 하나님 사랑으로 지으신 제일의 공동체

주여 말씀하소서 기쁜 마음으로 따르리이다
그대는 맑은 물이요 나는 맑은 물에 녹아 빛나는 향기로다
맑은 물은 흘러 세상을 덮어 씻으니 주의 나라가 온 땅에 서리로다
할렐루야 찬송소리 넘치니 주의 뜻이, 주의 의가 이루어지이다

# 스밈과 베풂

백열등의 밝은 빛을 흠뻑 스며 머금고
은은히 베풀어 밝히는 은근한 사랑

상대의 아픔을 건드려 밝히지 않고도
은은히 품어 어루만져 치유하시던 어머님의 조심스런 배려와

험난한 세월도 그 가슴에 들면 정금 같이 빛나는 지혜로
되살아나 오히려 치유의 빛이 되었었지.

# 단비의 노래 풀잎의 노래

게으르고 안이한 넓은 치마를 오무려 하늘을 보았네
목마름을 느낄 수 있다니 하늘의 은혜로다
결코 지치지 않는 은혜의 기도는
한없이 부드럽고 약한 몸을
도사려 바늘 잎으로 빛나게 해 주신이니

# 그 고리에 그 고리

아가를 생각만 해도
내 입이 찢어질 듯 벙근다

아가는
식탁 밑을 젤 좋아한다 식탁 밑엔
경계정보가 발효되지 않는다
마음껏 헤엄치는 물고기 떼의
심해이다

아빠와 엄마의 든든한 다리랑
제 친구 식탁의 다리가
늘 지키고 있어서 외롭지도 무섭지도 않다

친구 다리에 기대앉아
흘려도 부담없는 간식을 먹는 자유
할미가 간혹 책상 밑에 내려앉아
책상다리에 등을 기대고 앉아
책상 밑에 흘어진 활자의 간식을

시간 가는 줄 모르고 즐기듯이
아가는 분명 그 할미의 손자인 갑네
그 고리에 그 고리라

아가를
생각만 해도 웃음이 나온다
엄마 크기의 호랑이를 끌어안고 놀다가
새끼 호랑이가 나타나면
커다란 어미 호랑이 등에 엎드려
무섭다고 운다
돌쟁이 아가의 눈엔
크고 작음이
무서움의 척도가 아닌가 보다
다윗의 눈에 비친 거인 골리앗이
강아지쯤으로 보였듯이
가장 크신 하나님이
아가의 가장 친밀한 친구요
커다란 아빠 엄마가 아가의 방패이니

젤 무서운 건 새까만 개미

그리고 새끼 호랑이

다음이 언니다

아가는

한없이 베푸시는 크신 하나님과

젤 위해 끊임없이 모으기에 정신없는 개미를

구별할 줄 안다

하늘의 것과 땅의 것을 구분할 줄 안다

아가가 젤 연장자다

떡국은 먹은 만큼 나이를 빼어먹나 보다

그래서 백수의 할머니가

아가로 돌아가시나 보다

# 매화송

온유의 옥토딛고
튼실이 일어선 님

순종으로 말씀 새겨
해를 세운 꿈나무

해돋이 받들어 올린
성실의 한 마음 올린

햇살 받아 옹골차게
한 맵씨 다듬은 양

육장 육부 기를 재며
팔 아름도 뜨거워

은혜로 꽃잎 열리니
향기롭다 그 기도

벌 나비 모여 와서
덕담 쌓은 꽃잔치

내일은 살진 열음
하늘 더욱 부르리니

다 품어 하나 되는 꿈
감사의 찬미여라

# 어머님 말씀 육비에 새겨

생각은 운명을 좌우한단다
좋은 생각으로 좋은 그림만 그려라


삶의 설계도는 창조주의 것


매사를 선의로 이해하여라
이것은 네 자신을 위한 길
또한 네 이웃을 위한 너의 사명


어머님 말씀 육비에 새김에
칠전팔기의 용기와
내 앞에 절망의 강이 흐를 수 없는 연유

# 그때 그날처럼

작은 댓돌 위에
가지런히 놓인
하얀 고무신이
자꾸 말을 걸어오네

초가을 맑은 햇살
새로 바른 문창호지
국화잎 한 잎 물고
보조개로 웃고 있어

그 등에
내 젖은 얼굴 조용히 묻고
가슴 뛰는 소리 듣고 싶네
그때 그날처럼

# 남의 눈에 띄지 않게

전 농장 한 켠에 피어난 작은 야채입니다. 주인님의 사랑 넘치는 눈빛과 손길로 값진 어느 열매보다도 튼실하게 자랍니다. 제가 가진 것은 아무것도 없어요. 더구나 제 자신도 제 것이 아니니깐요. 어떤 날은 제 옆에서 으스대는 보기 좋은 열매들의 말에 주눅이 들 때도 있어요. 그럴 때마다 바람은 내 귀에만 들리도록 작은 목소리로 속삭여 주었어요. "네게는 너를 사랑으로 돌보시는 손길과 눈길이 있잖니, 넌 대지의 가슴 깊이 너의 귀한 생명을 내리고 있단다." 작은 야채는 고개를 까딱이며 주인의 눈빛을 기다리고 있었어요. 그때 보기 좋은 열매를 뚝뚝 따서 광주리에 담는 손길이 있었어요.

"좋다, 아주 잘 익었어. 많은 이들의 기쁨이 되겠네"

난 어느 누구의 기쁨이 못 되어 농장 구석지에 쭈그리고 앉아 있었습니다. 구름 그림자가 내 주위를 맴돌다 갔습니다. 그러던 어느 날 주인집 아들이 열매를 다 따버린 과일나무를 정리하다 말고 소리를 질렀어요.

"아버지 여기 이 구석에 장뇌가 있어요" "그래 알고 있다. 그래서 날마다 돌봐주고 있단다."

나는 그제서야 내가 쓸모없는 작은 존재가 아님을 알았어요. 봉사란 크고 화려하게 하는 수도 있고 나처럼 볼품없는 듯 눈에 띄지 않다가 한순간 약초로서 생명을 살려내는 일에 헌신 할 수도 있음을 알았어요. 흐뭇한 으시댐으로 물건이 되어 나가는 야채 다발을 보면서 보기 좋은 열매를 가꾸느라 애쓴 그러고도 다시 거름 더미 옆에 누워 마지막 봉사의 날을 기쁘게 기다리는 값진 기다림을 바라보며 지는 해는 밝은 미소를 보내주고 있었습니다.

# 오빠의 편지

①

그리운 동생 영수에게

영수야, 부모님 모시고 그간 잘 있었니. 아버지 어머니가 건강하시지 못하니 항상 걱정이 된다만, 요사이는 어떠하신지. 그리고 명진이 잘 있지. 벌써 교복을 입고, 학교에 다닌다니 귀엽게 굴겠구나.

네가 보내준 사진을 잘 보고 있다. 아버지가 보내주신 편지와 네 편지도 잘 보았다. 편지를 받으면 얼마나 반가운지 모르겠구나. 너는 학교의 일들이 고되지나 않은지 부디 건강에 조심하기 바란다.

나는 무사하고 모든 것이 순조로우니 안심하기 바란다. 날씨가 좋은 낮에는 벌써 한국의 여름 생각이 날만 하다가 구름이라도 끼이고 바람이 불면 이른 봄 같이 쌀쌀해진다. 내가 도착할 때 모심기를 한창 하더니 이젠 온통 논바닥이 보이지 않게 자랐구나. 밭에는 열두 달 토마토가 있는 것인지 빨갛게 물들고 있다. 참새와 제비들이 고국에서 보는 모습 그대로를 하고 나타나면, 고향 하늘을 쳐다보게 된다. 방안에서만 보든 <문조>가 숲 사이에서 숨바꼭질하고 있다. 만주에서 보던 마차는 볼 수 없고 삼륜차와 자전거가 많은 것이 인상적이다. 남자나 여자나 자전거를 퍽 많이 이용하고 있다. 일제 물품은 상당히 많으며 경제는 꽤 안정돼 있는 것 같이 보인다. 그러나 봉급자의 생활은 한국이나 대차가 없는 모양이다.

영수야 모든 것이 퍽 고되겠지. 너의 가냘픈 두 어깨를 생각해 보며 이 글을 쓰고 있다. 하나님이 네 어깨를 어루만져 주실 것을 바랄 뿐이다. 부디 몸조심하고 마음을랑 아예 상하지 마라. 오른 대로 한 평생 살아보자구나. 아버지 어머니 건강히 계시고 하나님의 보호가 너와 명진이에게 있기를 기도드리면서.

—안녕 오빠 씀. 1965년 4월 10일

②

영수야

그간 부모님 모시고 잘 있었니. 명진이는 학교에 잘 다니고 있는지. 나는 6월 17일 이곳에 무사히 도착하였다. 오늘에야 앞으로 있을 곳을 마련하여 여관으로부터 표기 장소로 옮겼다. 그리고 모든 일 예정대로 별 지장 없이 지나고 있으니 안심하기 바란다. 바깥은 퍽 덥지만 집안에는 설비들이 괜찮은 편이니 지나기에 별로 무리가 없다. 아버지 건강과 어머니 고혈압은 요사이 어떠하시니. 내가 갈 때 셀파질을 사가지고 가마. 소식 전해 다오.

③

그리운 동생 영수에게

네가 보내준 편지 너의 호흡을 느껴보듯 반가왔다. 영수야 하고 이름만 불러보아도 마음이 통할 너였기에, 얼굴만 한 번 쳐다보더라도 만 가지를 알아차릴 너였기에, 너무나도 대견한 나의 동생이였기에, 침묵 속에서 침묵 속으로 세월은 흘러갔구나, 아무른 말도 없이.

연약한 너의 두 어깨가 외로움에 지쳐서 석고상같이 굳어졌을 때, 그리고도 흐트러지지 않은 너의 굳은 자세에서, 네가 띄운 미소는 실로 장한 그것이었지. 나는 항상 자랑스럽게 생각하고 있다.

영수야. 근간에는 너의 건강이 어떠한지 궁금하구나. 학교 일이 너무나 고되지나 않은지 걱정이구나. 진이는 공부 잘하고 꼬마는 귀엽게 재롱을 부리고 있겠지. 애기를 위해서도 일층으로 옮겼다니 잘 하였다. 이사 하느라 힘들었겠구나. 부디 건강에는 각별히 조심하여 충분한 고려있기 바란다.

요번에는 어머니께서 혈압 때문에 큰 고비를 넘기셨다니 나도 없는 터에 얼마나 놀라고 또 수고를 하였니. 부모님을 편히 뫼시지 못하고 자식 된 도리도 다하지 못하고 있는 나로서는 그저 죄스러울 뿐이구나. 그리고 보면 너에게 정신적 부담을 너무 크게 주는 것 같다. 미안할 따름이다. 하나밖에 없는 착한 내 동생의 뒷바라지도 충분히 해보지 못한 무능한 오라비였기에 너의 행복을 비는 나의 마음 더 일층 간절하다. 너의 건강하고 행복스런 모습을 우리의 부모님은 얼마나 기뻐하실지 모르겠다. 부디 가까운 곳에서 너의 행복을 찾고, 새로운 세계를 이룩하고, 굳센 마음으로 즐거운 나날을 맞이하길 바랄 뿐이다.

나의 이곳에서의 생활은 큰 불편 없이 지나고 있다. 연구차 미국으로 직행할 수 있었으면 하고 희망했었지만, 그리 쉽지 않구나. 3월 중순경 향항에 잠시 여행을 끝내고 6, 7월에 일본으로 갔다가 곧 귀국할 예정으로 있다. 우리 만나서 자세한 이야기 하자구나. 하나님의 축복 있어시기를 기원한다. 원 서방과 귀여운 꼬마들에게 안부 전해다오.

—1968년 2월 20일, 헌수 씀


④

그리운 동생 영수에게

반갑게 너의 편지 받아 보안지도 벌써 꽤 오래 되어버렸구나. 지난 3월 말에 어머니에게와 너에게 함께 편지 보냈는데 받아 보았는지. 학교 일에 한참 분주하지? 꼬마가 많이 자라 귀여운 재롱을 피우겠구나. 요사이 너의 건강은 어떠한지 궁금하다. 일전에는 어머니께서 많이 편찮으셨다니 네가 또 얼마나 놀랐니. 내가 부모님을 편히 해드리지 못하고 있으면서도 네가 옆에 있기에 – 네게는 한없이 미안한 마음 가지지만 – 얼마나 내 마음 든든한지 모르겠다.

내가 떠날 때 우리 함께 찍은 사진을 쳐다보곤 다시 너의 모습 되새겨본다. 살 좀 쪄야겠어! 하고. 너의 깔끔한 마음씨 내가 다시없이 좋아하는 바이면서도 혹시나 너의 건강을 해칠까 그것이 두렵다. 매사를 마음 너그럽게 보아 부디 건강하기를 바란다.

지금 이곳은 여름에 접어들었다. 구름이라도 없이 개인 날에는 무척 더워진다. 남부에서는 해수욕장이 문을 연다고 한다. 나는 이곳에 온 이래로 건강에 아무 지장 없이 작업을 계속하고 있다. 7월 초에는 일본으로 갈 예정이다. 이곳에서는 여러분들의 친절로 연구 작업이나 생활에 큰 불편은 없다. 너와 함께 이야기해 보고 싶구나. 잘 있어.

—1968년 4월 30일, 헌수

⑤

수야! 그간 잘 있었니. 5월 6일부로 대북에 보낸 너의 편지 잘 보았다. 집안이 두루 무고하다니 안심은 된다만 부모님이 이사를 하셨다니 퍽 힘드셨겠고 너도 수고가 많았겠다. 하루빨리 아버지 계획하시는 사업이 잘 되어 편안히 계셔야겠는데, 걱정이구나. 어머니 건강도 좋으신 편이 아니니 내라도 모시도록 해야 하지 않을까 생각된다. 연세도 차차 많아지시니 항상 염려가 되는구나.

꼬마가 벌써 뛰어다닌다니 귀엽겠다. 원 서방도 잘 있고 명진인 공부 잘한다니 너의 건강에도 특별히 주의하여 재미있는 매일을 맞기 바란다.

이곳은 벌써 30도나 되는 하절의 날씨이라 마치 한국의 8월달을 생각게 하는 더위이지만 아직은 저녁나절은 시원한 바람도 있고 하니 지나기에 고생은 안 된다. 나는 지난 7일 대중에 왔었는데 5월 22일 다시 대북으로 가겠다. 6월달에 한 번 더 대중에 잠깐 와야겠다만, 7월 5일경까지는 대북에 있다가 일본으로 가겠으니 대북의 주소를 사용해 주기 바란다.

추영수 평전

일본에서는 약 2, 3주일을 예정하고 있는데 그곳에 가보아 자료의 다소를 보고 결정해야겠다. 그러나 7월 안에는 귀국할 셈을 하고 있다.

어머니 쓰시게 셀파절은 일본에서 사 가마. 그 외에 필요한 것 있으면 적어 보내 다오. 수야, "어머니 은혜"의 노래를 불런 너의 심경을 내가 한번 되새겨보며 지금 이 글을 쓰고 있다. 고생만 하시게 하는 나의 죄가 크다만 빨리 가서 뵈옵고 싶다. 수야, 전에 내가 제주도에 여행 갔다가 아버지에게 빨뿌리 하나를 사다 드린 일이 있었다. 그랬더니 그 보잘것없는 것을 퍽 아끼시는 것 같더라. 그래서 이번에는 상아로 된 것을 하나 사두었다. 좋아하실 것 같은 기분이 든다. 새로 이사하신 주소를 알려다오. 그리고 내가 몸 성히 잘 있다고 말씀도 전해주고. 항상 너의 건강과 행복을 빈다.

—1968년 5월 21일 동해대학에서, 오빠 씀


⑥

영수야. 그간 잘 있었니. 오래 동안 소식 전하지 못하였구나. 이젠 방학도 되었으니 학교 일이 조금 가볍게 되었는지. 건강을 완전히 회복할 수 있도록 힘쓰기 바란다.

먼저 아버지께서 이사를 하실 그 무렵에 모처럼 써 올린 문안편지가(너에게 낼 때 같이 낸 것) 주소불명으로 그냥 돌아왔다. 혹시나 하였지만, 막상 돌아오니 섭섭하군 그래. 오래 동안 부모님께 문안조차 드리지 못하였는데. 요사이 건강은 어떠하시며, 아버지 사업은 잘 진행되는지 모든 것이 궁금하군.

나는 이곳에서 작업을 끝내고 7월 15일에 동경으로 가겠다. 동경에서는 용무를 빨리 마치고 10일간 정도의 체류 후에 귀국할 예정이다. 확실한 일자를 지금 정할 수 없지만 월말 내로 서울에서 만날 수 있기를 바라고 있다.

그간 이곳에서는 무척 더운 날씨에 시달렸지만 몸 성히 지냈으니 부모님께 안심하시도록 전하여 다오. 너의 행복과 건강을 빌면서

—1968년 7월 10일 오빠

# 박영숙 동인과의 편지

추영수 선생님

용서하시기 바랍니다. 그동안 자당님께서도 평강 중에 계시오며 진이 양도 잘 있는지요. 하도 오랫동안 소식드리지 못하고 지나다 보니 변명도 사죄의 어휘도 없습니다. 무엇에 쫓기우듯이 고생 속에 지나다 보니 일체 서신 연락도 못 하며 지났습니다. 동경서 이곳으로 온 지도 7월경, 이제 겨우 혼자 편지도 부치게 되고 물건도 살 줄 압니다. 늘 마음속으로 잊지 못하면서도, 사람이란 자기 할 바를 다하지 못하는 미련한, 부족한 것뿐인 것 같습니다.

아무리 생각해도 왜 여기까지 왔는지 모르겠습니다. 이 아름다운 나라에서 나의 눈물은 마를 날이 없습니다. 한여름 동안 기온은 39도까지였습니다만 요즘은 가을 바람이 서울과 똑 같습니다.

오후 1시에서 4시까지 전 시가지(상점, 관청)는 철문을 내리고 晝食과 午睡, 5시나 되어야 오후 일을 시작합니다. 점심은 누구나 집에 가서 듭니다. 적게 일하고 잘 사는 나라라 인생을 즐기기 위해서 태어난 이곳 사람들을 볼 때마다 나의 우울이 부끄럽습니다. (누구를 보나 웃는 얼굴을 하는 서구인들) 나라를 바꾸어도 불안은 가셔지지 않고 위대한 것, 아름다운 것을 대할 때마다 마음의 허무는 倍重해갑니다. 3천 년의 역사와 전통이 살아서 현대 속에 숨 쉬는 나라입니다. 기원전 유적이 도시 중심가마다 고스란히 남겨진, 보전된 로마는 참으로 거대한 문화재의 보고입니다. 개인 집 유리창 하나가 깨어져도 자기 마음대로 갈아 끼우지를 못합니다. 깨어진 유리와 똑같은 모양, 빛깔이어야 한다는 市의 현실입니다. 개인의 집이기 이전에 로마라는 위대한 도시 자체가 즉 개인의 정원이오 뜰이라는 관념이 철저합니다. 덕수궁 담 하나 제대로 두지 못하는 서울을 생각할 때 눈물이 납니다. 아무리 현대식 건물을 지어도 기원전 고적이 있는 곳은 고스란히 살려서 남겨 놓습니다. 로마역이 그렇습니다. 초현대식 유리와 강철 건물에 기원전 4세기 성벽을 한 가운데 품고 있으니 말입니다. 이 도시를 보며 매일 감격하면서도 향수 아닌 뜨거운 눈물은 감당키 어렵고… 어디서부터 무엇을 써나가야 할지 갈피를 잡지 못하겠습니다. 분꽃, 봉선화, 맨드래미, 과꽃, 무궁화, 꽃비름 등 한국과 똑같은 것뿐입니다. 무궁화는 가로수가 되어 연연히 휘늘어져 있습니다. 천둥 번개는 한국의 류가 아니고 금시 세상 끝나는 것 같습니다. (영화에 나오는 그대로예요.) 요즘은 비가 자주 오고 잠을 못잡니다. 11월 10일경에는 빠리 여행을 떠나고져 합니다. 비자가 없어도 로마역서 기차만 타면 갑니다. 종착역으로 유명한 역(영화) 스페인까

　　　　　　　　　　　　　　　　　　　　　　추영수 평전

지 다녀올까 합니다. 그 동안 수녀원에 유숙하였으나 洋食에 멀미가 나서 요즘 음악 공부하는 여학생과 함께 아파트 자취 생활입니다. 김자문 시인이 로마에 다녀갔습니다(9월초). 자주 소식 못 드리더라도 섭섭히 생각지 마시옵기 바랍니다. 부디부디 몸조심하시옵기 비오며…

—1967년 9월 19일 박영숙이, 이탈리아 로마에서


박영숙 선생님께

안녕하십니까? 이렇답니다. 사람이, 또 사람 사는 것이. 진작 글월 올리지 못하고. 많이 나무래 주십시오. 마음에 사무치는 글은 오히려 마음 속으로 외울 뿐 붓을 들지 못하는 것이 제 생활입니다. 바쁘고 쫓기고 쫓고, 시달리고 되씹고. 얼마나 살려는지. 난 그전이나 지금이나 죽지 못해서 사는 건 매일반이에요. 하루에도 몇 번씩 정말 편안하고 싶어요. 눈감으면 아무것도 모를텐데. 억울 한 것도, 분한 것도, 비위에 맞지 않은 것도, 야속한 것도.

박 선생님. 또 이렇게 푸념만 하죠. 자꾸만 눈물을 흘리면서 죽죽 푸념만 할 것 같아 붓을 들다 말고 또 들다 말고 했는데요. 용서하십시오.

이태리의 하늘 빛깔은 우리나라와 같다고 들었는데 그렇나요. 난 정말 우리나라의 하늘빛과 햇살의 빛깔이 좋아 눈물이 날 정도에요. 지금 바깥은 아침 엷은 안개가 걷히면서 햇살이 터지고 있어요. 어제만 해도 만발했던 분홍빛 모란이 낙화를 시도하고, 앉은뱅이 솜꽃 씨앗이 엷은 바람에 자직히 날고 있습니다. 전화통 있는 곳에서 아래를 보면 나무 그늘 아래 조용히 앉은 바위엔 담장이 덩굴이 덮기 시작하고 바위의 고독이라도 달래려는 듯 바싹 다가선 산도화가 몇 송이 남아 있군요. 포근한 날씨에 포근한 분위기 사랑하지 않고는 배기지 못할 것 같은 내 조국이에요. 내가 내 나라를 떠나 살면서 여린 가슴으로 그렇게도 그리던 내 조국이에요. 다 정직하고 다 부지런하고 다 검소하고 다 아름다웠음 오죽이나 좋겠어요.

박 선생님. 난 결코 애국자가 아닌데, 어디까지나 이기주의자일 따름인데. 며칠을 속으로 연달아 울었답니다. 박 선생님이 조국을 떠나 있는 동안 아름다운 얘기만 들려드려야 할 텐데 난 얘기를 하지 않을 수 없군요. 저 "샘표 간장" 아시죠? 또 조미료로 "미원"도요. 우리가 제일 좋다고 믿고 있는 아녜요? 세상에 이 미원이나 샘표 간장을 방직공장에서 쓰고 버리는 풀 찌꺼기로 만든답니다. 그 풀 찌꺼기엔 화학사에서 묻어난 여러 가지 화학원료가 섞여 3년만 연달아 먹으면 죽는다든가 눈이 먼데요. 박 선생님 어쩜 이럴 수가 있어요? 그 얼마 전엔 아가들 먹는 우유를 밀가루로 만들고 아가들 먹는 사탕을 만든다기 얼마나 분개했는데, 또 이런 일이 있죠? 이젠 분개하기보다 하염없이 눈물이 날 뿐이어요. 내 이웃을 못 믿고 사는 세상으로 점점 돼가니 어쩌지요? 이젠 내 이웃은 나를 못 믿고 살겠죠? 저 아름다운 하늘 아름다운 땅과 자연을 볼수록 더 분하고 억울하고 야속해서 나는 그저 충혈된 눈을 둘 곳을 모르고 삽니다. 정말 나만 이렇진 않을 거예요. 생각 있는 국민들은 제가끔 치미는 목울음을 참고 살 거예요. 왜 그 사람들의 재산을 몰수해 버리고 사형이라도 시키지 않는지 모르겠어요. 사람을 죽이는 건 나쁘죠만 국민 전체를 죽음으로 모는 그런 사람을 죽여 본보기로 삼지 않으면 나중엔 살아남을 사람은 없을 거에요. 자기가 만든 건 자기 가족들에겐 먹이지 않았겠죠. 한심해요. 빨리 오세요. 우린 다 모여서 사는 것이 더 좋을 것 같아요. 한 발짝씩만 양보하고 서로 도우며 사는 세상을 만들어야 할텐데… 박 선생님, 그럼 이만 줄여요. 건강하시고, 성공하시고, 좋은 생각 많이 하시고, 좋은 글 많이 쓰시길 기도드립니다.

—1968. 5. 9. 추영수 올림

# 내 친구
# 늦둥이 수야에게


수야!

참 오랜만에 한가로운 마음으로 네 이름을 불러보는구나. 그리도 차갑고 뜨겁던 목숨 아직도 애간장 숯이 되어 타고 있느냐? 살보다 빠르게 흐른 지난 세월, 넘어온 험한 고갯길이며 자갈밭이며 막막한 사막길이며 끈적이던 수렁도 너만은 의미 있고 아름답게 누렸으리라고 믿는다.

중학교 2학년 때던가? 친구들이 '이승은 고해라'며 들은 풍월을 읊었을 때 너는 굳이 이승은 하나님께서 우리를 위하여 지어주신 지상의 천국이므로 우리는 최선을 다해 누려야 내 것이 된다며 엉뚱하게 느긋했었는데 지금도 천상의 행복을 혼자서 누리며 안식하고 있는가?

수야!

너는 참 늦둥이였었지. 너의 부모님께서 하루 한 명씩 수재와 미녀 두 따님을 여의시고 10년 만에 얻은 늦둥이 핑계 삼아 매사에 늦되었었지. 못나고 늦된 것도 오히려 목숨 붙어있어 줌에 가려 그럭저럭 할머님과 부모님의 꿈이더니 그런 타성으로 세상에서도 으레 사랑받을 줄로만 알고 태평했었지. 그러다 어느 날 삶의 대열에서 뒷전으로 밀려났을 때 안쓰럽게 상처받던 네 모습이 기억나는구나.

수야!

전혀 자신을 채찍질할 줄도, 갈고 닦을 줄도, 참회할 줄도 모르며 우직하기만 하던 네가 지천명의 고개를 훨씬 넘어서야 겨우 "인자의 온 것은 섬김을 받으려 함이 아니라 도리어 섬기려 하고 자기 목숨을 많은 사람의 대속물로 주려 함이니라(마가복음 10:45)"는 성귀에 귀가 열려 그 말씀을 묵상하게 되었고 그제서야 비로소 삶의 자세를 바로 세워 입다물고 고개 숙일 수 있었으니 늦되어도 한참 늦되었었지.

그것도 목동 아파트로 이사를 온 뒤에 스스로 병적인 소외에 떠밀려 문을 걸어 잠그고 한동안 난분(蘭盆)에 의지한 적이 있었지. 단독주택 넉넉한 공간에서 기르던 난분들을 아파트 베란다에 빼꼭히 들여놓고 애착하던 중에 거실에서는 보이지도 않는 동쪽 구석에 있던 소심이 미색향기를 내뿜기 시작하자 꽃향기에 취하여 꽃이 핀 화분을 곧 거실에서 제일 잘 보이는 중앙으로 자리를 옮겨줬었지. 이렇게 꽃을 피우는 난분마다 중앙으로 옮기는 서리에 꽃이 진 난분은 다시 떠밀려 동쪽 끝이나 서쪽 끝으로 옮겨가야 했지. 그러던 중 뒤로 밀려가던 난분들이 반란을 일으키는 일이 일어났고 가장 중앙에서 연녹색의 꽃에 자줏빛 줄무늬를 요염하게 두르고 새벽 향기로 네 잠을 설치게 하던 대둔보세가 애잔한 모습으로 고개

를 숙여가고 있었지. 그 애원의 눈빛을 바라보던 순간, 너는 소리치며 벌떡 일어났었지. 의미의

"오! 주여!……"

그건 바로 네 모습이었어. 너는 그날 밤 몹시 서럽게 울었는데 난 네가 날을 위해 운 것이 아니라 네 자신을 위해 운 것임을 곧 알 수 있었어. 자신이 이 세상에서 받는 대접은 모든 것이 제 탓임을 깨달은 그날부터 '비교'라는 수렁에서 빠져나와 깊게 드리웠던 두꺼운 커텐을 걷었었지. 절대자의 사랑은 밝은 햇빛으로 방 구석구석까지 비추어 들었고 오색 명주실로 풀려 들어온 햇살을 받으며 모처럼 포근한 안도의 평화를 누리는 너를 볼 수 있었지. 그 체험은 네게 큰 변화를 가져오는 계기가 되어 교만과 애착으로부터 헤어나 온유와 영원한 자유를 향해 무거운 겉옷을 벗어들 수 있었으니…

수야!

넌 기억하겠지? 어머니께서 동래(東萊) 칠산동 300평 뜨락에 갖가지 꽃나무를 가꾸어 꽃피우시면서 초본(草本)은 꺾꽂이로 허락하셨지만 목본(木本)은 꺾꽂이용으로 허락하지 않으시면서도 장미나무만은 꽃대 깊숙이 넉넉하게 잘라내던 일이며 우리가 그 뜻을 몰라서 여쭈어봤을 때 "장미꽃이나 대국(大菊) 꽃송이를 탐스럽게 피우려면 곁가지를 아까와해서는 안 된다. 주(主)된 가지를 분명히 정하고 곁가지나 꽃이 지고 난 꽃대는 망설이지 말고 적당히 잘라내어야 다음 꽃송이를 실하게 잘 키울 수 있단다. 사람 사는 이치도 그렇지. 쓸데없는 곁 일에 한눈을 팔거나 딱 잘라 결단 내릴 것을 못 내리고 질질 끌려 다 움켜잡고 살면 영육이 고단할 뿐 아니라

큰일을 해내지 못하지." 하시던 말씀을.

수야!

요즘도 그렇게 선공후사(先公後私)라는 자기계율(自己誠律)에 매달려 보기 좋은 장미꽃 한 송이 피워보지 못하고 어린이 놀이터 한쪽에 작은 느티나무로 비켜서서 그 숱한 곁가지들을 가누고 서 있구나. 여름 내내 엷은 그늘을 내려 시원한 바람을 불러 모으고자 애쓰더니 초겨울을재촉하는 비에 곁가지 흔들어 훌훌히 잎 벗고 서서 이제는 무엇을 꿈꾸고 있는가?

그래도 넌 말하겠구나. 보기좋은 장미꽃 한 송이보다 모래 놀이터에서 노는 어린들의 등을 어루만져 하늘을 우러를 수 있는 꿈이 되어주고 꼬부라진 허리를 앉혀 쉬시는 노인들의 쉼터를 꾸며주는 느티나무 그늘이 더 좋다고.

수야!

멀리서 너를 바라보는 내 마음이 갈등할 때가 많단다. 남의 말하기 좋아하는 이들의 지탄 같은 것 아랑곳하지 않더니 성북동 골짜기에 작은 느티나무로 서서 곁가지 귀한듯 받쳐들고 하늘 우러르는 네 모습을 보면서. 이순을 넘어선 우리들의 여생을 정말 어떻게 보내야 지금까지 받았던 사랑의 빚을 갚고 갈 수 있으며 지금까지 알게 모르게 저지른 숱한 죄를 용서받고 갈 수 있을는지? 아름다운 장미꽃 한 송이 피워올릴 꽃나무 한 그루 제대로 가꾸지 못한 이제 와서 무슨 꽃 피워 들고 나설 수 있을까만 그렇게 곁가지 귀하게 받들고 서서 돌아올 여름날의 시원한 바람 품은 그늘을 꿈꾸며 안이하게 있어도 되는 것인지?

수야!

우리 참으로 한 마음 되어 만나 두 손 맞잡고 가볍게 이승을 뜰 수 있도록 여생이 부디 세욕(世慾)을 벗고 새깃털 처럼 가볍고 아름답길 기도드리며…

　　　　—안녕. 안녕. 안녕. 1996년을 보내며. 수야를 사랑하는 친구

# 나의 문학 나의 삶
## -그 저녁 무렵부터 새벽이 올 때까지

내게 있어서 시(詩)는 내 사랑 내 목숨입니다. 나를 연명하게 하는 호흡이요 위로요 나를 존재하게 하는 이유입니다. 시는 내 삶의 정수(精髓)이어야 한다는 신념으로 내 삶의 발걸음을 조심스럽게 옮기며 살아가고 있습니다. 일생을 통해 가장 좋은 시 한 편을 얻는다는 것은 내 삶, 내 영혼이 성화(聖化)에 이름을 뜻함이니, 늘 깨어 기도하는 구도의 삶이 선행되어야 한다는 신념으로 살고 있습니다.

다만 나의 작은 목숨을 <詩>라고, <文學>이라고 부를 때, 한없이 감사하고 죄스럽고 송구스러움을 갖는다고 표현하는 것이 속일 수 없는 고백입니다. 나의 작은 삶, 나의 연약한 호흡에 그토록 귀한 이름을 붙이기 조심스러워, 여간해서 지면에 글을 발표하지 않고 사는 편입니다. 까마귀도 제 소리가 꾀꼬리 소리보다 예쁘다고는 생각하지 않겠지요. 어쩌면 비교하지도 않을 거예요. 그래도 자기가 '새'라는 것을 안다면 제 노래가 '새소리'라고는 생각할 거예요. 또 지으신 이가 예뻐하시는 까마귀라면, 어떤 고을에서는 제 소리도 그렇게 미움받지 않는다고 스스로 달래면서 가장 까마귀다운 소리로 노래 부르려고 애쓰며 살아가리라 믿고 싶습니다. 바로 이러한 생각이 결코 까마귀로부터 탈피하지 못하는 측은한 체 고집이어서 시력 40년이 넘도록 백로의 반열을 넘보지 못함을 부끄럽게 생각합니다.

'삶'이라는 말을 들을 때마다 경건함과 눈물겨움에 잠기게 됩니다. 스물두 살 어리고도 젊은 때 어머니께서는 네 살짜리, 한 살짜리 두 따님을 하루 한 명씩 여의시고 평생을 병중에 사셨습니다. 그 병중의 10년 만에 허약한 딸 하나 얻으셨으니 할머니와 어머니의 그 염려, 그 사랑 어찌 말로 다 표현할 수 있겠습니까. 사랑의 도를 넘어 익해(溺海)의 홍수에 갇혀 살았습니다. 아버지께서 한잔하신 어느 날 언니들에 대한 그리움과 나를 향한 측은함으로 뇌이시던 그 한마디 독백이 내 어린 떡잎에 큰 상처를 내었습니다. 천재로 소문 난 큰언니와 미녀로 알려진 작은 언니의 빈자리를 채워드리지 못했기에 결국 나는 자신이 바보요 못난이라고 생각하게 되었습니다. 아무리 귀엽다고 떠받들어도 대못으로 박힌 그 한 말씀은 지울 수 없었습니다. 가슴엔 늘 쓸쓸하고 차가운 냇물이 소용돌이쳐 흘러 속으로 울면서 겉으로 웃는 조용함이 평생을 이어오는 지병이 되고 말았습니다.

이러한 나를 평안과 온유로 다스려 지탱시켜 주었던 것은 할머니와 어머니의 곡진하신 사랑과 꿈속 높은 다락 지붕 위에 나타나신 백의의 내 사랑과 밤을 밝히며 동거한 책이었습니다. 어린 날에 흔하게 있는 일이라고 생각합니다만 나는 거의 문학 속의 세계와 현실이 구분되지 못한 삶을 살았습니다. 어머니께서는 병원을 벗어나 집에 계실 땐 바느질감을 손에 쥐고서도 책을 곁에 두고 보셨고 당시(唐詩)를 소리 내어 외우곤 하셨습니다. 이런 분위기 속에서 나는 사람보다는 꽃밭을, 왁자지껄한 친구보다는 살구나무 고목이랑 큰 바위를, 사람의 손길보다는 꽃을 어루만지고 지나가는 바람결을, 큰길보다는 산속 오솔길을, 훤한 전깃불보다는 밤하늘을 우러르며 평상에 누운 나에게 불 밝히고 찾아오는 반딧불이의 불빛을, 떠들며 뛰어노는 운동장보다는 호젓한 샘물 곁을… 화려하지 않으면서도 규모 있게 알맞은 반촌인 동래(東萊)읍에서 투명한 왕모래를 밟으며 솔바람 소리에 씻기면서 유년을 보내고 시집들을 겨드랑이에 끼고 사춘기를 넘겼습니다. 그 중에서도 7개월의 내 병상생활과 연애 한 번 못 해 본 주제에 친구들의 연애편지를 대필해 주면서 소녀는 퍽 조로(早老)해 버렸습니다.

그리고 왜정의 강제 징집을 피하여 나보다 열네 살이 위인 2대 독자 오라버니를 위해 만주로 건너갔던 나라 없는 설움은 고독한 내 상처에 늘 강도를 더해 주었습니다.


### 少女와 玄琴


내 하늘

내 땅

고와라

두 손

모으는 맵시

새촘히 돌아선

백자 항아릴세


살구나무

고목 그림자

무섭잖이

차알 칼

별이라도 넘나드는

밤이면


별빛 웃음

배시시 물고

잊었던 가락이라도

찾을거나


내 하늘만의

뜨거움을 맑음을


난 보았습니다

세월의 주름 너머

내 아가를 등에 업고

1963년에 한국 최초의 여류시 동인이라는 청미(靑眉) 김후란, 김선영, 김혜숙, 허영(김숙자, 박영숙), 이경희, 임성숙을 만나서 오늘에 이르도록 동인 활동을 하고 있습니다. 나는 으뜸 시인들 틈에 어쩌다가 끼게 되어 또 못난이 들러리로 살아왔습니다. 내 스승님을 기쁘게 해 드리기 위해선 스승님 마음에 꼭 드는 좋은 시 한 수 남기어 못난이의 대열을 벗어나고 싶습니다. 그리하여 아름다운 삶을 위하여 기도할 따름입니다. 행위가 따르지 않는 죽은 믿음이 되지 않도록 깨어서 살려고 꿇어 엎드렸습니다.

### 新禱

1

주여
바우 옆에 꿇어앉아
바우로 굳는
저는 무엇이옵니까?


겨울 나뭇가지 옆에 끼여
생명 잃은 나뭇가지로
바람에 시달리는
저는 또 무엇이옵니까?

2

주여

오늘도 저는

생선가게 좌판 위에서

토막친 생선이 되어 누워있었습니다


오늘도 전

고삐 매인 염소새끼가 되어

몰잇군의 뒤를 따랐습니다


오늘도 전

무거운 짐을 이고 땀 흘리며 가는

박물장수의 등에 업힌

애기가 되었습니다


3

주여

수없이 병들어 죽는

저를 보았습니다

수없이 달리는 차와 함께 딩구는

저를 보았습니다

수없이 검은 손을 흔들어

간교히 제 목숨만 빠져나가는

저를 보았습니다

주여
저의 참 영혼을 불러주시옵소서
저의 참 영혼을 보게 하여 주시옵소서


4
이제
내 먼 길 떠나
어느 만큼이나 왔습니까?

설움이 흘러넘칠세라
내 항아리 싸안을
노을빛 마음 자락은
얼마만큼 익어가고 있습니까?

돌팔매 던져도
감싸 안고
잔잔히 흐르던 강물은
또 어디만큼 흘러갔습니까?

이제금

외줄에 매달린 광대인냥 흐느껴도

목숨은

아직도 다하지 않았습니까

울음 그친 하늘이

저만큼 물러서선

또 무엇을 기다리고 있습니까?

5

주여

비워주시옵소서

당신의 빛항아리 만큼이나

온전히 비게 하여 주시옵소서

그리하여

당신을 뵙게 하여 주시옵고

당신을 담게 하여 부시옵고

당신에 물들게 하여 주시옵고

당신을 노래하게 하여 주시옵고

그리하여

참 나를 보여주시옵고

그리하여

참 나를 알게 하여 주시옵고

그리하여

참 내 旅程을 짐작케 하여 주시옵고


6

주여

창 밖

마른 나뭇가지가

하늘님 은총으로 물기를 되찾듯

메마른 내 영혼에

생수를 내려주시옵소서

겨울 나뭇가지에 매달려

감동이 말라버린

생명 잃은 枯葉이외다

棺 속에 安易로 눈감은 屍身이외다


주여

懊惱하게 하시옵소서

이 평안의 꽃방석에서

바늘방석의 고행을 절감하게 하시옵고

近視의 백태를 베껴

눈뜨게 하시옵소서

내 이웃의 설움을
함께 나누고
내 이웃의 안녕을
진심으로 기뻐하게 하옵소서

주여
육교 위에 엎디어
나를 향해 벌리는
때 묻은 손목을 잡고
애통하는 순수를 주시옵소서

찢어지는 가슴을 주시옵고
咯血로 흘려버리는
내 피를 나누어 갖는
끓는 가슴을 주시옵소서

우리들 마음 바닥에 걸려있는
同情일랑 거두어 주시옵소서

주여 진심으로 내가

네가 될 수 있고

또 네가

내가 될 수 있는


본래의 나를

되찾게 하시옵소서.


고독은 축복이었습니다. 이렇게 나로 하여금 자연과 친해지게 하였고, 절대자를 만나게 하였고, 고독과 상실과 아픔을 승화시킬 수 있게 하였으며 일상이 곧 하나님의 은유의 숲임을 알게 하였으므로 주어진 오늘을, 주어진 일상을, 주어진 이웃을, 주어진 삼라만상을 보다 귀하게 누리며 살아가고 있습니다. 삼라만상의 내면을 관조하면서 그 크신 이가 내게 주신 사랑을 누리며 호들갑을 떨지 않는 재미도 익혀 감사가 넘친 나날을 살아갔습니다.

1980년에 20년을 근무하던 중앙을 떠나 전숙희 이사장님과 이경희 시우의 부름으로 신설 계원예술고등학교로 옮겨갔습니다. 끼가 넘치는 남녀공학 예술 지망생들의 상담교사와 교감의 직분은 그리 만만하지는 않았습니다만 우여곡절이 많은 아픈 청소년들의 친구가 되고 위로가 되어 금보람을 맛보았습니다.

이 지순의 복은 바로 시가 내 호흡이요, 시가 내 사랑의 위로자요, 시가 내 하나님을 찬송하기 때문에 누리는 복임을 고백합니다. 그러기에 시의 길은 내 생명의 길이요 기도의 길입니다. 어린 시절엔 어머니를 기쁘게 해드리기 위해서, 어머니께 칭찬받고 싶어서 바르고 착하게 살려고 기도하며 노력했습니다. 학예회 날 무대에서 독무를 출 때 병원에 입원해 계신 어머니를 안심시켜 드리기 위해 철조망에 걸려 찢어진 까만 뉴똥치마를 이불호청 꿰매는 하얀 굵은 실로 휘휘 꿰매어 입고 아무도 날 찾아와 보지 않아도 울지 않았습니다. 이제 다 늙은 오늘은 하나님의 깊은 뜻을 헤아려 하나님께 칭찬 듣고 하나님께서 기뻐하실 수 있도록 숨 쉬며 생각하고 싶습니다.

이렇게 늘 사람 서리로부터 의식적으로 멀찍이 물러 나와 자연으로 승화시켜 나를 만나는 것을 위로로 알고 살고 있으니 한편 답답도 할 것 같습니다만.

### 산길

산
길은
기엄 기엄

언제부턴가
내 땅에
박을 타는 노래
출렁이었거나…

내 돌

내 가람

맑아라

눈 뜨는

백자 항아리야


달빛

을

세워

끝없는 가락

바람에 실어라.


　서울 유학의 꿈을 겪고 부산 영도에 있는 연희분교에 입학하고서, 바다는 건넜으나 하늘을 날지 못한 서운함을 부산 바다의 겨울 파도를 누리며 청년기를 달렸습니다. 두 가닥으로 머리를 땋아 내린 열일곱 살의 대학생, 내 별명은 언니 따라온 아이. 그 시절 책상 밑에 숨겨놓고 읽던 월북작가들의 시집은 우리들에게 꽤 많은 영양을 공급해 주었습니다. 검문검색을 무릅쓰고 귀한 금서(禁書)를 날라다 준 짝꿍의 정성은 내게 문학 사랑의 바람을 일으키기에 충분했습니다. 왕복 길을 걸어서 등하교를 하면 시집 한 권을 살 수 있었던 시절에 친구랑 걸어서 등하교를 하며 오직 책에만 심취하여서 솔직히 한 교실에서 공부하는 같은 과 친구들의 얼굴도 잘 기억하지 못했습니다.

어느 날 장덕순 교수님께서 "추군! 부산대학에 가면 자네를 꼭 닮은 소녀가 있다네"라고 말씀해 주셨습니다. 상사병이란 이런 걸까요. 드디어 나는 부산대학으로 옮겨 갔고 나를 꼭 빼어 닮았다는 나보다 훨씬 아름다운 폐결핵 3기의 눈부신 소녀를 같은 과에서 만났습니다. 우리들은 함께 놀라며 서로 손을 맞잡았고 오래된 옛 친구를 만나 다시는 헤어지지 않을 것처럼 모든 즐거움을 함께 누렸습니다. 그러나 우리는 영원이라는 이름으로 서로의 가슴에 묻히고 말았습니다. 친구의 죽음은 곧 나의 죽음이었습니다. 나는 늘 친구를 통해 나를 확인하며 살았던 것 같습니다. 나름대로 상처를 품고도 잃지 않았던 미소를 잃기 시작했으며 점점 나 자신 속으로만 깊이 침잠해 들어가고 있었습니다. 졸업과 더불어 연이어 나타난 가까운 친구며 가족의 죽음도 그때 그 친구의 죽음만큼 큰 충격을 주지는 못했습니다.

이승과 저승을 구분 짓지 못하고 함께 살아가는 나를 지탱해 준 것은 시우들이었습니다. 부산의 뱃고동 소리와 온몸으로 바위에 몸 던져 부서지는 파도의 몸짓에 가슴을 씻으며 때맞추어 습작기의 우리들은 운석동인(隕石同人)으로 탄생 되었습니다. 강상구, 정혜옥, 정상옥 하근찬… 추영수 등. 강상구 시인이 동아대학과 부산대학을 뛰어다니며 혼자서 헌신적으로 동인지 제작을 했던 것입니다. 조향 시인, 김춘수 시인, 조영서 시인을 위시한 부산문단의 거성들을 우러르며 1958년 秋水人이라는 가명으로 현대문학지 미당 서정주 시인께 내 원고를 보내드려 1961년에 추천이 완료되어 등단을 하게 되었습니다. '꽃나무' '薤露聲' '바우에게'는 부정맥으로 뛰는 내 숨결이었습니다.

## 꽃나무

어느 날

꽃나무 가지 끝에서 가느린 바람이 일더니 꽃 한 송이가 제 그늘로 떨어져 갔습니다. 구름은 꽃송이 된 가지 끝에 와서 머물고 꽃나무는 그 꽃 자리를 싱싱한 꽃송이보다 더 소중히 여겼습니다.

어느 날 또 다른 가지 끝에서 그렇게 바람이 일어 한 송이 한 송이가 제 그늘로 떨어져 갔습니다. 먼저 떨어져 간 꽃들이 번져 인 구름이 꽃송이 가지 끝에 와서 무리 돌고 꽃나무는 이 빈 꽃자리를 저보다 더 소중히 여겼습니다. 이리하여 꽃나무는 기인 날을 잃어진 꽃송이와 더불어 있었습니다. 구름이 흘러 흘러, 마지막 제 그늘에서 終焉하드키 꽃나무는 제 그늘로 떨어진 꽃송이들에게 구름처럼 잠겨갔습니다. 꽃나무의 운명은 소리없는 음악이었습니다.


이별은 아름다운 내일의 약속이었습니다. 이별은 심금을 연결하는 한 줄 한 줄의 현이었습니다. 아픔의 색깔과 아름다움의 굵기에 따라 내 가슴의 악기 통 위에 무지개처럼 걸려 엮인 진실이었습니다. 이 이별의 나날이 떨어져 나가 모자이크를 이룬 의미 있는 벽화가 바로 내 삶이었습니다.


## 어떤 손

손을 흔들면

손에선

나뭇잎 같은 것이 훨훨 떨어진다


빛깔을 묻힌

季節의 빛깔을 거짓 없이 묻힌

日歷처럼


하나

또 하나

생생한 내가 떨어진다


구름이 되고 노을이 되고 풀벌레가 되어

晚種에 스며

돌을 울린다


苦惱를 뚫고

神을 거역하는 돌의

歎聲


돌의 가슴에

한 줄기 피를 새겨 놓고 가는

이 손은

끝내

외롭게 서서

나뭇잎 같은 것을 휠휠 떨어뜨린다.


웅크린 칩거(蟄居)로부터 박차고 일어났습니다. 나로 인하여 병이 더 깊어가시는 어머니와 높은 성루에 성주의 깃발을 꽂고 눈뜨는 아가를 위하여 손톱을 숨긴 위로와 간을 노린 동정에 정신을 가다듬으며 또다시 미소 짓기 시작했습니다. 한 끼도 굶어보지 못한 사람이 일주일 굶은 아니 더 오래 굶주린 사람을 훈계하는 현장에서 가장 현명한 대처 방법은 소리 없이 웃는 일이라고 생각했습니다. 그 마음이 바로 시의 마음이라고 자위했습니다. 죽을 용기가 있으면 성공적으로 살길이 있다고 믿었습니다. 이 세상은 슬픈 이들과 아픈 이들과 고독한 이들과 난처한 이들이 많음으로 오히려 향기로운 꽃들이 핀다는 것도 알았습니다. 하나님께서는 이들을 위하여 살아계시다는 것을 확신했습니다. 나는 비로소 내가 가야 할 곳은 어린 학생들이 있는 곳이라고 생각했습니다. 그것도 될 수만 있다면 가장 저학년으로, 지금 생각하니 그것은 가당치도 않은 욕심이었습니다. 삶의 겉이 삭지 못한 그 상태에서 가장 순수한 영혼들에게로 다가가겠다고 생각했으니 말입니다.

이리하여 1960년 서울 북아현동 애기능에 위치한 중앙여자중고등학교에 국어교사로 취임했습니다. 아침 7시 전에 학교 건물 옥상 탑방(塔房)에서 일출을 바라보며 소녀들과 문학이랑 자연을 논하면서 순수의 기(氣)를 받아 참스승으로서의 새 삶을 시작하게 되었습니다. 괴팍스럽다는 말을 들으면서 사람보다는 1960년대 애기능의 숲과 더 친했습니다.

**바람은**

원정의 손이 닿아 숱이 적은
솔닢을
한 잎 한 잎 헤이며
무언갈 골똘히
생각하는가

망서림으로
꽃을 찾은
나비는
꽃닢을
매암돌게 하고

떨림으로
내려앉은
햇살은
명상에 잠기게
하는

바람은

잠시

침향목 가지 끝에

앉아

난시(亂視)를 달랜다.


　중앙여자중고등학교에 20년 있는 동안 독립운동 선도자들의 찬하를 돕고 그분들의 약전을 집필하면서 우리나라의 참 독립은 문화적인 독립이 확고해야 한다는 신념이 굳어갔으며 그럴수록 사라져가는 우리 것의 아름다움이 가슴을 아릿하게 했습니다. 그래서 늘 우리 것을 의식적으로 찾아내기에 이르렀고 우리가락으로 노래하기에 힘을 기울였습니다. 무쇠솥과 식초 항아리, 화롯가의 추억, 평상과 멍석, 조선의 창호지 문, 등등 우리 것을 찾아 우리 정신을 기르고 살리기에 시심을 쫓기도 했습니다.


<흐름의 素描> 중
**3. 不變의 章**


난 보았습니다

어릴 적

어머니 등에 업혀서

구름 사이로

따끈한 눈길 환히 밝히는

햇살에


조선의 창호지 가슴

화악 달아올라

눈이 고운 내 땅 내 하늘을


진눈개비 이는 소용돌이 바람에도

창호지 한 장에

바람도 잠시 잊는


내 땅만의

박을 타는 노래

출렁이었거니…


내 돌

내 가람

맑아라

눈 뜨는

백자 항아리야

달빛을

세워

끝없는 가락

바람에 실어라.


서울 유학의 꿈을 접으면서 바다는 건넜으나 하늘을 날지 못해 부산의 겨울바닷가를 헤매며 청년기를 보냈습니다. 열일곱 살의 대학 이년생 두 가닥으로 머리를 땋아 내린 내 별명은 언니 따라온 아이. 그때 책상 밑에 숨겨놓고 읽던 월북 작가들의 시집은 우리들에게 꽤 많은 영양가를 채워 주었고, 검문검색을 무릅쓰고 귀한 책을 날라다가 공급해 준 짝꿍의 정성은 문학 사랑의 바람을 일으키기에 충분했습니다. 왕복 길을 걸어서 등하교를 하면 시집 한 권을 살 수 있는 터에 옥희 친구랑 책을 사서 보기 위해 거의 걸어서 등하교를 했습니다. 오직 책에만 심취하여 솔직히 한 교실에서 공부하는 같은 과 친구들의 얼굴도 잘 기억하지 못했습니다.

어느 날 수업시간에 들어오신 장덕순 교수님께서 "추군! 부산대학에 가면 자네를 꼭 닮은 친구가 있다네"라고 말씀해 주셨습니다. 이상하리만큼 빨리 만나고 싶었습니다. 상사병이란 이런 걸까요. 꿈에 나를 꼭 닮았다는 친구를 만났고 그 만남이 너무나 황홀한 경험이었기에 지나온 내 삶에서 큰 비중을 차지하고 있습니다. 결국 나는 부산대학으로 전학을 가서는 나랑 쌍둥이처럼 닮은 그 친구를 대면했습니다. 놀랍게도 같은 과였습니다. 옥배!!

우주에서 떨어진 운석(隕石同人)을 만난 것은 큰 행운이었습니다. 그리고 청미(靑眉同人)도 만났지요. 고독은 축복이었습니다. 이렇게 저로 하여금 자연과 친해지게 하였고 절대자를 만나게 하였고, 고독과 상실과 아픔을 승화시킬 수 있게 하였으며 일상이 곧 하나님의 은유의 숲임을 알게 하였으므로 주어진 오늘을, 주어진 일상을, 주어진 이웃을, 주어진 삼라만상을 보다 귀하게 누리며 살아가고 있습니다. 삼라만상의 내면을 관조하면서 그 크신 이가 제게 주신 사랑을 누리며 호들갑을 떨지 않는 재미도 익혀 감사가 넘친 나날을 살아가고 있습니다.

# 처녀시 주변

    1950년대의 봄날, 부산 앞바다는 선녀의 옷깃 같은 바다 아지랑이를 길게 일렁이며 우리들의 영혼을 불러 모으고 있었다. 열일곱. 연희대학교 부산분교 교육학과에 입학한 후 망망한 바다를 건너다보며 부모님 곁을 떠날 수 없어 나름대로의 꿈을 펼치지 못해 염세주의에 젖어있었다. 점심도 굶은 채 걸어서 영도다리를 오가며 당시의 禁書에 고개를 묻고 있을 때 장덕순 교수님으로부터 큰 위로를 받았으며 부산대학을 가보면 자기를 꼭 닮은 소녀를 만날 수 있으리라는 말씀도 들었다.

    드디어 나는 부산대학으로 옮겨갔고 나를 꼭 닮았다는 나보다 훨씬 아름다운 폐결핵 3기의 소녀를, 같은 과에서 만났다. 우리들은 함께 놀라며 서로 손을 맞잡았고 그때부터 얼마나 간절히 이승의 영원한 삶을 희구하게 되었던가? 차이콥스키와 드뷔시와 베토벤교향곡 7번에 취하여 저승과 이승의 구름다리께쯤에서 강상구, 하근찬, 정혜옥, 정상옥, 외 여러분과 더불어 隕石同人이 되어 詩習作에 골몰하던 스무 살. 음악이 좋고, 바다가 좋고, 망개알이 붉은 바다가 좋고, 시가 좋아서 잠 못 이루던 봄날, 4월 하늘은 유난히도 호심마냥 고요로왔고 바람은 비단결같이 부드러웠다. 무엇을 알았을까? 내 소녀의 두 뺨을 물들이던 석양의 홍조를 바라보며 오히려 이승을 뼈저리게 사랑하던 일. 살아있는 나날을 감사하며 우리들은 졸업장을 받았고 감격의 홍분이 채 가시기도 전에 나를 닮았다는 아름다운 내 소녀는 이승을 떴고… 연이어 모두가 갔으니…. 김춘수 시인 조영서 시인을 위시한 부산문단의 거성들을 우러르며 1958년 남몰래 秋水仁이라는 가명으로 현대문학지 미당 서정주 시인께 원고가 보내져 추천이 허락된 '꽃나무', '薤露聲'은 부정맥으로 뛰는 내 숨결이다.

추영수 평전

# 걸어온 발길
# 돌아다 보며

　　1959년 미당 서정주 선생님 추천으로 졸시 「꽃나무」가 현대문학지에 게재됨으로써 오늘에 이르렀으니 문단에 몸을 들인 지도 어언 37년의 세월이 흘렀다. 시(詩)란 내가 추구하는 최선의 삶의 정수이어야 한다는 일념으로 오늘에 이르도록 묵상하며 시작(詩作)에 임했으나 내 삶 자체가 연필로 그려진 수채화의 바탕선이었다면, 내가 또 이순의 고행길을 가야 할 지라도 기꺼이 지우개로 지우고 또 지우고 싶은 심정이니 내 마음에 드는 시 한 편도 거두지 못하고 세월만 보냈음은 당연한 고백이 되겠다.

　　다만 나는 그냥 시(詩)가 좋아서 시랑 함께했다. 군더더기 설명과 사설을 일체 생략함이 좋았고 비유와 상징으로 넌짓이 속마음을 내보임도 좋았고 운율을 타고 흥겹게 돌아가는 가락도 좋았으며 작가의 개성에 따라 전혀 달리 해석되는 하늘의 비밀을 이해하는 일도 좋았고 독자의 마음 바탕에 따라 아주 다른 의미로 태어나는 시가 좋았다. 그래서 드디어 세사에 흩날리는 심혼을 시로 갈무리하기에 이르렀다.

졸시 「꽃나무」가 추천되어 현대문학지에 게재되기까지 나는 미당 선생님을 뵈온 적도 없었고 인사를 나눈 적도 없었다. 다만 현대문학지를 통해 추천 제도를 알게 되었고 미당 선생님의 시를 좋아하던 터라 미당 선생님께 추수인(秋水仁)이라는 가명으로 원고를 보낸 것이 추천에 이르게 되었다. 당시의 추천 제도는 단 한 번으로 추천 완료가 되는 것이 아니라 세 번 추천이 되어야 비로소 등단이 인정되었으므로 1961년에 졸시 「해로성(薤露聲)」과 「바우에게」가 추천 완료됨으로써 나는 정식으로 등단하게 되었다.

시작(詩作)을 통해 생사의 갈림길에서 영원을 추구하는 염원이사 이제도 놓지 못하는 기도의 제목이지만 「꽃나무」와 「해로성(薤露聲)」 당시의 나는 삶과 죽음의 참뜻을 헤아리기에 심혈을 기울이고 있었다. 잃을 것 다 잃고 빼앗길 것 다 빼앗긴 알몸의 꽃 떨어진 빈 꽃가지로 서서 저 멀리 뭉게꽃구름 속 촉촉이 젖어도는 눈물을 만나 비로소 영원을 가늠해 가는 詩作을 통해 내일의 약속을 누릴 수 있었으며 이승과 저승을 한 울안에서 넘나들 수 있었다.

1969년에 첫 시집 『흐름의 素描』를 상재했다. 저만치 밀려난 능선에 올라 세월의 흐름에 따라 변화하는 삼라만상을 관조하며 특히 토속적인 정서와 우리말의 율조에 심취했다. 시작 활동이란 생명이 있는 한 내 호흡이요, 기도요, 염원의 표출이었다.

제 2시집 『작은 풀꽃 한 송이』는 1980년에 출간되었다. 나는 시집 후기에 '내겐 사철 바람을 타고 화려한 꽃밭을 비켜 앉아 오만한 발길 바람에 멍이 드는 가녀린 풀잎처럼 스스로 갓도는 버릇 때문에 주눅 들고 설움타는 세월 속에서 詩作은 어쩔 수 없는 내 생리현상이요, 좋은 시를 쓰고자 고심하는 것은 내 종교적 구도의 자세'라고 밝혔듯이 내 시작 생활은 살아 있는 목숨 올곧게 살고자 기도하며 홀로 걷는 발걸음이었다.

1987년 4월 제3시집 『너도 바람아』에선 삶의 고뇌와 환희를 자연과의 교감으로 맞이해 보았다. 그래서 더욱 꽃과 자연에 친숙하여 가식이나 작위를 떠나 순수에 집념해 보았다. 물질문명의 눈부신 발전과 불꽃 튀는 이데올로기의 대립으로 지친 영혼들과 순수로 대화하고 싶었다. 내 삶에 충실함이 곧 이 시대에 충실하는 길이요, 시야말로 소망의 묘약이라고 믿으며, 은유의 하나님 동산에서 숨은 그림을 찾아내어 존재의 의미와 생명의 뿌리를 묵상하며 노래하고져 했다.

1987년 11월에는 넷째 시집 『광대의 아침노래』를 상재했다. 작품 『광대의 아침노래』는 「광대의 신명노래」 등 장시들이 수록되어 있다. 삼라만상의 내밀한 원동력을 신바람(신명)으로 보았다. 신바람은 생명의 근원이요 영원을 지향하는 생명의 표상으로서, 하나님께서 신바람으로 천지만물을 만드시고 그 신명 더욱 일어 흙으로 사람을 빚어 거기에 숨바람 불어넣으시니 비로소 하나님 닮은 사람이 되더라고. 생성의 시작과 전개가 모두 신바람으로부터이니 살아 있다는 것은 신바람이 일고 있다는 뜻이요 죽음이란 신바람이 떨어졌다는 뜻이 아닐까? 이렇게 우리 민족 정서의 기저를 흐르고 있는 신명에 천착하여 민요풍의 율조로 노래해 보았다.

제 5시집은 1990년에 상재했다. 책 제목 『사랑하는 자를 사랑하는 것은…』참사랑이 아니라는 성구(聖句)에서 인용되었듯이 '믿는 대로 되리라'고 하신 나의 하나님의 약속을 믿으며 '향기로운 삶을 살면 아픔이 꽃으로 빛나리라'는 믿음으로 존재가치의 갈림길에서 시심으로 묵상하며 세속적 혈기를 승화시키고자 했다.

1963년 정월에 여성시인 일곱 명이 모여 문학동인회 '청미'를 발족하여 동인지 '돌과 사랑'을 출간하는 등 동인 활동을 계속하여 오늘에 이르도록 청미들의 따뜻한 격려와 청아한 인품에 힘입어 왔음을 고백한다.

내가 등단한 지 35년인데 시집 5권밖에 엮어내지 못했다면 무척 게을렀음이 증명된다. 이순을 넘기고 나이를 다시 헤기 시작하면서 이제는 그냥 시작(詩作, 始作)함이 아니요 자신을 정리하는 새로운 '시작'에 임하리라 다짐하며 걸어온 발길을 돌아다보니 부끄러움 밖에 보이는 것이 없다.

# 불파편이 날아든 날

부산의 겨울은 바닷바람까지 끌어안아 체감 온도가 실지 온도보다 훨씬 더 추웠다. 그러다보니 펄럭이는 바람결을 따라 겨울이면 대형 불 난리가 심심찮게 일어났었다. 내가 열일곱 살이 되던 해였다. 십수 년을 좋이 살던 동래구 칠산동 집에서 초량동으로 이사를 왔다. 한 두어 정거장 위엔 이모님께서 살고 계셨고 댓 정거장 떨어진 곳엔 외삼촌께서도 살고 계셨으니 무매독자이신 아버님께선 퍽 든든하게 여기셨던 터다.

그해 겨울 유난히 바람이 드센 날 부모님께선 경영하시던 고아원을 둘러보시고 오는 날이어서 집에는 연로하신 할머님이랑 어린 네 조카랑 순이뿐이었다. 옆방에는 조카들이 곤히 잠들어 있었다. 허전한 김에 책을 읽으며 자정을 넘기고 한 두어 시가 되어갈 무렵 갑자기 창호지 문이 환하게 밝아왔다. 이상하게 여긴 내가 마루로 나섰을 때 탁탁 소리와 함께 불파편이 마당으로 떨어졌다. 알고 보니 집에서 한 200여 m 떨어진 곳에 있는 국민학교가 불기둥이 되어 솟아오르고 있었다. 일제 때 지은 낡은 건물로서 나무 벽에 덧바른 양회쪽이 불덩어리가 되어 인근의 집으로 날아들었던 것이다.

평소엔 꽤나 떨어져 있다고 생각했었는데 학교가 불덩이가 되자 달구어진 파편들이 튀기 시작했으니 당황하지 않을 수 없었다. 재빨리 조카들을 깨워 일으켜 쌍둥이 첫째를 선두로, 셋째, 넷째, 쌍둥이 둘째, 이렇게 일렬로 세우고 긴 띠로 네 아이의 허리를 연결지어 묶었다. 소란통에 아이들이 흩어져 이산가족이라도 되면 어쩌나 하는 염려 때문이었다. 그리고 첫째에겐 싱거미싱 머리를, 셋째에겐 아버님 작은 문갑을, 둘째에겐 귀중품이든 가방을 두 어깨에 묶어 매어놓고 두꺼운 솜이불을 천막처럼 뒤집어 씌웠다. 황망 중에도 파편이 솜이불은 뚫지 못한다는 말을 들은 기억이 나서였다. 그런 뒤에 두어 정거장 떨어진 곳에 있는 이모님 댁으로 떠나보냈다.

순이를 데리고 마당에 흩어져 있는 인화 물질들을 치우며 사정을 지켜보고 있으니 불기둥이 점점 낮아지며 시꺼먼 연기가 치솟아 오르기 시작했다. 담장 밖에서 안도의 소리가 수런댈 무렵 초인종이 울렸다. 주무시다가 불자동차 싸이렌 소리에 일어나 바깥 동정을 살펴보니 우리 집 쪽에서 불기둥이 솟아오르고 있자 급히 달려오시는데 껌껌한 길거리에 허이연 것을 뒤집어쓴 한 줄의 무엇이 꿈틀거림을 보셨다. 직감으로 내 조카들임을 아시고 이름을 부르자 뒤집어 썼던 이불은 재껴졌다. 잠이 덜 깬 네 아이는 한 줄에 엮여 있었고 등엔 짐보따리가 매달려 있음을 보시자 오히려 웃으시며 허리에 묶인 띠를 풀어 네 살짜리 꼬마를 안고 집으로 오셨다. 그때는 이미 불길은 잡혀있었다.

"야! 그 피난 행렬 대단하더라…… 얼마나 놀랬노?"

안았던 조카를 내려놓으시며 놀램과 장난끼가 엇갈리는 미소를 섞어서 조카들을 달래셨다. 그때까지도 팔순 할머님께선 잠들어 계셨다. 일장의 활극이 끝난 듯 미싱 머리는 미싱 몸을 찾아들고 문갑은 아버님 책상으로, 귀중품 가방은 다락 벽장 속으로 제자리를 찾자 비로소 후루룩 온몸이 무너지는 듯했다. 아무렇지도 않은 듯 찬장 정리를 하듯 차근차근 일을 처리했으나 아무렇지도 않은 것은 아니었던 것 같다. 그 뒤 어머님께선 내게 중국인 한약국에 가서 약을 지어 다 먹여주셨으니까.

# 어머니의 정원

꽃을 기르는 마음엔 함께 살아가는 마음이 있나보다. 동래읍에 있던 우리 집은 별명이 꽃밭 집이었다. 300평의 꽃밭에 어머니께서 좋아하시던 갖가지 꽃들을 일 년 열두 달 끊어지지 않게 손수 돌보셨다. 그렇다고 화원으로 수익을 올리는 집도 아니었으니 순수하게 꽃밭 집으로 불려진 것 같다. 눈을 기다리는 매화나무를 비롯하여 고목인 살구나무 두 그루가 동산 위에서 꽃을 피우는 날이면 전차 정류장에서부터 온 동리가 봄을 실감하게 했다.

동래(東萊)읍은 맑은 반촌(班村)이었다. 지난 동래부사의 절개를 자랑스럽게 생각하며 자존심에 예의가 발랐다. 인심이 후하고 사람들의 심성이 각박하지 않았으며, 동래고보를 향해 올라가는 큰길의 모래알도 굵고 하얗게 빛났었다. 낯모르는 손님도 편한 마음으로 찾아들어 샘물을 청할 수 있었고 주인들은 특별히 맛이 좋고 단맛이 도는 우물물을 정성스런 마음으로 한 바가지 대접하기를 귀찮아하지 않았으니 가을걷이로 깨끗이 익혀 삶아 가꾼 바가지까지 자랑스러웠다. 주인이 집을 비울 땐 곡식 담은 양푼이(알미늄 함지박)에 조롱박을 띄워 대문 앞에 두고 나가면 찾아온 손님(한센시환자)은 알맞게 담아 가던 인심도 기억난다.

그런 평화로운 시절에 갑자기 이북이 쳐들어왔다는 전쟁 소식이 전해져 왔다. 양력 유월 말이었으니 초여름이다. 제2차대전을 경험한 어른들이라 방공호도 생각하며 피난도 궁리할 때였다. 우리 집이야 2대 독자 오라버니께서 서울에 계시니 걱정이 얼마나 컸으랴. 자정이면 어머니께선 그 찬 우물물에 목욕을 하시고 기도를 올리셨다.

그런 중 어느 날 어머니께선 집안 식구들을 요소요소에 심부름을 내어보낸 뒤에 나를 데리고 정원 한쪽에 구덩이를 몇 개 파기 시작하셨다. 일을 하다가 사람들이 돌아오면 삭정이나 가마니 등으로 덮어두었다. 그렇게 한 3, 4일 작업을 하여 그 구덩이에 섬들이 항아리를 대여섯 개 묻고 안광에서 일 년 농사지어놓으신 곡식들을 날라다가 참숯과 마늘을 깔아가며 항아리를 채우시고선 신문지를 덮고 뚜껑을 봉한 위에 흙을 모두 덮어 채소밭을 일구셨다. 상치, 쑥갓, 부추, 들깨모종, 고추모종, 등 나도 모르는 씨앗들을 뿌리고 물을 주었다. 곡식밭이 순식간에 야채밭으로 변한 것이다. 손이 다 부르튼 중노동이었으나 전쟁 대비를 하는 급박한 일이라니 숨 가쁘게 해치웠던 것 같다. 식구들은 사정도 모르고 채마밭을 두고 뜰 안에 무엇하러 야채를 또 심어 가꾸느냐고 한 마디씩 내뱉었다. 그럴 때마다 깨끗한 우물물로 손수 기르기 위해서라며 지으시던 어머님의 미소가 잊혀지지 않는다.

오라버니는 서울에서 대학에 교편을 잡고 계셨다. 유월이 가고 칠월이 가고 식구들은, 오지 않는 2대 독자로 인하여 또 진척되는 전쟁 소식으로 인하여 혼들이 나가 있었다. 중 3이었던 나는 학교에서 비상시에 전선으로 투입되기 위해 주사 놓기 붕대 감기 타자 치기 등 일인일기 교육에 정신없이 돌아가고 있었던 7월 말경에 얼굴도 모르는 대가족이 서울에서 피난을 왔다며 집으로 찾아들었다. 오빠 친구의 어머니와 누이와 형님네 그리고 이모네 가족이었다. 기다리는 2대 독자와 함께 갔다는 그 친구는 오지 않고 그 친구네 식구들만 십여 명이 들이닥쳤다. 우리 집 뒷결으로 제일 큰 방을 내어주었으며 고향으로 떠났다는 두 사람을 기다리는 서리에 전쟁 소식은 점점 더 격해지기 시작했다. 식음을 전폐하시고 깡 소주로 연명을 하시는 아버지와 노심초사 기도에만 매달리시는 어머니 정신이 나간 올케 언니와 숨죽인 조카들 그리고 점점 찬송 소리가 높아지시는 할머니 그 서리에 오라버님 친구네는 얼마나 행복하게 웃고 떠들며 걱정도 하지 않고 나날을 즐기는지. 떠나갈 듯한 웃음소리를 들을 때마다 아버지께서 들으실까 봐 가슴을 조리던 어머님의 기억에 생생하다.

어느 날 오후에 곡기를 끊고 슬픔에 쌓인 어머니를 향해 오빠 친구네는 양식이 다 떨어졌으니 양식을 좀 달라는 것이다. 어머니께선 아무 말씀도 없이 그제사 생각나신 듯 야채밭 한쪽을 파헤쳐 묻어둔 항아리에서 곡식을 퍼서 주기 시작했고 그 독들이 한 개씩 바닥 날 때까지 나눠 먹게 되었으니 그때 심어놓은 고추가 주인도 모르는 새에 빠알갛게 익다 못해 약이 바짝 올라 있었으며 채소들은 솎아 먹지도 않아 흐드러져 있었다.

추영수 평전

오빠는 음력 9월이 끝날 무렵 친구랑 둘이서 돌아왔다. 모두들 피난을 가고 있을 때 오빠는 처제를 찾아 헤매다가 피난할 시간을 놓쳐 친구랑 걸어 걸어서 산 넘고 물 건너 감자도 캐어주고 산일도 해주고 밥벌이를 하여 연명하며 수염이 덮수룩한 산사람이 되어 낮에는 쌕쌕이를 피해 밤길을 택하여 걸어왔다고 했다

우리 집 곡기는 그때부터 밥 냄새를 제대로 풍기기 시작했다. 동리에서 꽃밭 집, 쌍둥이 조카를 둔 덕에 쌍둥이네 집, 집과 채마밭 동산의 울타리가 대밭으로 이루어져 있어 대밭 집이라고 알려진 어머니의 정원이 드디어 쌀독 묻힌 화수분이 되어 전쟁을 다 치를 때까지 그 많은 식구들을 먹여 살렸으니 어머니의 후한 인심과 지혜로 우리 남매와 그 자손이 오늘의 복을 누리나 보다. 성경 말씀에 "네 빵을 흐르는 물에 던져라"는 구절이 생각난다. 타인을 위해 뿌린 양식이 드디어 그 자손들의 식량이 되어 돌아온 것이 아닌가?! 평소에 땀 흘려 열심히 가족을 돌보는 아버지의 은덕이 이루 말할 수 없이 감사한 만큼, 끊임없는 지혜로 가족을 위해 숨어서 자기를 바치는 어머님의 희생이 깃든 삶의 가르침이 있어야 가문이 튼튼하게 설 수 있음을 깨닫게 된다. 참 아름다움은 외모에 있는 것이 아니다. 지혜의 근원으로 다듬어진 심성의 깊이와 지혜로운 삶의 경영에 있는 것임을 알겠다.

# 고독이 나를 키웠다.

    나는 고독과 살았고 또 성장했다. 소용돌이 물살이 제 자리를 맴돌며 제 몸 빛깔과 성품과 향을 다스려 가듯 두 그루의 거목 사이에서 고목의 가지가 되어 늘 혼자서 바위랑 놀았다. 삶의 배음(背音)으로 어머니의 찬송 "하늘가는 밝은 길"과 높낮이가 똑같은 할머니의 힘찬 찬송가가 울리고 있었다. 할머니, 아버지, 어머니, 그리고 2대 독자 오라버님. 이 적지도 많지도 않은 식구들이 나만 보면 다른 사람을 생각했었다. 세월이 꽤 흘러도 그 아름다운 추억은 지워지지 않는 모양이었다. 생각 같아서는 눈에 넣어도 아프지 않은 고명딸이라면서 그러기에 극진한 과보호 속에서 제가끔 다른 스크린을 내 뒤에 내리곤 했었다. 내가 약하면 약할수록, 내가 모자라면 모자랄수록 놓쳐버린 두 천사의 똑똑함과 아름다움을 그리워들 했으니 내가 그 사실을 눈치채지 못했으면 얼마나 좋았을까.

딸이 귀하던 가문에서 돌이 되기 전에 수식어를 구사하던 천재와 그 아래로 빼어난 미녀가 번갈아 재롱을 피웠으니 가문의 꽃이었을 게다. 겨울 어느 날 폐렴과 급체로 하루 한 명씩 그 꽃들을 여의시고는 어머님은 병이 드셨고 할머님의 찬송가 소리는 더 크게 울려 퍼졌다. 그리하여 얻은 병중의 십 년 만에 어머니는 나를 낳으셨고 할머니와 어머니 두 환자가 좀 모자라는 아기 하나를 길렀으니 상상을 초월할 일이었다고 웃지 못할 숱한 얘기들을 이모님들은 들려주셨다. 바람이 불어도, 비가 와도, 날씨가 싸늘해도, 바깥출입이 금지되었고 옷이 얇아도 안 되고 옷이 두꺼워도 안 되고, 밥을 주어도 또 안 주어도 안 되었으니 모두 안 되는 것밖에 없었다고 했다. 그러니 아버지나 오라버님 보시기에 보잘것없고 조막만 하다고 흉을 보면서 아름답던 두 천사를 그리워할 수밖에 없지 않겠는가.

자라면서 나는 할머니의 지팡이가 되어 어디든 따라다녔다. 할머니께서 가시는 곳이라야 교회의 새벽기도 주일예배, 삼일(수요)예배, 금요 철야 기도회와 부흥회 그리고 사경회였다. 요즘처럼 교회가 많지 않았던 옛날에는 부흥회, 사경회, 철야 기도회가 곳곳에서 열렸으며 계속되는 말씀과 찬송과 기도 속에서 드디어 할머니의 하나님을 내 하나님으로 영접하게 되었다. 해방 직후 유관순 영화를 보면서 목이 쉬도록 울었고 애국심과 더불어 말씀 안에서 자라나는 가정교육의 기반은 하나님, 예수님을 간절히 찾게 되었던 것이다.

그런 어느 날 비몽사몽간에 내 고독의 다락방 위에서 나를 향해 두 팔을 벌리고 계신 길고 흰옷을 입은 예수님을 만난 이후 예수님의 향기가 되고 예수님을 믿는 자의 증거가 되어야 한다는 의무감이 어린 사춘기를 지배했다. 이미 습벽이 되어버린 고독감과 더불어 나 자신을 또래로부터 격리시켜 나갔으며 책과 명상과 글쓰기와 침묵연습(沈默練習)으로 자신을 가꾸어 나가는 고집을 보시고 선생님은 아이답지 않게 조로했다고 나무라셨다. 이러한 생활습관이 나로 하여금 문학적 생활과 종교적인 생활에 침잠하게 만들었을 것이다. 그리하여 지금 조용히 나를 돌아보면 자신이 세운 계율 안에 갇혀 바리새인과 같은 삶의 경험을 스스로 하고 말았다. 그리하여 결국 자신을 위선자가 아닌가 자성하기도 했던 것이다.

이렇게 경직된 종교 생활로부터 해방된 것은 뼈저린 인생 공부를 체험한 뒤에 많은 성경통독과 성경공부를 거쳐 목사님들의 귀한 조언으로 얻은 제2의 중생 이후에서야 예수님께서 주신 사랑의 참 자유를 누릴 수 있게 된 것이다. 순전한 기독교인이 된다는 것은 참 힘든 일이다. 하나님의 말씀대로 사노라 성경의 말씀을 나열하면서 그 삶의 10/1이라도 어긋난 표정이 나타났을 때 그를 보고 실족하는 자가 생긴다면, 언행일치, 신행 일치의 삶이 나타나지 못한다.

(미완성 원고)

추영수 평전

# 곱고 자상하시던
# 그 모습

연두빛 신록이 고운 초록으로 익어가고 햇빛이 눈부신 날 아버지의 10
주기 추모예배가 조촐히 진행되었다. 78세로 이별하시던 날, 66세로 이승
을 뜨신 어머님보다 10여 년 우리 곁에 더 계셔 주셨음에 대한 감사와 이
승의 영 이별의 슬픔이 뒤엉키는 감정을 회상하며 곱고 자상하시던 아버
지, 할아버지를 그리었다.

그때 학교에 교련검열이 있어서 주일에도 가서 뵙지 못하고 공휴일이
지나도 아버지께 가뵙지 못했다. 공부가 핑계이긴 했으나 내가 딸이기 때
문이라는 자책이 불현듯 일어나 출근하려다 말고 아버지께로 달려갔었다.
아버지께서는 놀라와 하며 나를 맞아주셨다.

"아버지가 뵙고 싶어서 왔습니다. 편찮으신덴 없으셔요?"

"오냐. 난 괜찮다. 네 얼굴이 핼쑥하구나."

오히려 나를 걱정하고 계셨다. 여전히 깨끗하시고 다정다감하시며 곱고 자상하셨다. 몇 말씀 오고가자 "애야, 허둥대지 말고 빨리 출근해라 어서." 아버지께서 재촉하시자 그때부터 마음이 급해져 일어서려는데 쥬스라도 한 잔 들고 가라며 언니가 급히 음료수를 준비해 가지고 나왔다. 식구들을 마악 다 보내고 언니는 부엌에 있었던 것이다. 나도 기왕 늦은 김에 도로 주저앉았다. 과즙을 마시며 이렇게 출근도 하지 않고 달려온 내력을 느긋이 얘기하고 있는데 아버지께서 갑자기 옆으로 쓰러지셨다. 급히 아버지의 주치의가 달려왔으나 이미 이승을 뜨신 뒤였다. 홍 박사는 복 많은 어르신네라며 감탄을 금치 못했다.

이 허망한 일이 정말 눈 깜짝할 사이에 일어났던 것이다. 수업을 하다말고 달려오신 오라버님은 느닷없이 나타난 나를 얼마나 다행으로 여기셨는지 모른다. 어머니를 먼저 하늘나라로 보내신 아버지께선 병석에 오래 누워서 앓다가 가지 않게 해주십사고 하나님께 늘 기도하셨었다.

"오래 살기 위해서가 아니다. 앓지 않다가 가기 위해서다."라고 하시며 언제나 새벽 5시면 일어나셔서 연대 뒷산을 산책하셨다. 78세까지 특별한 병 없이 계시다가 외롭게 혼자가 아니라 자식들이 지켜보고 있는 곳에서 고통 없이 이승을 뜰 수 있으심도 욕심 없으신 아버지의 순수하신 기도가 하나님께 상달되었음이라고 믿지 않을 수 없다.

아버지께선 보성고보 재학 중 15세에 16세 각시 나의 어머니랑 결혼하셔서 가회동에서 사셨다. 아버지에게 어머니는 각시이기도 하고 친구이기도 하고 누나이기도 했다. 어머니께서 아버지를 극진히 모신 건 문중이 다 아는 일이지만 어머니께서 입원하셨을 때 아버지의 다정다감하시고 자상하신 병간호는 입원실 병동 전체의 화제가 되었었다.

그 깔끔하시고 자상하심에 대해선 아버지의 방을 정리하면서 다시 한 번 놀랐었다. 장 속의 족보까지 한 번에 옮길 수 있도록 묶어놓았으며 문갑 속 서랍에 손녀가 오면 주려고 이름을 쓴 비닐봉지에 동전을 소복소복 모아두셨고 무엇 하나 정리되지 않은 것이 없었다. 문갑이나 장 속의 물건마다 제가 찾아가야 할 주인의 이름이 씌어져 있었다.

문갑서랍 속의 나란한 물건들을 보면서 어렸을 적 내 필통 생각을 했다. 아버지께선 내가 연필을 깎다가 손을 다칠까봐 연필을 곱게 깎으시고 흑연심이 지나치게 뾰족하지도 뭉툭하지도 않게 다듬어 필통 속에 나란히 넣어주셨다. 문갑 속엔 우리들에게 나누어 주시기 위해 써놓으신 성귀들이 묵향을 풍기며 우리들을 기다리고 있었다. 아버지께선 만년에 몇 남지 않으신 친구들과 서화 감상을 하시지 않으실 땐 붓으로 성귀를 쓰시면서 마음을 달래시고 그리움을 달래셨던 것이다.

나도 내일이면 이순, 아버지 만날 준비를 해야지. 나도 아버지처럼 이웃에게 사랑을 나누어주며 폐를 끼치지 않고 깔끔하게 이승을 뜨는 묵향 같은 삶을 살 수 있기를 기도한다.

### 묵향

하늘이 아름다와도
붓을 들으셨다

묵향이 방안을 가득 채우면

열 다섯살쩍

각시 웃음 생각하셨다


"요것 네 엄마 버선 발 같제?"

예쁜 획에선

새각시 버선발 소리를 들으셨다


그러나 아버지께선

어머니 버선 발보다

고운 맨발을 더 예뻐하셨다


창밖이 궂은 날은

먹을 가셨다


당시 귀절 겻들인

묵향어린 매화가지 사이에서

열다섯 살 쩍

당시(唐詩) 외우는 새각시 목소리를 들으셨다

# 한 사람의 시인

"한 사람의 시인이 인간으로서 그의 시작(詩作)보다 위대하지 못하다면 후세의 사람들은 모름지기 이 시인을 타고 넘어갈 것이다."라고 시인 쉘리는 말했다. 과연 참 시인으로 인정받기 위해선 먼저 그 인간 됨됨이 바로 되어야 함을 역설해 주는 말이다.

시인이란 하나님의 숨결 같은 존재, 시인이란 하나님의 눈빛 같은 존재, 시인이란 인간을 긍휼히 여기시는 하나님의 아픈 한숨 같은 존재, 시인이란 세파에 언 손 가슴에 품어 녹여주시는 하나님의 따슨 가슴 같은 존재, 시인이란 경거망동하는 어처구니없는 인간을 엄숙하게 다독이는 하나님의 미소 같은 존재······ 시인이란 천사 곧 하나님의 참 모습······ 어느날 문득 무너져내리는 내 모습을 추스리며 시인을 정의해보고, 시를 정의 내리다 말고 너무나 죄스런 내 모습을 통회의 눈물로 적시며 한참 동안 붓을 들지 못한 때가 있었다. 그때 참 시인의 모습을 내 앞에 떠올려 보았으니 바로 이경희(李璟姬) 시인이다.

품위와 향기, 온유와 겸손, 이타심과 헌신, 검소와 절제, 슬기와 실력, 치밀함과 정확함, 조심성과 대담함, 순수와 청아함, 우애와 효심, 그리고 하나님을 경외하는 성실한 믿음… 이 시인을 가까이에서 정말로 아는 이라면 내가 나열한 이 낱말들이 모두 이 시인에게 해당함을 수긍하시리라. 이 모두를 고루 갖춤으로 그의 별명은 천사님이었고 뒤에 얻은 그의 본명이 '안젤라'님이니 이미 하나님께서 천사님 한 분을 이 지상에 보내주셨음을 믿지 않을 수 없다.

내가 이 시인을 만난 것이 1968년이었으니 청미 동인으로 사귐이 스물여섯 해, 미풍에 넘실대는 파도 자락같이 굽슬거리는 긴 머리를 하고 성처녀같이 투명한 인상으로 청미가 되었을 때 내 짧은 소견으로는 시와 사람을 하나로 이해하기 힘들었다. 그 대담한 감각의 데뷔작 '분수 1'을 상기하여 사람과 일치시킨다는 것이 나로서는 난제였다.

### 난 첼리스트

다칠세라 당신을
금이 갈세라
가만히 포옹하면 매지근한
체온에 튀는 스타카트

내 어깨에 기대인

당신의 머리가락은 바닷물결

차츰

감기우는 몸을 안고 흔드는 파도의 요람


내기인 손가락은

당신의 허리에서

내려가는 엉뚱한 애무처럼


몸저리는 *燃燒*에 타는

쏘나기, 쏘나기 소린

내

그이의 분수.


　허나 뒷날 만나면 만날수록 순수 무후한 이 시인임을 알게 되자 오히려 내 느낌이 얼마나 얼마나 부끄러웠는지 모른다. 그의 뛰어난 순수직관은 너무나 천진투명하게 작품화되고 있음을 그의 작품 '과실'을 통해서도 엿볼 수 있었다.


　무성한 식욕(食慾)이 그들의 허벅지로부터

　원색(原色)의 냄새를 풍긴다.

대낮에도 진한 춤에 취하여
뿌우여니 땀을 쓰고
올렁이는 밤

벌거벗은 등허리
등허리로 비벼대는 에덴의 신음소리

막 늘어나는 걸칙한 식욕을
깊숙한 속으로부터
불리고 있다.

바야흐로
짙은 원시(原始)를 그들의 허벅지로부터 불리고 있다.


　가을 땡볕에서 풍만하게 익어가는 과일을 보며 인간의 욕망을 그려보았다고 작가는 말했다. 인간의 순수를 꿰뚫어보는 통찰력과 차원 높은 쾌감 그리고 원초의 향기를 식별하는 예민한 오관은 정말 놀라왔다. 이 시인을 처음 만났을 때 그는 홍익대학교 사서과장으로 있었다. 그림과 음악에 대하여 특별히 박식했었다. 뒷날 알고 보니 그의 아우님이 유명한 화가이셨다. 만날수록 투명하고 만날수록 예절 바른 조심성 앞에 연하의 우리들은 이 시인을 성님이라 부르기를 좋아했다.
　청미 동인의 연간 시집 간행, 시 판화전 개최, 수필집 간행, 시인과 독자와의 대화, 시낭송회 등 동인 활동으로 부대끼며 지나오는 동안 흠잡을 데 없는 이 시인의 인품을 내 짧은 글솜씨론 다 밝히지 못하리라. 성실성이 진하여 지성스런 배려심으로, 정확하고 치밀한 헌신적인 우애, 양보심과 겸양을 고루 갖춘 품성을 어찌 인간의 품성이라 하리.

이 시인과 나는, 이 시인의 추천으로 중앙의 교도주임에서 계원예술고등학교로 옮겨 10여 년을 함께 어우러져 보낸 나날과 두 번에 걸친 일본 여행(시인 회의 참가) 등으로 더욱 짙은 우애로 다져졌다. 이 시인과 함께 있으면 첫째 마음이 화평해진다. 이는 그가 밝힌 그의 시 정신 때문이라고 생각한다. "다시 말해서 부정적인 것에서 긍정적인 것으로 이끌어 가고자 하는 자세, 이것이 제가 추구하는 시 정신의 일부이기도 합니다."라고 밝힌 바로 그 긍정적 사고의 건강성 때문이 아닐까?

이 시인은 긍정적인 사고 속에 감사와 경이가 넘치는 행복감을 주는 천사님, 심산 계곡의 희귀란 한 포기가 발하는 난향 같은 향내음을 풍기는 위로자다. 또 이 시인과 함께 있으면 내 자신이 사람다워져 가는 것 같다. 내 겉치레를 부끄러워하면서 그의 충실한 내면세계를 우러르게 된다. 지렁이도 밟으면 꿈틀한다는데 어찌 사람살이에서 화나고 서운함이 없으랴만 그 깊고 깊은 호심엔 온유만이 고여 있다. 담대함과 넘치는 풍류를 지녔으면서도 지극히 조심스러우며 매사에 지혜롭고 심사숙고하여 99.9%를 유지하며 넘치지 않는다. 아무것에도 욕심내지 않는 그의 청아를 감히 누가 따르랴.

이 시인의 삶은 곧 시이다. 그리고 언제나 언어로 그리는 그림이다. 노모님을 극진히 모시는 효심과 의사이신 큰 아우님 내외와 화가이신 작은 아우님 내외 그리고 조카들을 위하는 우애를 통하여 성서의 향기를 느끼게 한다. 그의 삶을 담은 한 가족사는 한 폭의 성화를 연상시킨다. 이는 그 영의 순수가 이루는 후광 때문이리라. 그는 스러지고 말 꿈이거나 초로와 같은 삶일지라도 그 순간의 영원을 위하여 온몸과 영혼을 뒤틀어 찬란한 그림을 그리겠다고 했다.

우리의 천사님이 지상에 뿌리내린다면 무엇이 되어 우리랑 살고 싶을까? 그의 시 "내 발바닥에 뿌리 내린다면"을 살펴보며, 그의 겸손과 온유와 치밀과 대담한 흥취와 고고한 기품을 엿보고 가려 한다.


내 발바닥에 뿌리 내린다면

양주가 마주보고 정겹게 살고지는

은행목(銀杏木) 되고파

솟을대문 들어서는 이조정원(李朝庭園)

양지에 양반처럼 살고파

내 발바닥에 뿌리내린다면

독야청청

살고사는 청송이 되고파

헐벗은 강산에 푸른 두루마기

산사태 버텅기는 선비되어 살고파

내 발바닥에 뿌리 내린다면

어여쁜 동안(童顏)으로

활짝 웃는 밀감목(密柑木)되고파

제주도 화창한 목장가에서

대롱대롱 피리부는 목동되어 살고파


내 발바닥에 뿌리 내린다면 죽은 자와 거래하며 살고지는 향목이 되고파

울릉도 외딴 섬 교교한 달밤에 도깨비와 대화하는 신선되어 살고파


내 발바닥에 뿌리내린다면

핏대를 세우고 섰는

울밑에 봉선화로 피고파

어찌어찌 흘러서 울밑에 피어난

가엾은 상놈의 계집애 엉글멍글한 손톱에

곱디고운 핏물 파악파악 들여주고

시인되어 죽고파.

# 푸른 솔을 푸르게 세우는
## 단정학 (이경희 성님)


용트림으로 뻗어 올라간 푸른 소나무 아래

단정학 한 마리, 한 발을 살짝 접어 올린 채 한 발로 서있다.

조금은 수줍은 듯 조금은 조심스러운 듯 그러나

고고하고 담대한 눈빛을 온유로 감싸고 있다.

자상하고 슬기로운 숨결은 푸른 솔을 푸르게 세우고

미풍을 달래어 멀찍이 나앉은 풀꽃도 거두며

풀숲에 어울어진 풀벌레들도 빠뜨리지 않고 챙긴다.


　내가 성님에 대해 한마디라도 토를 다는 일은 옥(玉)에 티를 묻히는 일일 뿐이다. 성님을 아는 이나 또 한 번이라도 만나본 적이 있는 사람이라면 그의 본명을 모르는 이들도 으레 '천사님'이고 부르고 싶을 게다.

사람은 누구나 천사적인 면과 사람스런 면인 양면성을 가지고 있다. 그러나 세상에 어울리다 보면 보통 지니고 있던 순진무후한 천사성은 온데간데없어져 메마르고 강퍅한 인심만이 남을 뿐인데 우리 성님, 우리 천사님은 날이 갈수록 인심은 승화되어 천사성만 금강석처럼 눈부시다. 늦게 입교하여 얻은 본명이 '안젤라'님이니 이미 하나님께서 천사님 한 분을 세상에 보내주셨음으로 믿지 않을 수 없다.

내가 이리 장황하게 성님의 천사성을 먼저 논하는 연유는 나랑은 너무나 다르기 때문이다. 나로 말하자면 고산 중턱 말발굽 아래 시달린 가시 돋힌 엉겅퀴 같다보니 천리로 향을 풍기는 난초 같은 이, 푸른 소나무 아래 유유자적한 단정학 같은 이, 그리고 우리 천사님을 어찌 그냥 지나칠 수 있으랴!

내가 이경희 성님을 만난 지는 근 30년이 다 되어간다. 1968년 구불구불한 긴 머리를 등에 출렁이며 파도 한 자락 닮은 모습을 하고 청미 모임에 참석했다. 홍대 도서관 사서과장으로 재직 중이었던 그는 겸허한 말씨 속에 위엄을 갖춘 음색을 담은 조심스런 몸짓이 그 인품을 짐작케 해주었다. 원래 청미인들이 더분더분하지 않는 성품들이긴 하지만 성님의 그 조신한 태도와 자상하고 정성스런 인품은 답답할 정도로 청미(靑眉)인들과 잘 어울렸다.

그중에서도 난 성님이랑 함께 있으면 마음이 편안했다. 답답해도 성님을 찾고 억울해도 성님을 찾고 기진맥진해도 성님을 찾았다. 그냥 멍하니 바라보고 앉아 있거나 투정을 부리면서 시간을 뺏어도 싫다는 소리 한마디 하지 않았다. 연령으로 보아선 한 살 차이, 성님은 '돼지'고 나는 '쥐'다.

그러나 마음 씀씀이를 보면 한 스무 살은 차이가 지는 듯했다. 내가 원체 덜되기도 했지만 두 아우님을 건실하게 돌보신 효녀 천사님이라 더욱 자연스러웠나 보다.

내가 중앙에서 교도주임으로 봉직하면서 '한국여성독립운동사'를 편찬하노라 1978-9년을 집필진이며 출판사며 또 입원 중이셨던 이사장님 병실을 돌며 책을 마무리 지어갈 무렵 전숙희 회장님께서 계원예술고등학교를 설립하고 계셨고 성님은 나를 교감 자리에 천거하여 주었다. 사람을 천거한다는 일은 얼마나 어려운 일인지 모른다. 열 길 물속은 알아도 한 길 사람 속은 모른다고 사람을 잘못 천거하면 뒤에 큰 곤욕을 치루어야 하기 때문이다. 그런데도 성님은 이 부족한 자를 신뢰로 밀어주었던 일을 잊을 수 없다.

1960년 내가 처음 중앙에 국어교사로 채용이 되어 박남수 선생님께 인사를 갔을 때 "고기는 물에서 놀아야 살고 글 쓰는 사람은 글 쓰는 분위기 속에서 살아야 하는데……" 하시면서 염려해 주셨다. 스승님의 그 염려를 성님(박남수 선생님 추천)이 그나마 글 쓰는 분위기(전숙희 회장님, 이경희 시인, 동서문학 등)로 끌어 올려주었다는 것은 얼마나 큰 연분 때문일까 하고 생각하지 않을 수 없다.

그로 하여 우리는 10여 년을 한집에서 살면서 그의 자상한 그늘의 돌봄을 입게 되었으니 하나님의 큰 은혜이다. 키 162cm에 몸무게가 40kg이 안 되는 나를 자상하게 염려해 준 덕으로 45kg의 몸무게를 유지하게 되었고 성님은 나뿐 아니라 여러 어려운 학생들을 따뜻하게 돌보아 명실상부한 천사님의 사명을 다했었다. 시인 회의에 참석하노라 몇 차례 일본 여행을 함께 다니면서 검소하고 자상했던 그 정다움을 어찌 말로 표현을 다 하리. 가슴에 태산 같은 바위덩어리 한 개 먹음고 묵묵히 사는 이승이 결코 고해일 수 없는 것은 나를 풀어놓을 수 있고 내가 기댈 수 있으며 늘 나의 거울이 되어줄 수 있는 성님을 하나님께서 허락해 주셨기 때문이리.

천사님! 천사님! 우리 천사님!

하나님과 늘 동행하시면서 시의 무성한 솔숲에서 큰 빛이 되십시오.

# 창포향기로 오는
# 시선

허 시인은 1961년 – 1962년에 등단하여 오늘에 이르도록 상재한 시집 7권에 시선집 6권 그리고 산문집 6권을 비롯하여 다수의 수필 선집과 저서가 있으며 허영자 문학전집까지 발간되어 크게 인정받고 사랑받는 시인이며 국문학 교수입니다. 허 시인의 수작을 평한 단평은 제외하고 대한국의 석학들이 허영자를 논한 20여 편이 넘는 논문을 통하여 놀라움으로 공감하며 그것만으로도 허 시인은 투명 인간이 되어 있다고 생각합니다. 여기에 아둔한 제가 허 시인에 대해 사족을 달다가 흠집이라도 내지 않을까 심히 염려하면서 사랑하는 친구에 대한 소견을 적으라는 명을 받고 몇 자 올리오니 혜량하여 주시기 바랍니다.

1962년 어둠 무렵, 바람이 쓸쓸한 날 청미(靑眉)가 모이는 다방 안의 훈기는 싫지 않았습니다. 굳어진 어깨를 내리고 "반갑습니다" 처음 뵙는 분들에 대한 인사를 올렸지요. 은은한 불빛 아래서 무척이나 조심스럽게 피워 올리던 여류시인들의 그때 그 미소를 잊을 수 없습니다. 교만하지 않으면서 헤설프지도 않던 기품 있는 미소가 바로 오늘의 청미 색깔입니다. 그때 허 시인은 내 섦은 미소를 알아챘는지 입가에 허 시인 특유의 매력으로 미소를 먹음은 채 활활 타오르는 눈빛 인사를 건네주었습니다. 나는 하얀 불꽃 같은 그의 눈빛에 찔린 듯 매료되고 말았습니다. 그리하여 뜨거운 듯 차갑고 차가운 듯 뜨거운 허 시인은 우리의 만남이 거듭될수록 내게 향기로 다가왔습니다.

고향 집 바깥 대문을 지나서 안대문을 밀고 깊이 들어가면 거기 나란히 해를 베고 앉아 가족들의 뿌리를 안고 오손도손 빛나는 장독대 옆에 사시절 마를 줄 모르고 흘러넘치던 옹달샘을 지켜 기개(氣慨) 차게 뻗어 오른 창포 잎들이 기다리는 고향 향기, 바로 창포향기 그윽한 고향 향기로 다가왔습니다. 우연히 길을 오가다가 짧은 치마 한복차림으로 매무새 흩뜨리지 않고 곱게 미소짓는 허 시인을 만나면 도심의 풍경이 일시에 고향 배경으로 둔갑하는 착각도 경험할 때가 있었습니다.

허 시인은 뿌리가 더 향기로운 시인입니다. 그 향기는 결코 요염하지 않으면서 은근과 기품(氣品)으로 상대의 정신을 사로잡는 묘한 마력을 지닌 참 귀한 조선의 향기입니다. 향기는 시공을 초월합니다. 꽃잎이 시들어도 그 뿌리의 향기는 시들지 않습니다. 낮과 밤, 생시와 꿈, 예와 이제, 무한대의 거리를 잡힐 듯 잡힐 듯 향기로운 시인이기에 온유함과 냉철함, 검소함과 화사함, 깔끔함과 소탈함, 이타적인 베풂과 단호한 절제가 극단의 조화를 이룬 매력 덩어리입니다. 나긋나긋 예절 바르며 어른을 공경하고 약자를 정성껏 보살피지만 불의와 파렴치에 대해선 그 맺고 끊음이 내리치는 비수 같았습니다. 평소 그의 의복이나 씀씀이는 얼마나 검소한지 남들은 다 버린 옛날 옛적 옷들도 허 시인이 걸치면 화사한 예복이 되고 안목이 없어 쓸만한 물건이 버려져 있으면 주저하지 않고 주워서 적재적소를 찾아 보내주는 수고를 아끼지 않았습니다. 그것이 그리 쉬운 일이 아닙니다. 마음이 있는 곳에 눈이 가기 마련이며 용기와 정성이 필요한 일입니다.

또 허 시인은 주인의식이 투철합니다. 대한민국 성북구 성북동의 주인으로서, 참 지도자의 모습을 몸소 실천하고 있습니다. 교만하지 않고 정성스런 연민의 정으로 이웃을 사랑하고 배려합니다. 동리 아주머니를 만나면 다정한 동리 아주머니가 됩니다. 성북동 파출소 아랫집에 사는 아주머니는 정성스럽게 꽃을 가꾸어 길거리 쪽으로 난 블록 담장에 나란히 꽃을 걸어두어 길거리 미화에 신경을 쓰는 할머니가 계십니다. 허 시인은 그 어른께 일부러 말을 걸어 관심과 격려를 보내는 정성 등, 이웃을 배려하는 사랑의 예화들이야말로 주인다운 배려요 세상의 소금이 아니겠습니까.

이렇게 작은 일 하나하나에 관심을 가지고 정성을 쏟는 지도자가 있기에 사회가 희망을 향해 실망하지 않고 선을 행하게 되지 않겠습니까. 교만하게 뻐기지 않는 자상함이 주위에 아름다운 심성을 심어주게 됩니다. 격려자요 위로자인 허 시인은 불우 이웃을 위해 그 바쁜 시간을 할애하여 당신의 물건을 챙겨 바치고 조그만 짬이 생기면 고생하는 교사들에게까지 손수 만든 음식을 날라다 주실 때 사람들의 힘은 그를 기억하는 이들의 관심 어린 사랑에서 피어남을 절감하게 됩니다.

허 시인은 늘 내 언니요 스승이었습니다. 헌데도 게으른 나는 그를 따르지 못했습니다. 허 시인은 사랑하는 그의 아버님을 닮아 퍽 학구적이었습니다. 60년대의 얘기니 우리가 20대 때 일입니다. 그는 어떤 사람이나 일에 관심을 가지면 그 사람과 일에 관계되는 모든 것을 숙지한다는 사실을 알았습니다. 미술이면 미술, 연극이면 연극, 민족사면 민족사… 등등 이렇게 안이한 감정만으로 사람이나 일에 접근하지 않고 학구적으로 몰두하는 모습이 오늘날 제자들의 귀감이 되는 허 시인으로 허 교수로 있게 하여 준 줄 압니다.

새벽녘 옹달샘 샘물처럼 차갑고도 투명하여, 양기 바른 오월 단오에 온 마을을 씻기는 창포 향의 헌신 같은 허 시인의 미소를 보면서 아름답기야 꽃을 당할까만, 아름다운 꽃을 피운 뿌리가 더 향기로우니 하늘로부터 받은 그 뿌리의 소명이 얼마나 클까 하는 생각을 하게 됩니다.

허 시인과 오랜 세월 두고두고 대화를 나누다 보면 허 시인의 사랑의 아름이 얼마나 넓고 깊은 지 제 가슴이 찡하고 울릴 때가 한두 번이 아니었습니다. 향기로운 뿌리 깊이 내리려면 남모르는 아픔도 많이 삭여야 했겠지요. 지심 깊이 수맥 찾아 긍정의 뿌리 곱게 갈무리하고 향기로 승화된 허 시인이기에 매사를 보는 그의 눈은 긍정의 눈이요 긍휼의 눈이요 사랑의 눈이요 여과지의 눈이었습니다. 우리들의 아픔을 향하여, 우리들의 눈물을 향하여 헌신(獻身)의 창포향기로 오는 사랑의 시선(詩仙)입니다.

# 빛과 구원의 시인
## 우당 김지향 교수

뜻깊은 상과 그 상의 이름에 합당한 분의 수상식장에 가면 편안하고 흐 뭇한 심정으로 수상 축하를 하게 된다. 우당 김지향 시인의 '빛과 구원의 상' 수상식에서도 가식 없이 조촐한 가운데 아름다운 삶의 향기에 젖을 수 있어서 참으로 진심 어린 축하를 올릴 수 있었다.

진리는 불변하며 불변은 영원에 이르는 조건이요 참되고 빛나는 영원 이란 곧 구원의 뜨란이 아니겠는가? 오늘에 이르도록 오로지 시에 전념하 며 하늘 뜻 받들어 올곧게 살아온 학자 우당 김지향 시인의 성심에서 변 함없고 놀라운 영원을 보게 된다. 외모는 심성을 담는 그릇이요 분위기는 심성이 풍기는 향기라고 하는데 우당의 외모나 그 분위기는 60년대나 99 년이 저무는 지금이나 조금도 변함이 없다. 3, 40년의 기인 교분의 날 동 안 한 번도 흐트러지고 풀어진 모습이나 호들갑을 뜨는 과장된 모습을 대한 적도 없다.

당당하면서도 온유한 미소와 부드럽고도 차분한 음성으로 상한 심령을 어루만지는 정성은 예나 이제나 조금도 변함이 없다. 드러나지 않게 은근히 타인을 헤아리는 자상함은 천성일까? 아니면 영감일까? 하고 생각해 본 때도 있을 정도다. 상한 자를 위해선 위로의 빛을, 어둠을 향해선 가차 없는 칼날을, 방황하는 자를 위해선 철야의 기도를, 세상의 혼탁을 내몰기 위해선 끊임없는 시심을…… 주저없이 발휘하여 후진들의 귀감이 되어온 참 '빛과 구원의 시인' 우당!!!

앞으로의 많은 세월 동안 영육이 더욱 강건하시고 더 큰 빛이 되시기를 축원합니다.

# 내가 만난 예수님

　밤 10시의 비포장도로를 가늠하며 경기도에서부터 달려와 서울의 중심에 들어선 버스는 찐득찐득 어둠을 짓이기며 정류장마다 서곤 했다. 극도의 피로감에 싸여 버스 제일 뒷꽁무니 구석 좌석에 앉아 눈을 감고 있었다. 모처럼의 안식을 누리는 시간이었기에 차가운 울음이 가슴을 타고내렸다.

　내가 할 수 있는 일이란 그냥 "하나님!! 아! 하나님!!"하고 외마디로 하나님을 부르며 신음하는 일밖에는 없었다. 어떤 종류의 기도문조차도 외울 수 없는 절박한 수위를 짐작하시겠는지? 그냥 울음을 가슴안에 감추고 주어진 일을 가장 평화로운 양 수행하며 나날을 보냈다. 살아있다는 것 이상 더 불행한 일은 이 세상에 없는 것 같아 삶과 죽음의 아슬아슬한 징검다리를 24시간 건너고 있을 무렵이었다.

　으시시 밤바람이 살 속을 파고들었다. 차가 정류장에 머물러 손님을 갈아 태웠다. "저는 0동에서 라이타 돌을 팔며 사는 사람입니다. 오늘은 저와 같은 장애를 지닌 불우학생들을 돕기 위해 카드를 준비하여 나왔습니다. 어려운 이웃을 위해 한 장씩만 팔아주시기 바랍니다."

'녹두알보다 작은 라이타 돌을 팔아 연명하는 이…'

'그리고 장애자…'

'그런데 자기를 위해서가 아니라 자기보다 더 어려운 이를 돕기 위해 퇴근길 버스에서…'

아까부터 가슴으로 흘러내리던 울음이 전기충격이라도 받은 듯 뚝 멈춘 순간 눈을 떴다. 그는 두 겨드랑이에 목발을 짚고 서서 카드를 내 앞에 내놓았다. 카드값이 1,500원이랬다. 엉겁결에 지갑 속에서 1,500원을 꺼내 주고 카드 한 장을 받았다. 지금 생각하면 그것은 엄청난 거금이었다.

밤늦어서야 집으로 돌아온 나는 가방 정리할 틈도 없이 또 나날을 보냈다. 다만 달라진 것이 있다면 쓸데없는 반추로 설움을 짓씹는 일이 줄어들었고 성경을 읽으며 묵상으로 시간을 보내는 시간이 늘어났다. 그럭저럭 12월이 들어서자 외국에 계시는 선생님께 카드를 보내기 위해 5월 어느 날 버스에서 샀던 카드를 찾아내었다. 그 카드를 봉투에서 꺼낸 순간 "오!! 주여!!"

외마디 소리가 튀어나온 뒤 온몸이 얼어붙더니 지금껏 가슴으로 흘러내리던 눈물이 눈에서 흘러내렸다. 얼마나 흐느끼며 주님을 불렀을까? 시계가 새벽 2시를 울렸다.

봉투에서 꺼낸 것은 남에게 보낼 수 있는 카드가 아니었다. 예수님께서 겟세마네 동산에서 마지막 기도를 드리시는 모습을 비닐로 깎아 입체로 보이게 한 사진이었다. 뒷쪽도 글씨를 쓸수 있도록 되어 있지 않았다. 그리고 주님의 말씀이 새겨져 있었다.

"나는 너희에게 이르노니 너희 원수를 사랑하며 너희를 핍박하는 자를 위하여 기도하라. (마 5:44)"

그날 그 버스에 탔던 장애자는 바로 예수님이셨음을 깨달았다. "주여 감사합니다"를 부르짖으며 나를 위해서가 아니라 타인을 위해서 날마다 기도하기 시작했다. 주님은 늘 애통하는 자와 함께하심을 믿는 믿음으로 감사와 찬송이 끊어지지 않는 나날이 시작되었다. 나는 그날로 마음의 큰 평화를 회복했고, 그리고 내 믿음을 핍박하며 끝없이 나를 괴롭히던 이들이 한 사람 한 사람… 이제는 모두 주님 앞으로 나아와 함께 찬송하는 천국을 이루었다.

할렐루야! 주님은 항상 우리와 함께하시니 예수님만 믿고 의지하면 모든 것이 합동하여 선이 이루어짐을 깨달았다.

# 묵상
## – 영혼의 교감

이제 나도 나이를 먹을 대로 먹었나 보다. 일을 하면서 수시로 능력의 한계를 느꼈다. 주어진 하루 해가 어찌 그리 짧아졌는지. 지난날 하루를 스물 여섯 시간으로 살았던 것이 요즘 와서는 한 여남 시간으로 하루를 감당한다고 느끼며 산다. 잠을 줄이면서, 짬을 살려도 내 하루의 열네 시간은 실종된 것 같다.

그러니 남이 스물다섯 시간으로 하루를 여유 있게 누릴 때 나는 하루를 열 시간으로 쫓기며 허덕인다. 숨차게 돌아가며 못다 한 일 앞에서 안타까운 눈짓을 주고받을 뿐이다. 단독 주택에 살다가 아파트로 이사 온 처음엔 행동반경이 짧아져서 얼마나 좋아했는지 모른다. 정원이랍시고 가꾸어놓은 잔디밭의 풀 뽑기로부터 지하실 연탄갈이, 1층의 부엌살림이 끝나면 2층의 서재 청소 그리고 옥상에 빨래 널기. 이렇게 백 평의 대지와 지하로부터 옥상까지 오르내리던 것이 10여 미터로 단축되었으니 얼마나 일이 줄어들고 시간이 절약되었겠는가 말이다.

그런데 이게 웬일까?! 분명히 줄어든 일 속에서 하루가 다르게 허우적거리며 헤어나지 못하고 나이 탓을 하게 되었으니. 이젠 넓은 잔디밭 돌볼 일도 없다. 다만 남향한 베란다에 20여 개의 작은 화분들이 내가 물주기를 기다릴 뿐이다. 그런 그들에게 어느 날 나는 호소를 해야만 했다. "얘들아! 난 너네들에게 물을 한 주일에 한 번만 줄 수밖에 없어. 내 아이들도 아침을 먹이고 도시락을 싸서 주고, 그리고 나도 치장을 해야 학교에 가지 않겠니?! 미안하지만 나랑 같이 살려면 날 도와주는 셈 치고 목마른 것 좀 참아줘 응?!" 여느 때와 같이 화초에 물을 주며 한 분 한 분 챙겨가면서 얘기를 나누다 말고 시간에 쫓기자 내 뜻을 그들에게 전했다. 아니 내 자신에게 타일렀다는 표현이 맞을 것이다. 그런 뒤로 나는 그들에게 물을 한 주일에 한 번만 주었다. 그전엔 날마다 주던 분, 삼 일에 한 번 주던 분들도 일제히 한 주일에 한 번 물을 주었다. 처음 그들은 몹시 난처해 하는 빛이 선연했다. 나는 학교에서 돌아오면 곧 베란다 문을 열어젖뜨리고 "얘들아! 잘 있었어? 미안해. 미안해. 나도 물 한 모음 마실 틈이 없구나. 날 좀 봐줘라. 응?"

연방 입을 열어 그들에게 호소하며 저녁 짓기에 분주히 몸을 돌렸다. 봄이면 하이얀 꽃을 피우며 물 줄 날을 하루 이틀 건너뛰면 노오랗게 질려서 내려앉곤 하던 영산홍 분재랑 토라지기 잘하는 작은 단풍나무 분재마저 잎을 몇 개 떨어뜨리며 돌아지려 하더니 몇 주일이 지나자 윤기 흐르는 미소를 회복했다. 그리고 거짓말처럼 그들은 내 뜻을 잘 따라주었다. 분명히 꽃을 기르는 전문가가 이 얘기를 듣는다면 거짓말이라고 여기실 것이나 이 것은 사실이다. 오늘까지 매주 토요일 아침은 물주는 날이다.

얼마 뒤에 행운목은 가지마다 꽃을 피워올렸다. 오동꽃대처럼 위로 받쳐 올린 꽃대에 라일락꽃보다 조금은 강열하게 생긴 미색 꽃을 탐스럽게 피웠다. 난생처음 보는 꽃이다. 게다가 그 향이 어찌나 짙은지 숲속의 미녀가 긴 잠에 취한 연유를 알 것만 같았다. 연이어 그 목마름 속에서 난초들이 제 몫을 해냈다. 내가 그들에게 해 준 것은 인색한 물주기 외에 바쁜 중에도 아침저녁 들여다보고 나눈 대화뿐이다.

"어마나. 얘. 어디 아프니? 저런, 진디물이 감쪽같이 붙어 있었구나."

"그래. 알았어. 풍란은 발도 예쁘지…"

허공을 가르며 뻗어간 대둔보세의 푸른 잎도 좋지만 풍란의 연두빛 뿌리는 손주 녀석의 맨발을 보는 듯 귀엽기 그지없다. 이렇게 시간을 쪼개어 나누는 사심 없는 나 전달의 대화를 통하여 그들은 내 영혼의 진실을 받아주었다고 나는 믿는다. 그리고 내 무능을 어여삐 보는 긍휼히 그들 자신의 체질마저 초월할 수 있었다고 생각한다.

이를 뒷받침하듯 토라지기 잘하는 작은 단풍나무 분재가 말썽을 부렸다. 모처럼 여름휴가를 얻어 한 주일간 거제도를 다녀왔다. 그때 물주기를 애기 고모가 맡아서 했다. 내가 잘생긴 단풍나무 고목 분재를 낑낑거리며 집안으로 들고 돌아왔을 때,

"언니! 또 단풍나무에요? 이리로 와봐요. 언니 안 계시는 때라 내가 물을 얼마나 정성 들여 주었는지 아셔요? 그런데 쟤가 저렇게 삐졌지 뭐예요?! 글쎄. 쟤만 그래요."

그 며칠 사이에 잎은 완전히 떨어지고 빈 나뭇가지만 남아 있었다. 단풍나무 분재만 빼놓고 물을 안 주었다는 느낌이 들도록 말이다. 허나 그 위치가 중앙에서 내뿜는 샤워 꼭지의 물을 받지 않을 수 없는 위치이고 보면 단풍나무만 물을 주지 않았다고 할 수가 없었다.

"어머나! 내가 바빠서 인사도 못 한 채 며칠 다녀왔구나. 하지만 애. 용서해라."

실은 바쁘게 준비해서 나가노라 화초를 돌아보지 못했던 것이 그제야 생각이 났다. 옷도 미처 벗지 못한 채 대야에 물을 떠다가 화분을 담그고 얼러 주었다.

"너 이렇게 자꾸 토라지면 쫓겨난다."

엄포도 놓았다. 그런 후 한 사흘이 지나자 새순이 돋기 시작했다. 그들은 분명 내 음성을 듣고 있었고 내 눈빛을 알고 있었다. 호스를 통해 내리는 물줄기에 내 사랑이 용해되었지 아닌지를 그들은 알고 있었던 것이다. 나는 내 사랑을 진정으로 받아주는 그들이 한없이 고마왔다. 연초록 진초록의 말 없는 화초들이 어우러져 울리는 크나큰 함성이 가슴을 쳐댔다. 내 가슴은 종(鍾)인 양 울렸다.

이 놀라운 영혼의 교감을 통하여 전능자의 오묘한 사랑의 섭리에 또 한번 감읍했다. 서로의 관심과 사랑을 갈망하는 것이 너무나 당연한 일일진대 반세기가 넘도록 받기에만 급급했던 이 넘치는 사랑을 원하는 곳에 부어주고서 떠나야 하리라고… 그 소리 없이 울리는 아름다운 교향악의 감동 속에 초롱초롱 어린이들의 눈빛이 빛났다. 따뜻한 사랑, 따뜻한 관심의 눈길을 간절히 기다리는 숨소리가 들렸다. 샛하이얀 바탕에 샛빨간 가슴을 불태우는 무궁화가 피어올랐다.

# 시인의 팡세

이순의 지평선을 향해 옮겨지는 한 발 한 발이 본의 아니게 왜 이리 급할까?

내리막길을 향해 굴러내리는 속도는 그 굴레의 무게에 정비례한다. 좀 더 생각하고 좀 더 수정하고 좀 더 개선하지 않으면 안 되는 마지막 코스에서 숨돌릴 겨를도 없이 발걸음을 옮겨놓지 않으면 안 되는 이 안타까움을 어찌하랴만 그래도 감사로운 마음 그 하나로 숨을 돌린다.

지난 무더움도 오히려 은혜였다. 무더움을 느낄 수 있는 조국이 있었고, 무더움에 몸을 누일 수 있는 풀섶이 있었고, 무더움을 피할 수 있는 강변의 다리가 있었고, 무더움을 이겨낼 수 있는 건강과 일거리가 있었으니…… 다만 천재지변의 다른 재난 없이 오직 찌는듯한 무더위로 속을 익힘에는 또 어떤 뜻이 숨었을까 하고 묵상할 뿐, 밀폐된 지하공간에서 무더위와 싸우는 내 형제들을 위해 두 손 들고 기도하는 일밖에는 별다른 힘이 없었던 무력함을 느끼는 것이 우리들 모두의 안타까움이 아닐까?

무더위를 이겨낸 나무들이 가을 치장을 하고 그렇게도 강렬했던 햇살의 빛깔들을 재현시키고 있는 아름다운 단풍 아래서 또 한 번 "은혜로다! 감사로다! 목숨이 있고 느낌이 있음이 천국이로다!"하고 감탄하지 않을 수 없었다.

찌는듯한 무더위에 오히려 잘 영글어 떨어지는 은행알을 바라보며 희비가 엇갈렸다. 노오랗고 탐스런 열음들의 영예와 떨어져 으깨진 은행 알맹이의 육질이 가슴을 두근거리게 했다. 하나님의 섭리 아래서 함께 궤도를 도는 자연과 인간의 동질성 앞에서 숙연해졌다. 삭아질 육질을 다 벗어버리고 영혼이 눈부신 씨알만 뽀얗게 다듬어졌을 때 비로소 내일이 약속되며 아름다운 것을……

씨알 떨군 황제의 금관들이 석양에 눈부시다. 빛나는 금관 저쪽 조국하늘이 자랑스럽다. 대승은 자비를 쌓아 사리로 씨알 영글었고, 성인들은 황폐한 가슴에 사랑을 심어 씨알 영글었는데 나는 사위어 없어질 육질 외어떤 씨알 영글며 가고 있을까?

# 3·1 독립운동 선도자 찬하회와 '久遠의 횃불'

 

 

돌아보건대 중앙여자중고등학교에서의 20년은 내 생애에 있어서 교육계라는 귀하고도 아름다운 소명의 반지 그 한가운데 소중한 자리를 차지하는 금강석 보석알이다. 23살의 꽃다운 젊음에 또 첫 부임지라 더더욱 나를 아낌없이 바칠 수 있었으니 누구의 명령에 의한 생활이 아니라 진정 그렇게 살고 싶어서 정성껏 살아 왔었다.

어머님 황신덕 선생님(당시는 교장선생님)의 나라사랑에 대한 확고하시고도 뜨거우신 뜻과 추진력은 우리들에게 늘 귀감이 되셨으니 함께 모시고 살았던 날이 값진 추억거리가 되지 않는 것이 없다. 특히 "3·1 독립운동 선도자 찬하회"야 말로 우리들의 후진들에게 꼭 필요한 행사였으며 우리 청소년들에게 널리 보급되어졌어야 할 가치 있는 일이라고 생각한다. 왜놈들의 총칼 앞에서 죽으면 죽으리라 목숨을 내어놓고 부르짖던 3·1 선도자들의 생생한 증언을 들으면서 나라를 빼앗기는 슬픔과 두려움을 실감하게 되었고 오늘의 이 행복을 누리게 해주신 조상님들에게 감사하며 우리도 정성을 다해 내 나라를 지켜야겠다는 각오를 굳게 했었다.

본인이 교장으로 재임 당시, 해방을 맞이하여 독립을 얻었음에도 국민의 풍기와 지향하는 바가 허욕과 사리에 급급하고 학도들의 나아가는 방향이 자칫 흐려지는 경향을 보고 크게 고심하던 끝에 이들에게 참다운 민족 정기를 일깨우고 올바른 방향을 제시하는 길을 3·1 독립정신에서 찾는 것이 가장 적절하다고 느껴 이갑성 선생 황애덕 선생 등 선배님들과 의논한 결과 적극 찬동하여주시어 이 일을 기획하였습니다.

한편 평생을 불굴의 의지로 독립에 바쳐 오셨음에도 초토에 묻혀 그분들의 헌신적인 공로에 대하여 누구도 돌아봄이 없는 것을 안타깝게 여겨 잠시나마 위로해 드리고자 하는 뜻을 아울러 담아서 찬하회를 마련하였습니다.

여러 독립선도자들께서 이 뜻을 고맙게 받아주시고 적극 호응하여 주셔서 역사적인 제1회 찬하회를 누구나 공인하는 선도자 네 분을 모시고 3·1 운동 당시 부르던 곡조의 애국가를 다시 부르며 목이 메이는 감격으로 시작하였습니다. 일제의 극렬한 탄압에 목숨을 돌보지 않고 갖은 곤욕으로 피 흘리시며 수 없는 옥고를 치르면서 오직 독립을 위하여 일해오신 생생한 체험담은 자라나는 어린 학생들과 모든 국민들에게 3·1 정신을 이어받는 데 큰 힘이 되게 해 주셨습니다.

위의 인용문은 '久遠의 횃불을 내면서'에서 밝히신 황신덕 선생님의 글이다. 이 글을 통하여 중앙에서 거행된 '3·1 독립운동 선도자 찬하회'가 우리민족의 얼을 되살리기 위해 얼마나 값진 행사였는가를 알 수 있다. 3·1 독립선도자들의 그 생생한 체험담을 뒷날 학생들에게 들려주시기 위해 녹음을 해 두고 또 10년으로 3·1 독립선도자 찬하회를 마감하면서 찬하 받으셨던 43분의 전기를 기록으로 남겨 길이길이 후진들에게 읽힘으로써 3·1 독립정신을 계승하고자 책으로 엮은 것이 '久遠의 횃불'이다.

'久遠의 횃불'의 집필은 수업이 끝난 후에 진행되었다. 43인의 댁을 일일이 방문하여 자료를 수집하고 또 직접 말씀하시는 것을 기록하고 그러기 위해선 한 분을 단번에 끝난 적은 없었다. 골목골목 산동네를 예닐곱 번 오르기도 했고 아스팔트도 없는 황톳길을 발을 빠뜨려가며 여러 번 방문하여 겨우 몇 장의 약전을 기록할 수 있었다. 선생님들이 모두 귀가하고 없는 빈 교무실에 남아서 11시 12시가 되도록 글을 써야 했었다. 어느 날 임교장 선생님께서 따뜻한 차를 보내주시면서 "애기들이 집에서 기다릴 텐데 집에 가서 일을 하시지…"라고 말씀하셨을 때 내 집에 애기들이 기다리고 있다는 사실을 자상하시게도 기억해 주시는 것에 감격한 적도 있었다. 실은 집에 어린아이들이 있으니 집에서 자료들을 펼쳐놓고 글을 쓰기도 어려웠고 자료뭉치가 많아 그 보따리를 들고 출퇴근을 하기는 더 어려웠으며 제일 큰 조건으로 하루 종일을 함께 해 온 내 책상 앞이라야 마음이 안정되어 글을 잘 쓸 수 있다는 사실 때문에 학교에서 집필을 하다가 혼자 글을 쓰기 위해 교무실 불을 다 밝혀놓는다는 사실이 송구스러워 자료가 거의 정리되자 집으로 가지고 가서 글을 썼다.

또 어느 주일날이었던 것 같다. 화곡동 10만 단지 우리 집이 산의 가슴께 쯤에 있어서 꽤나 높았는데 느닷없이 황신덕 이사장님께서 찾아오셨다.

"이 누옥까지 어떻게…?"

"나 추선생을 보러 온 것 아니야. 추선생 시어머님을 뵈러 왔어"

하시고선 시어머님을 만나 뵙고

"남의 며느님을 밤이 깊도록 빼앗아 일을 시켜서 죄송합니다…"

꽤나 오래 말씀을 나누시고 당부말씀도 곁들여 주셨던 자상하심으로 그 다음부터 글쓰기에 마음이 한결 편했었다. 원고가 끝나고 대한교과서 주식회사에 인쇄를 맡겼다. 수업이 끝나면 대한교과서주식회사 인쇄소로 뛰어가서 교정을 보는데 세 번을 보아도 오자(誤字)가 나오니 정말 한심스러웠었다. 그 뒤부터 인쇄된 것이면 작은 쪽지 한 장도 버리지 못하는 병에 걸리고 말았다.

'久遠의 횃불' 책이 1971년 2월에 나오고 뒤이어 '3·1 여성동지회'가 발족되었다. 3·1 여성동지회 문화부장을 맡겨 주셔서 '소식지'라는 작은 책자를 매월 내게 되었다. 점심 후 선생님들끼리 잠깐 노변한담(爐邊閑談)을 나누실 때도 나는 거기에 끼이지도 못하고 원고를 쓰고 교정을 보느라 눈코 뜰 새가 없었으나 불편한 마음은 한 번도 일지 않았다. 다만 인쇄소가 날짜를 지켜주지 않아 애를 먹던 기억은 생생하다.

이렇게 3·1 독립운동 선도자 찬하회며 또 찬하 받으신 분들의 전기인 久遠의 횃불 집필 그리고 그분들의 모임인 '3·1 여성동지회' 일 또 그와 연결된 여성독립운동사 편찬 등 내 생애에 뜻깊은 일을 할 수 있도록 택하여주신 황신덕 선생님께 끝없는 감사와 그리움을 실어 하나님께 명복을 빌어 올린다.

중앙 20년의 생활 하나하나가 내게 있어서 주옥같은 날이 아닌 것이 없겠으나 '수양회'를 통하여 내 영혼이 윤택하게 되었음을 고백하지 않을 수 없다. '수양회'를 위해 강사 교섭에서부터 일체를 준비하는 일이란 꽤 수고로운 일이었다. 몇 번씩 허탕 치면서 강사를 교섭하고 또 수양회 전날 확인 전화를 한 후, 그때만 해도 자가용이 흔치 않는 때라 당일 일찍 댁에 가서 모시고 와서는 수양회가 끝나면 댁에까지 모셔다드리는 일 또 녹음된 말씀을 정리하는 데까지 꽤 일이 많았으나 일이 많다는 느낌보다는 보람 있는 일을 한다는 행복에 젖어 살았음을 고백한다.

첫새벽 학교 건물 중앙에 위치한 4층 탑방(계단으로 연결되어 옥상으로 나가는 문 앞의 공간)에서 떠오르는 해를 맞으며 모였던 문학반 활동, 개교기념 행사를 위해 몇 날 며칠을 오밤중까지 시를 고치고 그림을 그려 입간판을 세우고 은행로에 걸어 전시하던 시화전 행사, 10월이면 잘 찾아오던 태풍 손님 때문에 마음을 졸이며 밤을 지새던 즐거움, 10년 근속상을 받던 날 '이젠 너도 중앙인이라는 자부심을 가지고 열심히 일하라'는 명령으로 알고 감격하던 일, 고등학교 1. 2학년 국어 작문과 중학교 1학년의 국어독본을 함께 맡아서 수업을 할 때였다. 처음 얼마 동안 쉽게 설명하기가 어려워서 애를 먹었던 중학교 1학년의 수업 시간, 능참봉네(재실?) 고옥에서 허규 선생님을 모시고 연극 합숙을 하던 일, 덕소에 있는 작은 교회에 숙소를 잡고 여름 봉사활동을 하며 감격하던 일, 교도주임을 맡아 함께 울고 웃던 가슴 아린 일들이 주마등같이 지나간다. 내 생애 전부가 내 청춘을 불태운 중앙에서의 생활 같기만 하다면 어찌 인생 허무를 논하겠는가?!

내 은둔의 보금자리요 내 보람의 고향 중앙이여! 푸른 참대 밭이여! 높이 높이 자라 영원하소서!

1. 선생님의 재직시절 중앙여자중고등학교의 학생들과 교사(校舍) 등에
   서 받은 인상?
* 1960년의 중앙은 중학교와 고등학교가 분리되어있지 않았음.
* 지금의 은행로 중간쯤이었을까요? 재실(?)이 인상적이었음.
* 암모니아 깨스가 코를 찌르던 재래식 화장실이 수세식화장실로 바뀌
   기까지 정성을 쏟으시던 이사장님과 모든 담임선생님들.
* 교실의 마루바닥이 청동거울처럼 어리비치도록 무릎꿇고 구두약으
   로 닦던 일
* 귀 밑 몇(?) 센치의 머리길이 와 무릎 밑 몇 센치의 치마길이의 단정
   한 학생들

# 사랑이 곧 질서였다

## 1. 신천지를 눈앞에 두고

사랑하는 사람들과 함께 살며 늘 꿈꾸던 뜻 있는 일을 시작하게 될 것이라는 기대의 발걸음은 참 가벼웠었다. 가슴은, 결코 터지지 않을 부드러운 풍선이 되어 꿈의 하늘로 떠오르고 있었다. 아무런 보상이 없어도 좋았다. 추위도 고달픔도 상관되지 않았다. 마지못해 하는 일이 아니어서 그냥 신이 났다. '하나님께선 내가 하나님을 알기 전에 먼저 나를 택하여 사랑해 주셨다'는 성경말씀이 떠올라 감회가 더 깊었다. 이상이 바로 그해 겨울의 분위기였다.

이태원 동서문학 작은 방 안에서 계원예술고등학교의 안내책자를 보며, '응, 과천에서 세 블럭만 가면 되는구나' 그림 하나하나 손가락으로 짚어가면서 꿈을 채워나갔다. 무에서 유를 창조해 내기 위해 이사장님, 연구

소장님, 기획실장님, 재단 사무국장님 그리고 교장선생님 그 외 많은 분들이 얼마나 수고를 많이 하셨으며, 계원예술고등학교라는 이름이 있기까지 얼마나 많은 밤을 하얗게 지새우셨을까를 상상만이라도 하면서 내게 주어진 일에 성심껏 임했다.

그러던 어느 날 우리들은 그 꿈의 궁전을 향해 서울시청 앞을 출발했다. 사당동에 이르러 남태령 고개를 넘고, 신도시가 건설되기 전의 황량한 과천벌을 지나 과수원을 낀 아늑한 야산을 돌아 전주부 목사님의 개척교회가 있다는 인덕원 네거리를 건너서 몇 블럭을 더 가서야 산골을 향해 좌회전을 했으니 초행의 우리들은 그냥 아리송할 뿐 신천지를 눈앞에 그리며 기대에 부풀어 있었다.

대계원예술고등학교에 도착한 우리들!!. 과연 신천지는 신천지였다. 무한한 가능성을 품고 산은 칠골을 들어내고 있었고 얼어붙은 양회 바닥 위엔 이글이글 겨울이 불을 피워 올리고 있었다. 나는 완전히 이상한 나라의 작은 엘리스가 되어 거대한 숲 앞에서 신천지를 향한 바위굴 입구의 거미줄을 걷어내며 한 발 한 발 다가 들어갔다. 경악! 그것은 무한한 가능성을 향한 '우리들'의 경악이었노라고 생나무를 단칼에 베었을 때 그 상처에서 진이 나듯, 조금은 서먹했던 교직원들의 가슴에 순간 "우리들"이라는 놀라운 결속의 진이 흘러나와 야릇한 느낌의 사랑으로 결속됨을 느낄 수 있었다. 완전한 충족 그것만이 행복이 아님을 깨닫게 하는 순간이었다. 각자 내가 놓여있는 위치의 중요성을 새삼 감지하고 초 긴장했다. 가설 수위실에서 신학기 교안을 받아 가슴에 안고 상기된 홍안으로 신천지를 내려왔다. 개척자로서의 당당한 발걸음으로.

## 2. 사랑이 곧 질서였고 규범이었다.

추억이란 참으로 아름다운 보물이다. 다만 거기에 내 정열을 얼마나 쏟았느냐가 문제 될 뿐, 그 때 힘들었다던가 쉬웠던가는 별 문제가 되지 않는다. 오직 그 일에 대한 또 함께하는 이들에 대한 사랑만이 원동력이었음을. 그때까지 입학시험을 치를 장소가 되지 않아 남의 학교 남의 교실을 빌려서 쓰던 일, 신명들이 넘쳐서 채점할 보따리를 이 여관 저 여관으로 옮겨가면서 채점할 수밖에 없었던 일, 한 명의 착오자가 생겨서 전 직원은 물론 본사의 부장님들까지 동원되어도 끝내 나오지 않던 합격자가 미처 계산에 넣지도 못했던 유자녀 한 명이 장학감사 때 나타나서 위기를 모면케 하던 일, 그리고 미술과 학생이 뒷산에 올라가서 산물을 내었을 때는 학교 바로 아래에 뜰을 넓게 잡아 아름다운 한옥을 꾸며놓고 울타리가 없이 살던 코리아헤랄드 기자님께서 평소 약간은 장난스럽고 또 약간은 자유스러운 우리 학생들 때문에 좀 불편해하시던 분인데 삽을 들고 달려와서 도와주시던 일 등을 보면서 정성을 다하는 곳에 늘 함께하시는 하나님 그리고 인간의 심성 그 밑바닥에 깔린 하나님의 사랑을 확인하는 행복에 젖기도 했다.

연극영화과, 음악과, 무용과, 미술과, 꿈이 많고 가슴이 여린 예술 지망생과 상처를 안은 가족도 있었으니 텃세가 센 안양 땅에서 자리 잡아가기엔 한참 동안 힘들었다. 불쑥 쳐들어오는 안양 텃새들, 욱하는 혈기를 참지 못하는 학생들 틈에서 우리 선생님들은 승용차로, 오토바이로, 한마음 한뜻의 기동대가 되어 학생들을 지켜나가며, 더러는 외부 침입자들을 설득시켜 교육자로서의 자부심을 길러가기도 했고, 상처받은 여린 학생들을 다독이기에 네 반 내 반이 없이 모두가 우리 아이들이었다. 열과 성을 다해 학생들을 지도하는 선생님들의 모습은 참으로 아름다웠다. 중학교 때 멋모르고 들었던 써클로부터의 탈퇴에 이르기까지 밤낮을 가리지 않고 함께 자고 함께 마시며 더러는 오해도 받아 가며 쏟은 선생님들의 사랑을 내 교사수첩에 꼭꼭 보물로 간직하고 있다.

그리고 없는 것은 또 왜 그렇게 많은지. 엄마가 없고, 아버지가 없고, 집이 없고, 돈이 없고, 사랑이 없고, 이해가 없고… 이것이 모두 개척시대라서 있는 현상인가. 이런 것들마저 이사장님을 비롯하여 강 소장님, 김 실장님, 교장 선생님, 그리고 모든 선생님들이 내 아들 내 딸의 일 같이 정성을 다해 해결해 주시던 일. 실은 이러한 일들이 쉬운 일인 것 같으나 그렇게 쉬운 일이 아니기에 청소년들의 문제가 사회화되고 있는 것이 아니겠는가. 거기엔 협조요청 공문도 오가지 않았다. 굳이 지시할 필요도 없었다. 사랑어린 눈빛이 말없이 오고갈 때 서로 힘이 되어주었다. 그 힘이 결실을 볼 때도 있었고 결실을 보지 못할 때도 있었다.

뒷날 모든 사람의 인정을 받으며 당당한 자세로 임용된 명문대학 졸업생이요 예술가의 반열에 든 신입교사가 사무적인 냉철함을 초월한 선생님들의 열정을 비꼬며, 협조공문이 건너갔을 때도 같은 과의 일이 아니라서 이행할 필요성을 갖지 않는다며 거절한 적이 있다. 그때, '참 질서'는 인위적인 규범이 아니라 진정어린 사랑임을 확인했었다. 이렇게 모든 선생님들이 참 스승이 되고, 모든 어른들이 앞서서 모범이 되고, 당신들의 어린 시절의 심정을 돌아보면서 정성껏 청소년들에게 사랑을 베푼다면 우리 사회는 얼마나 밝아지겠는가.

오! 대계원예술고등학교여! 영원한 사랑의 샘이 되소서. 2000년

# 소감

스승님!

이 어인 기별이옵니까?

게으르고 못난 제자의 모자람이 안타까우셔서 그 등줄기라도 어루만져 주시려고, 천상의 봉산산방에서 빌어주신 사랑, 오늘 이 기별로 내려 보내셨습니까?

스승님!

오늘의 이 기쁨, 천지만물을 섭리하시는 창조주께 그 영광을 돌리며 스승님 내외분의 영원한 평안을 위하여 기도 올립니다.

그리운 스승님!

용서하시옵소서. 스승님께서 저를 제자 삼아주신 지 마흔일곱 해나 되었지만 스승님의 마음에 드는 시 한 편도 제대로 쓰지 못했으며 학문의 깊

추영수 평전

이에 들지도 못했으니 스승님께서 못난 제자를 두신 가슴 얼마나 허전하고 쓰리셨습니까? 그 애물단지에게 오늘의 기회를 주어 삶이 다하기 전에 "죽어라고 시만 써라"는 스승님의 명령이신 줄 알고 제게 가당치 않은 상이오나 감히 무릎 꿇어 스승님의 뜻과 선배님들의 사랑의 배려를 받자옵니다. 스승님께선 이승에 계실 때에도 이 세상 애물단지들 죄목 밝혀 탓하지만 않으시고 넓으신 아량으로 보듬어서 거두어 주시고 제 나름대로 지닌 숨은 빛 찾아 세워주신 일들 기억합니다. 상한 갈대도 꺾지 않으시는 자비로운 심성으로 갈대가 갈대 되게 하시는 스승님의 뜻깊은 혜안(慧眼)의 그물에 걸린 행운에 감격하며 감사드립니다. 삶이 시가 되고 시가 기도가 되는 향기로운 여생으로 스승님의 기쁨이 되기를 소원하오니 빌어주소서. 시(詩) 들린 사람이 되어 "죽어라고 시만 써라"는 스승님의 명령에 순종하는 참 제자, 참 시인이 되기를 소원합니다. 제 각오가 입과 머리에서만 그치지 않고 실천되어 결실할 수 있도록 빌어주소서. 꾸밈과 비꼬임이 없는 순수한 우리의 일상이 창조주의 은유의 숲이라고 믿기에 기도하는 성실한 일상 속에서 깨달음의 길을 찾아 향기로운 시의 집을 짓기를 소원합니다.

　스승님을 사랑하는 모든 분들과 미당 시맥이 더욱 빛나기를 기도합니다. 감사합니다.

　*"죽어라고 시만 써라": 미당 스승님의 말씀

# 미당 선생님을
# 추억하며

  폭설이었다. 가슴이 무너지는 사람들 앞에선 하늘도 쏟아졌다. 그렇게 사랑하시고 그렇게 순수하셨던가 나름대로의 연유를 붙여 감싸고 보듬으시던 품이 당신 자신에게는 그 마지막 가는 고비에선 그리도 엄격하셨던가.

  사랑하는 시가 있고, 그리도 아끼시던 제자들이 있고, 자손들이 있고, 또 산도 바람도 있는데… 이승의 목숨을 놓고 그 영원한 길을 택하셨던가.

  폭설이었다. 서울 하늘도 님을 사랑하는 제자들의 가슴도 폭설이었다. 그 폭설이 바로 작년쯤 아니 며칠 전쯤 같은데 스승님 10년의 세월이 흘렀다니 저희들은 스승님을 잊고 산 날이 없는데 말입니다. 눈이 부시게 푸르른 날은 - 아지랑이 아물아물 앞서가는 길은 - 꽃이 피어 비오는 날은 국화꽃 지천으로 피는 가을날은 쓸쓸하고 가난한 이들 사는 골목은 골

추영수 평전

목이라서.

스승님 없이 산 적은 없습니다. 제가 이 세상 태어나기 1년 전 스승님은 1936년 동아일보에 「벽」이 당선되어 오늘에 이르도록 70년의 긴 세월 우리들의 정신의 밭을 가꾸어주셨으니 잠자는 영혼 깨어 일어나 스승님의 시혼을 의지합니다.

1958년 스물한 살 청상의 한을 시에 의지하고 본명을 감춘 추수인으로 부산에서 서울 계신 스승님께 제 시고들을 보내었죠. 스승님으로부터 현대문학에 추천하시겠다는 답신을 받고서 죄송하게도 본명을 밝혀 올렸던 일을 기억합니다. 이듬해 상경하여 어머님이랑 애기를 대동하고 스승님 댁을 방문했을 때 스승님과 사모님의 놀라움은 컸었죠.

공덕동 댁에서부터 룽산산방에 이르기까지 혼자서 찾아뵙기를 삼가고 어머님과 함께 스승님을 찾아뵙고 가르침을 받은 일을 기억합니다.

스승님께서 본의 아니게 제자들의 순수한 방문까지도 여학생들의 방문으로 오해를 받으시고 계신 것 같아서 스승님을 보호해 드리는 차원에서 제 처신에 신경을 썼으며 그러기에 사모님 또한 딸처럼 보살펴 주셨고 진이 엄마를 지켜주신 것으로 알고 있습니다.

스승님에 대한 무례한 친절이 스승님께 오명을 남겨 드렸다고 생각합니다. 스승님은 제자라면 남녀를 가리지 않고 자상하게 사랑하셨다고 믿습니다. 그 스승과 제자 사이의 거리를 제자가 알맞은 예절로 지켜야 한다고 생각했기 때문입니다.

# 아버지 참여수업

6월 6일 공휴일을 가려 본 유치원에서는 아버지 참여수업(참관수업이 아님)을 실시했다. 아버지들에게 유치원 교육에의 이해를 돕는 한편 어린이와 아버지와의 잊을 수 없는 즐거운 추억만들기를 통하여 어린이 성장기 전반에 있어서 아버지라는 존재가 유아의 성장에 미치는 지대한 영향을 재인식하는 기회를 제공하기 위한 행사다.

부득이한 사정으로 참여하실 수 없는 아버지들을 위하여 미리 신청서를 받아 조편성을 진행하면서 법정 공휴일임에도 불구하고 회사에 출근을 하거나 공휴일을 끼고 출장을 가심으로 어린이와 단 하루를 유치원에서 지내실 수 없는 분들이 1/4 정도나 되는 것을 알게 되었다. 그래서 아버지께서 오시지 못하는 어린이는 삼촌이나 할아버지를 모시고 오도록 했다.

핵가족으로 구성된 가정에선 평소에 어린이들이 잠에서 깨어나기 전에 출근하여 어린이들이 잠든 뒤에 귀가하는 아버지들로 하여 아버지 부재의 이상기류 속에서 절름발이 가정교육이 이루어지고 있음을 알게 했다. 이러한 기류 속에서 자라난 어린이들이 청소년이 되었을 때 '세 살 버릇 여든까지 간다'는 그 중요한 시기의 '좋은 세 살 버릇 굳히기'의 부재와 부모와의 대화 결핍으로 인하여 야기되는 청소년의 고뇌는 강 건너 불보듯 뻔한 일이 아니겠는가?

참석하지 못하는 어린이들과 부모님들의 상처를 헤아리면서 하루의 중요한 프로그램을 진행해 나갔다. 영아반과 유아반은 '동물'을 주제로 하고 연령에 맞추어 유아반은 전날 과학관 동물의 뼈를 견학하여 아버지와 함께 자기가 원하는 동물의 뼈를 철사로 만들고 찰흙으로 동물을 완성시키는 작업을 하면서 칭찬과 격려 속에서 놀이를 진행하며 아버지는 아들과 딸의 아들과 딸은 아버지의 놀라운 솜씨와 아이디어에 감동하며 열중하는 모습은 한편의 작품이었다. 특히 유치반은 '물'을 주제로 하여 미술 공작영역에서 많은 재활용품 자료들 중 물에 뜨는 자료들을 이용하여 프로펠러가 움직이는 배까지 만들어낸다든가 과학영역에서 공기의 무게와 물이 딸려 올라가는 모습을 실험한다든가 수(數)영역에서 아빠와 함께 맑은 물 마시기 게임을 마친 후 언어영역에서 '만약 물이 없다면'이라는 주제로 OHP 용지에 그림을 그려 OHP 기기로 감상을 하면서 자랑스럽게 이야기 나누기를 하는 모습이며 간식 당번 어머니께서 미리 만들어주신 만두속과 밀가루 반죽으로 아버지와 함께 만두를 빚어 끓는 물에 물만두를 삶아 나누어 먹으며 엄마보다 솜씨가 더 좋은 아빠를 서로 자랑하는 어린이의 빛나는 눈망울에서 아빠에 대한 신뢰가 더욱 굳게 자리잡힘을 보게 했다.

끝으로 아빠가 아들을 무릎에 앉혀놓고 아들에게 쓴 '사랑의 편지'를 읽어줄 때 그간의 아빠에 대한 거리 엄마보다는 좀 무서웠다는 느낌이나 덜 자상하셨다는 느낌 등 조금이라도 껄끄러웠던 느낌이 눈 녹듯 씻겨지고 아빠에 대한 신뢰와 사랑과 아들에 대한 이해가 깊어짐을, 두 뺨이 붉어지는 부자와 부녀에게서 읽을 수 있었다.

수업이 끝나자 인성이 큰아버지께서 고개를 설레설레 저으며 감탄하셨다. 처음부터 끝까지 어린이들 자신이 선택한 놀이활동을 통하여 흥미롭게 이치를 체득해 가는 유치원 수업에 감동하셨다는 거다. 자유 속에서의 질서와 양보와 협동심 그리고 정리정돈마저 음악에 맞춰 놀이로 마무리하는 책임 완수의 모습에서 "삶이란 고뇌의 대상이 아니라 향유의 대상"이라고 조안 리에게 역설한 길 신부님의 말씀이 맞아떨어졌다며 너털웃음을 치셨다.

이 프로그램에 적극적으로 참여하여 어린이와 함께하며 어린이의 즐거운 성장을 배려하는 자상한 아버지들을 바라보면서 다가오는 21세기의 참교육과 산교육의 기반이 바로 여기에 있음을 확인하게 되었다. 오늘의 이 기회를 통하여 말로만 공부! 공부!를 강조하며 자신의 권위만을 내세우는 아버지나 남에게 재롱을 보여주기 위해 어린이들을 이 학원 저 학원으로 돌리며 닦달하는 어머니가 아니라 참으로 그 자녀의 입장이 되어 자녀를 이해하고 그들의 긍정적인 삶을 위하여 마땅히 가르쳐야 할 것을 가르치며 함께하면서 삶의 본이 되는 신뢰로운 부모가 되실 것을 확신해 본다.

# 내 작품 속의 서울
# 지금 그곳은

며칠 전 을지로 입구 쪽에서 강북삼성의료원으로 가기 위해 시청 앞 잔디광장의 신호를 서툴게 더듬어 돌아서 덕수궁 돌담길 쪽으로 차를 몰아 들어섰다. 내가 가려는 목적지를 쉽고 빠르게 찾아갈 수 있다는 것은 싫지 않은 일일 터인데 기분이 썩 좋지 않았다. 높고 웅장한 현대식 건물들의 그림자(?)에 치어 짜부라진 듯 기를 펴지 못하고 있는 덕수궁 돌담을 보면서 또 한 번 마음이 상했다.

조상들이 남겨준 문화재라면 적어도 우리의 얼이 돋보이도록 문화재로부터 넉넉한 거리를 띄워놓고 다른 건축물이 들어서도록 허락 했어야 되지 않았을까 하는 아쉬움이 힘없는 가슴을 두근거리게 했다. 하기사 나 자신마저도 차에서 내려 덕수궁 돌담길을 차분히 걸어서 누리지 못하는 현실이니 죄스러운 마음이 생긴들 무슨 소용이 있겠나?

1960년 북아현동에 자리한 중앙여자중고등학교 국어교사로 봉직하면서 중간고사, 기말고사 때의 여유 있는 오후 시간에 덕수궁을 찾곤 했었다. 북아현동에서 동료 교사들과 모처럼의 환담을 나누며 한 3-40분 걸어서 찾아오기에 알맞은 거리이요 담배연기 가득한 다방보다는 덕수궁 궁내의 나무 그늘이 지친 심신을 풀어주기에 안성맞춤이라고 생각되었기 때문이다

　　스물세 살의 내 어린 눈은 덕수궁 돌담을 특별히 예뻐했다. 자그마한 정사각이 오순도순 어깨를 맞대고 있는 모습이 어깨동무 친구들의 모습을 보는 듯, 흰옷 입은 우리 백성들의 가난하면서도 정겨운 모습을 보는 듯하여 흐뭇한 미소를 자아내게 했기 때문이다. 궁 안 용상에 앉으신 이의 야망에 찬 심성이나 고관대작들의 권모술수와는 판이하게 그 단단한 돌을 부드럽기 그지없는 고무 뭉치를 어루만지듯 다듬어 차곡차곡 쌓은 예인(藝人)의 정겹고 자상한 심성이 느껴져서 좋았다. 나는 '궁'이라는 버겁은 단어에 걸맞지 않게 오밀조밀한 모습이 좋아서 친구들의 손을 잡고 돌담을 끼고 걸었던 것이다.

　　그러던 어느 날 덕수궁 돌담이 철책으로 바뀌어 있었다. 인도가 넓어졌고 돌담이 사라지자 사람들이 오고가면서 궁내의 아름다운 정원을 감상할 수 있다는 이점은 있었으나 조상님들의 아름다운 문화유산이 연기처럼 사라져 버린다면 우리들의 아름다운 흔적은 어디 가서 찾을 것이며 우리들의 후손에게 무엇을 남겨줄 것인가 하는 생각을 하지 않을 수 없었다.

**졸시 - 鐵柵 앞에서 -**

좀 생각해 봐야겠다 하나 둘 가버리는 意味를 잠깐만 생각해 봐야겠다 李朝白磁 항아리랑. 그 항아리 허리께쯤 닮은 흰옷 입은 내 땅의 사람들이랑. 그 항아리 속마냥 푸짐하니 웃을 줄 아는 내 땅 사람들의 마음이랑. 햇살 미끄러지듯 흘러내린 항아리 어깨선마냥 그저 높고 어려운가 하면 七色이 가야고와 어우러지는 古宮 뜰악이랑. 어진 임금님이랑. 다 헤아려 보지도 않았는데…. 내 아들 딸들은 다 헤어보지도 않았는데 누가 와서 꾀어갔을까? 古宮 담을 잠깐만 생각해 봐야 겠다 그 意味를.


이 '- 鐵柵 앞에서 -'라는 작품은 덕수궁 담이 헐리고 鐵柵이 세워진 1960년대의 작품이다. 그런데 오늘의 덕수궁 담은 鐵柵이 아니고 돌담이다. 옛날의 고풍스런 모습으로 복원을 한 것이다. 꼭 그때의 그 모습은 아닐지라도 원래의 모습으로 돌아갔다는 일은 다행스럽기는 하나 우리들의 유산을 그렇게 쉽게 허물어버림으로써 고향을 찾았으나 고향의 느낌은 전혀 나지 않는 그러한 슬픔은 되풀이되지 않았으면 좋겠다. 어느 집 모롱이에 놓인 작은 돌멩이 하나, 나만이 알고 있는 풀포기 하나가 고향이요 고향 내음이요 내 조국에의 애틋한 그리움의 대상이 아닐까. 작은 내 것을 소중히 지키며 사랑과 정성으로 허물지 말고 보존하여 나가는 우리가 되었으면.


\* 이 시는 청미 동인지 「돌과 사랑」 5집(1964. 4. 20)에 발표했으며,
　그의 첫 시집 『흐름의 소묘』(1969)에 다시 실렸다.

# 미국 방문 때의
# 단상들

브라인더 사이로 엷은 햇살이 스며들며 새벽을 알릴 때도 게으른 육신을 푹신한 침상에서 일으키지 못하고 꼼지락거리고 있을 때 새들은 창가 나뭇가지로 찾아와서 지저귀기 시작했다. 그들의 노래는 곧 하나님의 휘파람 소리였다.

지구가 커다란 음반이 되어 돌 때 하나님께서 그날에 알맞은 선곡을 하셔서 빛나는 은혜의 침을 놓아주시면 내 심장은 감읍으로 뛰는 것이다. 나는 절로 오! 나의 주여! 하고 탄성을 발하며 자리에서 일어나 브라인더를 세워 점점 밝아지는 은혜의 햇살을 받아들이고 찾아온 친구들의 둥지를 살펴본다. "오 이럴 수도…!" 수분이 부족한 메마른 모래언덕인 줄 알았는데 나무등걸이 초록을 띠며 빛났고 아주 짧고 부드러운 나뭇잎에 알맞은 샛노란 꽃들이 내가 보아온 만발한 벚꽃처럼 나무를 감싸고 피었다. "저런 기화요초요 주님의 솜씨로다"를 발하며 일어서서 눈을 아래층 운동장으로 돌렸을 때 나무 아래엔 보랏빛 꽃을 피운 꽃나무들이 소복소복 무리 지어 있었다. 신은 그 땅에 알맞은 꽃과 나무들을 심으셨고, 새들은 그 은혜 속에서 하나님을 찬양하며 하루의 아침 커튼을 걷고 있었던 것이다.

그들의 연주에 맞춰 햇살은 아리조나 특유의 광선을 뻗쳤다. 한낮의 따가운 햇살 아래 노출되는 것이나 낯선 동리 말도 통하지 않는 거리를 나돌아 다닐 수 없는 대신 차가 나갈 때마다 따라나섰다. 거리 거리의 특성에 맞춰 꽃을 피우고 그늘을 내린 식물들을 감상하는 것이 즐거웠다. 서울도 요즘 숲이나 공원 조성에 시장이 관심을 기울이는 터라 이름있는 숲이나 공원을 찾아가면 그동안 보지 못했던 식물의 종류들을 볼 수 있지만 특유의 기후와 지질에 맞추어 피어나는 식물들이라 흥미로 왔다. 하늘로 향해 치뻗은(한 5층 높이?) 야자수와 가로수 내 키보다 훨씬 큰 무더기의 손바닥 선인장과 피어난 꽃 지붕 위까지 크게 자란 기둥 선인장에 애기를 따라 아빠가 머리 리본을 단 것 같은 귀엽게 피어난 선인장꽃이며 그 반대로 고목이 되어 구멍이 숭숭 뚫린 기둥 선인장, 지붕 위까지 치솟아 핀 용설란꽃, 반 사막처럼 보이는 건조한 땅에 눈이 부신 보라 꽃 노란 꽃 빨간 꽃 분홍 꽃들이 볼수록 정겨웠다. 집에서 작은 화분에 길러 나뭇 끝에 빨간 꽃을 피운(독일종이라고 알고 있는) 날 얼마나 반가워했는지 모르는데 그 꽃나무가 고층 건물 담을 감싸고 피어 있는 것을 보면서 과연 우물 안 개구리였음을 실감했다.

좀 더 젊어서 눈을 내 지역에서 이웃으로 열방으로 우주로 돌리며 더 열심히 살았으면 어떠했을까 하는 후회는 아니나 자신을 반성하게 되었다.

어린 시절부터 어머니를 따라 식물에 관심이 있던 터라 아직도 낯선 식물이 나를 손짓하는 것 같다. 차가 외출할 때마다 애기처럼 따라다니다가 뒷자리를 차지했다. (2011. 5. 31)

한 2-30여 채가 팔을 벌려 보듬는 시늉으로 동서남북 중앙을 집중하고 있다. 그래서 어찌 보면 동서남북 바깥 방향으로 올라앉은 집들은 다른 마을인 듯싶다. 안으로 오복이 품은 듯한 마을엔 흙이 거의 보이지 않는다. 차도와 인도 그리고 자전거 길까지 아스팔트로 단장이 되고 100평 내지 200평의 뜰은 잔디로 덮여 있다. 울타리가 없는 동리이기에 네뜰 내뜰이 다 우리 들이 되어 가슴이 확 트이면서 어깨동무 동그라미 속 같은 마을이다. 건물 바로 밑이나 화단이나 큰 나무 밑은 나무등걸을 분쇄한 목재로 덮여있어 바람이 불어도 흙먼지가 날리지 않는다. 집집마다 나름대로 키 큰 나무들 키 작은 나무들 그리고 꽃들을 심어 놓아 아늑한 보금자리 같은 동리이니 제비들이 쉴 새 없이 처마 밑을 찾아와 집을 지을 수밖에 없다. 한번씩 지나가는 소나기가 걷히고 나면 갖은 새들이 창 밑에 찾아와 노래도 하고 얘기도 나누며 어둠이 물러나고 상쾌한 생명의 벗들을 맞게 된다. 제비들은 쉴 새 없이 잔디밭을 낮게 떠서 날며 제 먹이를 주워 처마 끝으로 날아오르고 붉은 가슴새는 목청을 뽑아 올려 친구를 불러대고 있다.
여명의 신비 속에서 살아계신 창조주의 미소 가득한 옷자락을 느낀다. 맞은 편 집 잔디밭에 가지 않고 키 큰 나무 한 그루가 서서 이 동리 오가는 바람을 혼자서 다 감당하는 듯하다. 잔가지 하나하나 쉬지 않고 바람의 강도에 맞춰 흔들리면 그럴 때마다 나뭇잎들은 손바닥을 폈다 접었다 하며 인도 춤을 추었고 나무등걸은 어린이에게 목마를 태워주는 아빠처럼 꿋꿋이 서서 더러 엉덩이춤을 출 때도 있었다. 단지 우리를 의문에 싸이게 하는 것은 쉬지 않고 흔들리면서 춤추는 아빠 나무를 보면서 우리에게 불어오는 바람을 짐작하고 집들을 높은 울타리처럼 감싸고 있는 숲을 바라보았을 때 놀라움과 의문과 나아가 깨달음을 금하지 못했다.

숲은 여간해서 요동하지 않았다. 장중한 침묵으로 고요 속에 평온했다. 평소에 별로 깊이 생각하지 않고 그냥 <나무>나 모여 있으면 <숲>이라고 하며 숲=나무이다 라고 생각했다. 그러나 그 답은 틀린 것이었다. <나무>와 <숲>은 다르다. <숲>의 위력 앞에 고개를 주억거렸다. 우리는 여기에서 많은 생각들을 유출해 낼 수 있는 것이다. <나>라는 한 개인은 한없이 미약한 것이다. 그러나 <나>가 모여 이룬 많은 <우리>는 지극히 힘 있고 아름다운 것이다. 다만 어떤 목적의 빛깔을 띤 <우리>이냐가 관건이겠지만. <우리>가 이루고 있는 뜻 있고 아름다운 공동체의 이름을 하나하나 뇌어 본다. 숲, 동리, 국가, 국민, 가족, 아빠, 엄마, 형제자매… 서로를 이해해야 하며 용납하고 어깨동무를 했을 때 서로의 재량껏 발휘하는 피톤치드가 영양분이 되어 창조주의 그 고귀한 뜻을 실행할 수 있음을 깊이 생각하고 우리 생활에 적용해야 하리라.

건너 집 아빠 나무가 아름답고 장하다. 그래서 쉴 새 없이 바람은 찾아가서 친구가 되고 새들은 다투어 들어가서 속삭이며 노래하나 보다. 오늘도 햇살은 아낌없는 사랑을 쏟아붓고 있다. 저 홀로 서 있는 아빠 나무가 아름답고 장한 이유는 그 가슴 속을 열어 많은 고독과 애환을 품어주는 인내가 있기 때문이다. 나는 그에게 "사랑한다"고 외치면서 그가 숲의 일원이 되지 못하고 홀로인 <나무>로 서 있음을 위로하며 축복을 보낸다.
(2011. 6. 22)

# 여적

내 시 수업은 내 삶에 대한 묵상이요 기도이며 보다 나은 내 종언을 위한 수행과정입니다. 못생긴 바윗돌 하나에 내 나름대로 천부께 아뢴 바램의 기도가 있어 10년 20년 드디어 50년에 이르도록 그 형상 쪼고 쪼아 뜨거운 돌살 떼어내면서 다듬은 생각이 바로 내 삶의 완성을 향한 전진의 작업이었다고 말입니다.

다만 내 아픈 묵상의 기도가 나처럼 아픈 이웃의 위로가 되고 따뜻한 손이 되기를 기도합니다. 눈물로 씨를 뿌려 그 열매로 허기 채워 본 사람이 아니면 이웃의 뼈저린 허기의 아픔에 참 위로 자가 될 수 없다고 믿는 마음에서 내게 주신 아픔의 세월마저 창조주의 사랑의 계획 안에 속한 것이었다고 생각하며 감사를 올립니다.

세상의 화평은 화해 속에서 이루어진다고 믿습니다. 우주 속에서 모든 피조물과 함께 누리는 최선의 화해는 신의 사랑 안에서 이루어지며 큰 꿈 안에서 서로 배려하며 관심하며 감사할 때 어둠의 세력을 벗어나리라고 믿습니다. 시작 이론과 기술에 앞서 사랑과 감사와 주어진 사명이 빛의 구실을 할 때 우리들의 밝은 꿈이 영원에 이르게 될 것이며 생각은 세상을 바꿀 것입니다.

내 삶의 최종 목표가 나를 드려 이웃을 살리신 사랑의 그림자와 향기가 되어 하늘의 품에 안기고 싶은 것임에 세상의 화려한 부귀공명을 벗어버리고 가볍게 정의로운 자유를 누리고 싶습니다. 세상 가난 속에서 하늘의 부요를 누리고 싶습니다. 저 파도처럼 성심을 다해 우주 만물을 지으신 이를 찬양하고 싶습니다.

# 시작 노트
## – 시는 영혼의 호흡이다

　아침 9시. 샛 노오란 동원 버스에서 내리는 어린이들을 마중 나가서 내가 먼저 어린이들을 향해 인사를 한다. "안녕하십니까?" 곱게 허리를 굽혀 아침 인사를 한다. 그리고 하룻밤 사이의 안부를 묻기 위해 내 무릎을 꿇어 그들의 눈에 내 눈을 맞추고, 그들의 마음에 내 마음을 맞춘다. 사무사(思無邪) 순수무구(純粹無垢)의 호심에 내 눈이 씻긴다. 시심의 눈이 열린다.

　한 땐 <다만 빛이고 싶어/다만 흐름이고 싶어/늘/한/줄/말없음표로 찍히는> 극도의 조심성과 소심증에 이른 날이 있었다. 말의 공해, 인쇄물의 공해라는 지나친 노이로제 속에서 병적인 자성(自省)은 영혼에 호흡곤란을 일으켰다. 꽤 기인 날을 혼수상태에서 지났다.

　영혼의 호흡곤란은 살아도 산 것이 아니요 식물인간임을 깨달으며 수천만 길 가슴 밑바닥에 말씀하나 감추고 살던 웅크림으로부터 나를 깨워 일어났다. 스스로 자신을 달래어 용기를 부추겼을 때 하늘은 어쩌면 그리도 아름다웠든지. 누가 무어라고 말을 해도 내 영혼은 숨을 쉴 수밖에 없었다.

# 못다한 유언들

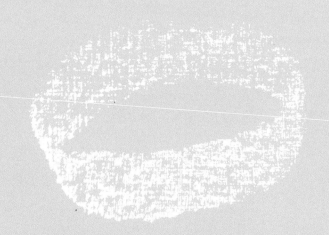

하늘만
우러르고 삽니다
모두를 보듬고 삽니다

그렁 그렁
감격하는 미소로
늘 목마르지 않습니다

2008년에 특별한 시집 한 권이 나왔다. 시인 73명이 세상에 남기는 『시로 쓴 유언』(굿글로벌, 2008)이다. <시로 쓴 유언>은 당시 활발하게 활동하고 있던 시인 72명이 죽음이라는 삶의 또 다른 길 앞에 서서 찾아낸 소중한 깨달음을 사랑하는 이들에게 남기는 유언이다. 이 땅을 떠나는 마지막 순간에 남기는 진실한 마음을 진솔한 시적 언어로 형상화한 작품집이다. 여기에 추영수 시인은 「고맙다」라는 작품을 남기고 있다.

너, 하나님께서 지극히 사랑하시는
소중한 사람아

고맙다

*고맙다

**고맙다


부끄러움 가득한 내 여윈 손 잡아주어서

네 가슴 아프도록 실망시킨 나를 보듬어 주어서

내 후회의 변두리 일일이 다독여 준 네 자상한 손길


고맙다

*고맙다

**고맙다


너, 하나님께서 지극히 사랑하시는

소중한 사람아

오직 진리를 위해 열정적으로 헌신하여라

신(神)은 뜨겁지도 차지도 않으면 뱉아버리신단다.


　　추영수 시인이 그의 시를 통해서 남기는 유언의 핵심은 <고맙다/*고맙다/**고맙다>의 반복에서 나타나듯이 지나온 삶에 대한 고마움을 우선 가장 소중한 메시지로 전하고 있다. 그리고 <오직 진리를 위해 열정적으로 헌신하여라>라고 부탁한다. 그 이유를 <신(神)은 뜨겁지도 차지도 않으면 뱉아버리신단다>는 분명한 신앙적 고백을 남기고 있다. 신 앞에서 열정적으로 산다는 삶이 무엇인지를 다시금 사유하게 한다. 이러한 유언과 같은 글을 추영수 시인은 몇 편을 남기고 있다. 그중의 한 편은 외손자 이재호 군에게 보낸 편지이며, 그의 시어머님을 위한 기도문과 아들 석준에 대한 글과 기도이다.

# 재호야!
## 나 숲으로 간다

    끝없는 지평선을 바라보면서 너랑 헤어진 지도 얼마 되지 않는구나. 내 몸담아 있던 곳을 떠나보면 현실의 기억에서 훌훌히 벗어날 줄 알았던 것은 착각이었어. 오직 너를 만난 반가움과 할미를 위로하기 위해 애쓰던 너의 사랑이 나를 평온의 숲으로 데려다주었을 뿐이었어. 너를 바라보면서 하나님께서 내려주신 끝없는 사랑의 고리를 생각하며 유난히도 빛나던 네 고리를 만나서 텅 빈 내 속마음이 채워지더구나. 그래 네 말대로 좌절의 늪에 엎디어 있을 것이 아니라 다시 하늘을 우러러 해 꽃을 피워 네 고리 옆에 앉아야겠다고 생각했어.

    재호야. 내게 달라붙은 이끼를 훨훨 털고 문우들을 따라 강원도 횡성군 둔내면 삽교리 해발 1200m 청태산 기슭에 위치한 자연휴양림을 향해 달렸지. 우리들이 탄 버스는 한 번도 지평선을 만나지 않았어. 나를 광야에 내버려두지 않고 둥글고 부드러운 산들은 따뜻한 팔을 벌려 나를 꼭 보듬어 주었어. 내 가슴에 꽉 찼던 슬픔이 쏟아져 나오도록 말이다. 굽이굽이 초록의 팔에 안겨 달려가면서 우리들에게 이렇게 아름답고 정겨운 조국을 주신 하나님께 감사를 올렸단다. 이 세상, 이 우주 만물은 모두 하나님께서 지으신 것이고 우리는 하나님의 아들, 딸들이니 어느 것 하나 우리들의 것 아닌 게 없겠으나 그래도 우리에게 내 아빠 내 엄마가 있듯이 나를 낳아준 내 조국이 있어서 우리가 세계 어느 곳에 가든지 나라 없는 고아가 아니라는 것이 얼마나 자랑스러운 일인지 모른단다. 그러한 내 나라가 이렇게 정겹고 아름답다니 하나님께 감사 올릴 수밖에. 저 건너편 숲의 우듬지 사이사이에 빛나던 하늘은 나를 응원하는 네 눈빛 같아서 더 신났단다.

솔직히 내가 떠날 땐 내가 가는 곳이 어디라는 것이 그리 중요한 것이 아니었어, 다만 마음이 통하는 어른들과 함께하면서 그분들이 사랑하는 곳으로 간다는 것, 그것 한 가지만으로 용기를 내어 일터를 박차고 나와 내 영육을 맡긴 것이었어. 그런데 우리를 태운 관광버스가 점점 목적지에 가까워지자 내 몸과 마음은 세속의 때를 한 꺼풀씩 벗고 있었지. 과연 우리가 존경하는 정신 지도자들의 안내는 믿을만한 곳이라고 감탄하면서 말이다. 세속의 욕심을 벗어나게 했으며 우리가 곧 자연의 일원임을 확인하면서 하나님의 위대하신 솜씨에 잦아들지 않을 수 없었단다. 하나님의 모습은 어떠하시며, 하나님의 심성은 어떠하실까, 하나님의 자상하심은 어디까지일까를 묵상하게 했단다.

그런데 재호야. 내 나라의 숲에서 느끼는 감정은 특별하더라. 세계적인 유명한 숲들의 그 울창함과 우람함과 우림들의 신비스러움을 떠나 정겨운 내 할아버지 하나님의 모습을 보는 듯했단다. 유치원 교복 위에 달아줄 작은 손수건을 들고 재호를 기다리시는 할아버지, 발밑에 예쁜 화분을 마련해 놓고 집으로 돌아오는 재호를 기다리시는 키가 큰 할아버지, 더덕, 취나물, 곰취, 갖은 버섯들을 갖춘 산나물을 준비해 놓고 저녁 밥상에서 재호를 기다리시는 따뜻한 할아버지. 그러나 나중에 재호가 크게 될 때 주려고 저 나무 꼭대기 꼭대기에 잣송이를 매단 채 바람을 타면서 장난하시는 잣나무 할아버지 같은 정다운 숲 말이다. 그래서 우리는 잣나무 숲에서 맨발을 벗고 걸었단다. 무섭고 어려워 보이시던 할아버지가 한없이 정다우시듯 잣나무 숲 속의 맨발체험은 나를 눈물겹게 했단다. 할아버지 서재에 있는 털이 짧은 카페트 느낌이었으니 내 발바닥이 재호랑 할아버지를 한없이 그리워하면서 차가운 산 여울물에 발을 담갔단다.

재호야 우리 함께 숲으로 가자. 응?!

# 잊어라 잊어라 하십니까

어머님께선 아파트 17층 베란다에 있는 동그란 유리 탁상 위에 아버님을 위한 생신 케익을 준비해 놓고 큰 아드님이랑 통일 전망대를 첩첩이 에워싸고 있는 먼 뒷자락에서 송악산을 더듬고 계셨습니다.

이러한 준비는 아버님의 생신 잔치를 위한 준비가 아닙니다. 아버님의 생신을 축하할 겸 추모예배 의식을 위한 준비입니다. 이북이 고향도 아니요 송악산이 고향 산도 아닌데 아버님께서 북쪽으로 납치되어 가신 다음 남쪽에서 가장 가깝게 보이는 이북 땅인 송악산쯤에 아버님께서 생존해 계시며 가족들을 지켜보고 계실 것이라고 어머님은 믿고 계신 것 같았습니다.

아버님께서 가족들 눈앞에서 돌아가신 것은 아니기 때문에 혹시 이북에 생존해 계실지도 모른다는 생각이 들어 아드님은 여러 길을 통해 꼼꼼히 수소문을 해 보았지만 생존해 계시다는 좋은 소식은 얻지 못했습니다. 전해주는 소식들에 의하면 아버님께서 괴한들에게 묶여 가신 때가 북군이 퇴각하는 막바지라 그 당시 함께 납치되었던 이들은 모조리 학살되었으리라는 의견이었습니다. 아버님께서 납치당해 가신 후 아버님의 생사를 모르는 식구들은 생신 축하 케익에 초를 꽂고 아버님의 만수무강을 기원하면서 조용히 머리 숙여 추도예배를 함께 드립니다.

6·25 발발 당시 아버님께서는 성공하신 젊은 사업가였습니다. 노모님을 모시고 어린 5남매를 거느린 젊은 사장님이신데 그래도 이웃에 인심을 잃지 않으시어 이웃의 호의로 지붕 밑에도 숨고 토굴에도 숨어가며 목숨을 연명했다고 합니다. 아랫동네에 사는 친구는 인민재판에 끌려 나가 개죽음을 당하고 재산은 몰수당했으며 가족들을 부역에 뽑아가서 사냥개 노릇을 시키곤 했답니다 이럴 경우엔 국군이 돌아오게 되면 부역한 빨갱이로 몰려 다시 곤욕을 치르며 죽을 수밖에 없었다고 합니다.

무악재를 넘어 밀려오는 이북군인들에게 몰려 들이닥치는 친척들과 이웃 주민들로 하여 도저히 집에서 더 버틸 수가 없게 된 아버님께선 친지들이 몰래 일러주는 정보에 따라 집을 떠나서 옮겨 가며 숨어다니다가 결국 마지막 퇴각하는 북군들에게 사로잡혀 가셨다는 소식만 듣게 되자 어머님께서도 피난 보따리를 꾸리지 않을 수 없었다고 합니다. 중3 큰아들이 이 집의 기둥이었으니 그 아래로 올망졸망 네 명에 노모님을 모시고 갈 데도 없었지만 도저히 살아남을 수 없는 처지라 무작정 길을 떠난 피난길에서 국군을 만나 기둥인 아들을 맡기고 어머님 혼자서 겪은 고생 얘기는 바로 피눈물의 얘기였습니다. 굶기를 밥먹듯이 하고 더 견딜 수 없어 집으로 돌아와서 보니 먼 친척 되는 청년들이 이부자리 솥단지 그릇 등 쓸만한 살림을 모조리 처치해 버려 아버님 계시지 않은 서울이 더욱 힘들었다고 하시면서도 식구들이 축나지 않고 잘 견뎌주어서 감사하다는 말씀을 번번이 하셨습니다. 옆집 순이네 옥이네 잘 사는 것 같았으나 여맹에 뽑혀 나가서 지금은 생사를 모르니 그 어머님의 슬픔이 오죽하겠느냐며 본인의 슬픔처럼 안타까워 하셨습니다. 그러시면서 어머님의 뇌리에는 아버님께서 어딘가에 살아계시리라는 믿음이 있는 듯합니다. 그러기에 오늘도 케익 위에 촛불이 곱습니다.

"하나님! 이 순간의 가슴 쓰라린 슬픔을 우리에게 허락하신 크고 깊은 뜻에 함께하여 주시옵소서. 이러한 불행은 한 개인의 슬픔이나 한 가족만의 슬픔이 아닙니다. <우리>라는 민족동아리의 크나큰 슬픔이옵니다. 제2차 세계대전에 이어 민족이 함께 겪는 분단과 상실과 이산가족과 분노와 한의 폭발이라는 이 슬픔을 오직 순결한 영성으로 하늘의 뜻을 깨닫게 하여 주소서. 단순히 목이 메고 가슴이 타오르고 눈물이 솟구치는 감상으로 끝나지 않게 하소서. 구둣발에 짓밟히며 피 흘리고 끌려가는 아버지와 지아비, 어제의 이웃이 오늘의 원수 악귀가 되어 부모 형제를 학살하는 그 자리에서 울지도 못하고 숨도 쉬지 못했던 어린 생명들의 놀라운 한을 하나님 굽어살펴 주소서…"

해마다 진행되는 불행의 묵상이 이렇게 큰 상처를 더하게 하고 해가 쌓일수록 조금씩 잊어가는 것이 아니라 솟구치는 그리움이 강렬하게 분출하는 용암이 되어 가슴을 찢게 되며 켜켜로 한이 쌓이는 사실을 어찌하면 좋습니까? 하나님! 하나님! 어머님이랑 대주가 날씨 좋은 날 열심히 일러준 송악산의 모습이지만 저와 마찬가지로 젊은 시동생들은 아직도 송악산을 확실하게 찾아내지 못하고 있습니다. 어머님의 놀이터는 동리 어른들이 모인 노인정이 아니었습니다. 통일 전망대와 그 너머 산이 바라보이고 하늘과 강을 볼 수 있는 17층 베란다였습니다. 날씨가 맑은 날엔 그 너머에 송악산이 보여 전망이 좋아서 가슴이 시원히 트인다면서 서쪽 하늘이 어머니 가슴처럼 달구어질 때까지 앉아 계셨습니다. 처음엔 어머님께서 특별히 송악산을 좋아하시는 줄로만 알았습니다. 송악산이 아니라 송악산이 있는 북쪽으로 납치당하신 그리운 님을 기다리시는 것이었어요. 말씀이야 5남매 올망졸망 두고 떠나신 아버님 괘씸한 영감쟁이라고 헛말을 하셨지만 내심 얼마나 그리우셨으면 굳이 송악산을 핑계 대어 개성이 가까운 김포까지 집을 옮겨왔겠습니까? 큰 아드님과 두 분이 말없이 송악산을 누리시면서 그 지독했던 전쟁의 참상을 들려주지 않을 수 없으셨지요.

전쟁은 인간의 심령 깊이 숨어있던 피비린내 나는 금수의 근성이 폭발하는 결과라고 생각합니다. 부디 손잡고 사랑으로 하나 되어 사자와 송아지가 함께 어울려 노는 "조용한 아침의 나라" 통일조국을 이룩하도록 기도합니다.

# 아버님 전 상서

- 잊어라 잊어라십니까. -


잊어라 잊어라십니까
가슴이 아리다 못해 뼈가 저린 그때 일을
비웃두름인 양 엮기어 끌려나가시던 아버님들을
악머구리처럼 울어 재끼는 우리들의 울음을
왕매미 후려잡듯 덮쳐 혼절시키던 그 큰 구둣발을


덮어 두라 덮어 두라십니까
헐벗고 굶어 곰삭은 젓갈이 되어 죽어가던 동굴 속을
하루에도 몇 차례씩 마구 쏘아 대던 따발 총소리를

피범벅이 되어 뒤엉켜 무너진 골목길을

오 주님
쇠갈퀴에 살점 뚝 뚝 찍어 허공에 날리던 그를
용서해 주라 용서해 주라고
아버지께 빌어 올리시던 주님의 마음을
명치끝에 꼭 껴안고 울음을 참습니다

아버님 돌아오소서 꿈에라도 돌아오시어
하염없이 강 건너 하늘을 우러르고 계시는
어머님의 손목을 한 번만이라도 잡아주소서
바람처럼 털고 안개처럼 덮고 기다리시는
한 맺힌 어머님의 가슴을 한 번만이라도 품어주소서

추영수 평전

# 부모는 어린이의 최초의 스승이요 최대의 스승

대학원을 졸업하고서야 군에 입대한 막내 석준이로부터 오늘 오후에 여섯 번째 편지를 받았다. 오늘도 쫓기듯 써 내려간 글 말미에 "식구들을 사랑하는 석준이로부터"라는 가슴 찡한 글귀가 유난히 눈에 띄었다.

내용엔 여전히 할머니를 비롯하여 고모님 아버지 어머니 형님 누나. 한 사람도 빠뜨리지 않고 자상하게 그 처지를 기억하고 안부를 물어왔다. 그에겐 순서를 따라 가족을 기억하는 것이 이미 습관이 되어버린 듯했다. 그렇다고 애틋한 사랑이 없이 그저 타성에 젖은 안부를 물어왔다는 얘기가 아니다. 가족을 순서에 따라 기억하는 자상함이 몸에 배어 있음이 눈에 띈다는 말이다.

석준이는 육 남매의 맏이인 아버지의 막내아들이다. 이 대가족 아래 선 설교가 필요하지 않았다. 분위기와 어른들의 실천이 곧 어항 속의 고기를 잘 자라도록 하기 위한 물이었다. 부모는 곧 아이의 최초의 스승이요 최대의 스승임을 증명했다.

석준이가 말을 배우기 시작할 때부터 두 살 위인 형을 깍듯이 '형님'이라고 불렀고 할머니는 물론 아버지 어머니 삼촌 고모 이렇게 웃어른들께는 존대어를 썼다. 말은 곧 그 사람의 정신이기에 말씨는 그 사람의 마음가짐을 반영하여 행동으로 표출된다고 주장하는 가풍 때문이었다.

말씨 때문인지 성품 때문인지는 모르지만 형제는 싸우지 않고 자랐다. 형님은 '님'에 대한 보답으로 석준이에게 양보하며 어머니가 학교에 출근하고 계시지 않는 낮에도 아우를 사랑으로 돌보았고 석준인 석준이대로 형님에게 함부로 덤비는 일 없이 형님을 따르며 문제는 대화로 풀어나갔다. 다 자랄 때까지도 우애가 놀라울 정도로 두터워 합동결혼식을 해야지 한 사람이 먼저 결혼하면 남은 사람이 서운해서 어쩌냐고 염려할 정도였다.

석준이가 어렸을 때 웃어른들께 존대말을 쓰는 것을 보고 "아이답지 않게 어른한테 존댓말을 쓰니?"하는 이가 있었다. '아이답다'는 것은 어린이의 생각이 아이답게 순수무구(純粹無垢)한지 아닌지로 판단해야 할 일이지 어른을 향한 예절 바른 말씨로 판단할 일은 아니다. 우리들은 흔히 순수무구함을 마치 버릇없음으로 혼돈하여 생각할 때가 많다.

석준이가 어렸을 적에 가장 괴로웠던 일이 무엇을 분배할 때 석준이의 차례가 맨 나중이라는 점이었다. 어떤 때는 이 일로 화를 낸 적도 있었다. 그러나 사탕이나 과자만은 맨 처음 받았다. 사탕은 어른들이 잡수시는 것이 아니고 어린이의 몫이기 때문이라는 어머니의 설명을 들으면서 차츰

추영수 평전

장유유서(長幼有序)의 질서를 터득하게 되었고 어른을 존중할 줄 아는 예절이 어렵지 않게 몸에 배어갔던 것이었다. 이로 인해 그 경황없는 중에 쓴 편지마저 순서를 따라 가족의 안부 인사를 하였던 것이다.

오늘도 석준이는 증조할머니의 40주기를 추모한 아버지의 추모시를 받아 읽고 자기도 과연 아버지처럼 할머니를 이렇게 아름답게 추모할 수 있을지 모르겠다며 아버지의 효심을 몸에 익혔다.

자양분 넘친 유년의 햇살로 어렵잖게 영근 나이테가 자랑스런 거목으로 장성한 석준이를 보면서 과연 부모는 어린이의 최초의 스승이요 최대의 스승임을 다시 확인했다.


기도


하나님께 기도드립니다
내 아들의 눈물을 닦아주는
작은 쪽지 편지가 되어
주님께 두 손 모아 올립니다


주여
'가난하게도 마시고 부요하게도 마시고'
어려운 이웃 정성껏 돌 볼 만큼
그 마음을 열어서 채워주소서

그리하여 그가 자신만 돌보지 않고
이웃을 돌아보는 여유로운 품으로
주님의 미소가 되게 하소서

하나님께 올립니다
내 아들의 이마에서 근심의 주름을 펴 줄
정결한 손수건이 되어
주님께 두 손 모아 올립니다


<시작 노트 중에서>

들리는 것만이 진리가 아니다. 보이는 것만이 길이 아니다. 진리란, 참 길이란, 참 아름다움이란 보이는 것만도 아니요, 들리는 것만도 아니요, 현란한 빛과 짜임새를 갖춘 것만도 아닐 터에.

우리가 자고 깨어 흥분하며 몰려가서 찾는 것은 무엇일까? 우리가 후손들에게 꼭 물려주어야 할 것은 무엇일까?

참 아름다운 진리의 길이란 어떤 것이라고 내 아들 딸의 귀에 뜨거운 입술대고 속삭여 주어야 할까?(1996, 추영수)

여적

하늘만
우러르고 삽니다
모두를 보듬고 삽니다

그렁 그렁
감격하는 미소로
늘 목마르지 않습니다

한 시인의 삶과 시 세계를 온전히 그려낸다는 것은 불가능하다는 점을 추영수 평전을 정리하면서 다시 한번 실감했다. 그래서 한 시인의 평전은 결국 한 시인의 편모를 살피는 선에서 그칠 수밖에 없었다. 추영수 시인은 평생 교육자로서 살면서 시인의 길을 걸었다. 교육자로서 1960-1980년 서울 중앙여자중고등학교 교사 및 교도주임으로, 1980-1993년 계원예술고등학교 교감을 거쳐 상담실장을 역임했고, 1993-2008년 덕수유치원 원장을 역임했다. 이 길이 교육학을 공부한 그녀가 걸어가야 할 정도였으리라. 그가 어느 정도 참 교육자로서의 길을 걸었느냐 하는 평가는 그녀에게 교육을 받은 제자들의 삶이 증명해 줄 것이다. 그가 제자들로부터 받은 많은 편지들은 이를 방증해 주고 있다.

　　시인의 길에서 그가 지어놓은 언어의 집들은 시집 『흐름의 소묘』(1996),

『작은 풀꽃 한 송이』(1980), 『너도 바람아』(1987), 『광대의 아침노래』(1987), 『사랑하는 자를 사랑하는 것은』(1990), 『천년을 하루같이』(2007), 『기도시집』(2007), 『날개로 노래로』(2007), 『살아 있는 이유』(2014), 동시화집 『어떻게 알았을까』(1996), 그리고 산문집 『꽃그늘인 양 아름다운 내 사랑아』(1988), 전기집 『구원의 횃불(1971)』 등이 세워져 있다. 한 시인이 열 채의 시집을 지었다는 것은 그렇게 쉬운 일은 아니다. 시만 쓰고 살아가는 삶이 아니라 직장을 갖고 일상을 살면서 시를 쓰는 일이기 때문이다.

이러한 활동의 평가를 받아 1987년 한국문학평론가협회상, 1997년 교육부 장관상, 2009년 미당시맥상, 2012년 진을주문학상, 2014년 조연현문학상을 각각 수상했다. 이런 수상의 경력이 추영수 시인의 시 세계와 활동에 대한 어느 정도의 평가로 판단할 수도 있지만, 그의 시가 보여준 시력과 정신세계의 높이에 비하면 제대로 평가를 받았는가라는 점에서는 의문이 들 수도 있다. 추영수 시인은 그의 성품상 남들 앞에 자신을 내세우거나 상대적 평가를 그렇게 달갑게 생각하지 않았기 때문이다. 그의 삶의 태도는 이 땅에서의 인간들의 평가보다는 하늘에 계신 절대자의 평가를 더 원하고 있었다. 이것이 그가 평생 견지한 삶과 시인의 길이었기에 그의 시는 늘 하늘을 향한 기도였다. 한 마디로 영혼의 노래를 부른 시인이었다. 모든 시인들이 영혼의 노래를 부른다고 하지만, 추영수 시인의 영혼의 노래는 좀은 색깔이 달랐다.

이러한 추영수 시인의 시적 세계의 특징을 김송배 시인은 「정신생명에서 탐색하는 정적 언어」로 규정하고 있다.

추영수 시인에게서는 시를 읽기 전에 먼저 그의 후덕스러운 인품에서 큰 누님 같은 안온한 인상을 지을 수가 없다. 언제 만나도 그의 잔잔한 미소가 지성미를 내풍기고 있어서 작품에서도 순정적 메시지를 많이 이해하게 된다.

그의 첫 시집 『흐름의 소묘』와 『작은 풀꽃 한 송이』에서 미당 서정주 선생님(추영수 시인은 1961년 《현대문학》에 미당의 추천으로 등단함)이 서문에서 말한 바와 같이 인간의 정신생명의 내막의 중요한 것들을 간절하게 조화된 영상들을 배합하는 그의 시법은 독자들의 많은 감동을 불러일으키고 있다.

이런 작품 감상에는 「숲바람 앞에서」, 「꽃 가에서」, 「기도」, 「빈손 높이 들어」, 「파도는 찬양을 쉬지 않네」 등에서 특징적으로 공감할 수 있는 그의 시 정신이나 창출하는 메시지는 모두가 가장 중요한 정신 생명에 시적인 원류를 설정하고 정적인 언어로 형상화한다는 점을 지나칠 수가 없을 것이다.

일찍이 볼테르가 들려주는 바와 같이 시는 영혼의 음악과 교합되어야 한다. 보다 더욱 위대하고 다감한 영혼들의 음악이 되어야 할 것이다. 이러한 점을 유념하면서 작품을 읽어나가면 우리는 그의 장중한 생명의 음악과 영혼의 호흡에 동화하고 단아한 시 세계의 창조를 직접 공명할 수 있게 된다.

그는 '숲바람 앞에서'라는 숲바람과 '내 푸른 활개' 혹은 '네 가슴에 고인 허물'이 대칭을 이루면서 '바람 앞에서 꽃도리질하며/꿈을 깨우면/사뿐히 발소리 죽여/어둠을 벗는 숲'이라는 시적 구도를 명징하게 적시

함으로써 그가 간구하거나 염원하는 기원의 의식을 영혼과 접맥하는 지향적 사유로 이해할 수 있다.

다시 그는 '사랑이라는 이름/향기롭다 꿈에도 깨어나/꽃 가에서 서성인다'는 자성적 어조도 '꿈'이라는 공통 분모의 해법을 찾아가는 그의 정겨운 세상, 곧 영혼과의 동질적 호소력을 발휘하고 있다.

추영수 시인의 의식 내면에는 기독교적인 정신지향의 지적 향기가 물씬 풍긴다. 그가 '기도'나 '빈손 높이 들어' 그리고 '파도는 찬양을 쉬지 않네'라는 시적 제재에서 인식할 수 있듯이 그가 현실적 위해요소들을 그의 돈독한 신심을 근원으로 해서 이를 화해하거나 융합하는 의식의 흐름을 발견하게 된다.

그가 '당신의 그림자, 당신의 향기가 되어/당신의 품으로 돌아가게 하여 주소서'라거나 '오! 하나님 저는 주님 나라의/화초입니까/잡초입니까' 그리고 '떡심같이 질긴 세상 염분에/체념이라는 마침표를 찍고/파도는 찬양을 쉬지 않습니다'라는 어조에서 공감할 수 있듯이 그의 심지에는 정신 생명의 복원을 위한 영혼과의 일치를 갈망하는 시 정신의 고양을 이해하게 된다.

추영수 시인은 이러한 시적 정황과 구조를 '깨어나는 자신의 눈'으로 수용하고 있다. 그것은 '기도'나 '찬양'이 '지혜'를 구할 수 있고 '아픔을 치유'할 수 있으며/님이 계셔서 행복 하기 때문에 더욱 영혼의 세계는 빛나고 그리워지는 것이다.


김송배 시인은 추영수 시인이 추구한 시 정신의 핵심을 '생명 정신 복원을 위한 영혼과의 일치를 갈망하는 시 정신의 고양'이라고 명명했는데, 이는 바로 시와 삶의 하나 됨을 추구한 결과라고 본다. <열두 시인 신앙시집> 활동에서 그를 만났던 양왕용 시인은 "추영수 시인은 참으로 겸손함과 단아함이 몸에 배어 자기를 드러내지 않는 조용한 사람이었다"고 그의 생전의 모습을 기억했다. 이런 그의 모습은 시와 삶을 하나로 일치시켜 나가려는 그의 삶이 자연스럽게 드러난 결과로 보인다.

그의 영혼은 늘 하늘로 향해 있었기에 그의 사유의 메모장이었던 작은 수첩에는 말씀과 기도 그리고 단상들이 그칠 날이 없었다. 그래서 그는 특별히 성화(聖化)를 향한 자신의 내면과의 치열한 영적 싸움의 현장을 메모장 곳곳에서 드러내고 있다. 늘 마음에 스며드는 걱정과 염려, 내면의 고통 등을 내려놓기 위해 하늘의 은혜, 사랑, 성령, 평화, 믿음, 평강, 구원, 감사, 말씀 등을 쉼 없이 구하는 기도와 시적 메모는 십자가를 지고 걸어가야 하는 신자의 삶이 어떠해야 하는지를 다시금 묵상하게 한다.

2017년 7월 23일 자 수첩 메모란에는 로마서 12장 1절의 "그러므로 형제들아 내가 하나님의 모든 자비하심으로 너희를 권하노니 너희 몸을 하나님이 기뻐하시는 거룩한 산 제사로 드리라 이는 너희의 드릴 영적 예배니라"라는 말씀과 함께 「헌신」이란 제목의 짧은 시가 다음과 같이 메모되어 있다.

머리 위에서 바람 자락
펄럭이는 소리 들린다

연이어 감싸오는 엄마 맵씨

하얗게 퍼지는 종소리


달빛 연서


새벽 3시

달빛이 썼습니다


고독은 하늘을 담을 수 있는 축복의 그릇

―「헌신」


　예수 그리스도의 보혈을 신뢰하여 거듭남을 받은 신자는 그 이후로도 중단 없이 성별된 삶, 승리의 삶, 열매 맺는 삶을 통해, 거룩한 생활을 영위함으로써 성화의 단계로 부단히 나아가야 한다. 이런 성화의 삶을 이루어 나가는 데 필요한 필수 불가결한 요소가 헌신이다. 헌신을 통해 참된 영적 예배를 드릴 수 있고, 합당한 섬김의 삶을 살 수 있으며, 옛 자신을 버리고 거듭난 새로운 자기로 살아갈 수 있기 때문이다. 그러므로 성화를 위한 실천적 삶에는 헌신이 늘 뒤따른다. 다시 말해 그리스도인들이 헌신하지 않고 세속적 삶에 길들여져 살게 될 때 성화의 단계로 나아가기는 힘들다. 흔히들 거룩한 삶을 살기 위한 헌신에는 반드시 대가가 뒤따르기에 헌신하기를 주저한다. 그러나 헌신의 삶을 본보기로 보여주신 예수를 따르는 자들에게 헌신의 삶은 숙명이다. 그런데 참된 헌신의 삶을 위해서는 우선 늘 자신을 쳐서 복종시키는 자신을 고쳐세우는 시간이 필요하다. 이 것이 선결되지 않는 헌신은 자신의 욕망을 드러내는 자기실현의 한 형태로 나타나기 마련이다.

추영수 시인이 새벽 3시 하늘의 바람 속에서 들려오는 하늘의 소리를 듣고 가슴속에 새기고 있는 이유이다. 하늘의 소리뿐만 아니라 엄마의 맵시를 종소리로 듣는 이유는 헌신의 삶이 무엇인지를 가장 구체적으로 그리고 직접 보여 주신이가 자신의 엄마이기 때문이다. 이 시간은 하늘과 자신만이 소통할 수 있는 내밀하고도 고독한 시공간이다. 이 고독한 시간은 하늘의 소리를 담을 수 있는 축복의 그릇이 완성되어 가는 시간이다. 헌신을 위해서 축복의 그릇에 하늘의 음성을 담는 시간을 멈추지 않았던 추영수 시인은 손을 움직여 글을 쓸 수 있는 순간까지 기도문을 남겼다. 몸조차 제대로 움직일 수 없을 때, 그가 할 수 있는 마지막 헌신은 남들을 향한 기도였기 때문이리라. 그가 지상에서의 마지막 순간까지 기도로 뿌린 씨앗들이 언제쯤 새싹을 띄우고 큰 나무로 자라 추영수의 나무로 이름 지어질까?

시인의 부모님
왼쪽) 어머니 배옥진
오른쪽) 아버지 추정식

왼쪽) 돌무렵의 시인
오른쪽) 국민학교 시절

유년시절 시인의
가족

왼쪽) 부모님과 함께
오른쪽) 시인의 어머니

유년시절 시인의 가족

젊은 날의 시인

중앙여자고등학교
근무 시절

계원예술고등학교
근무 시절

교류를 나누던 문인들, 교회 신우
그리고 청미동인들과 함께

말년의 시인과
가족

추영수 평전

『청미』
50주년 기념총집과
동인시지 총집

추영수 시인이 남긴
수첩과 메모들

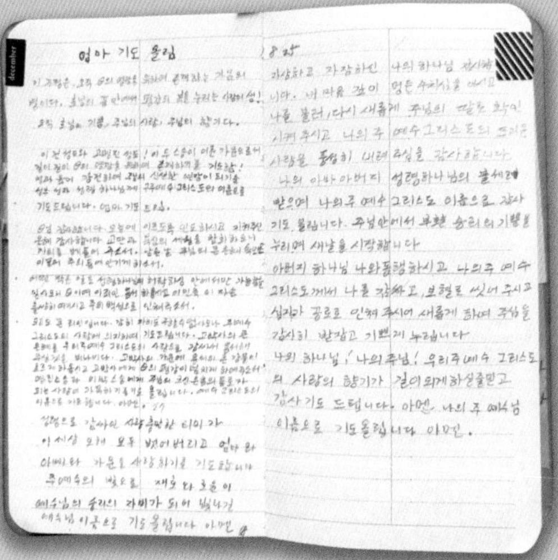


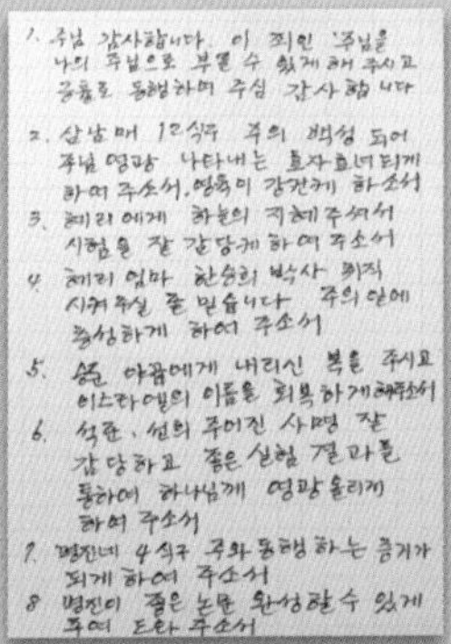


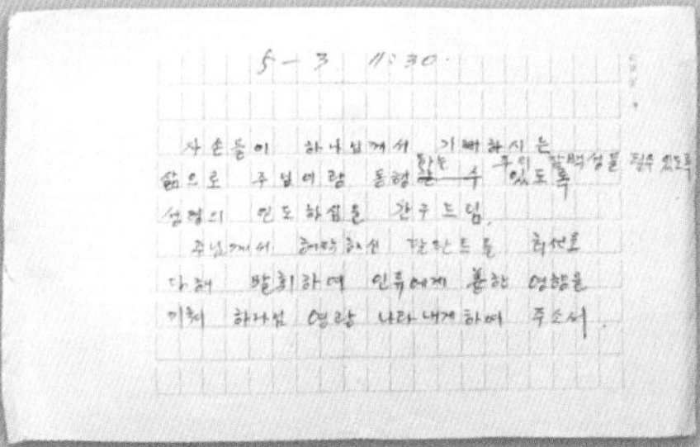


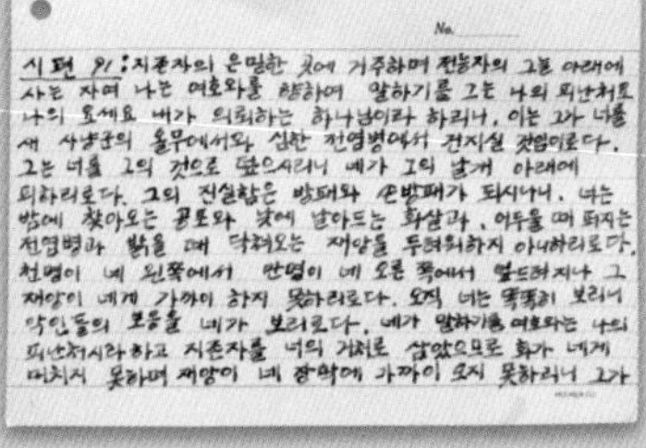


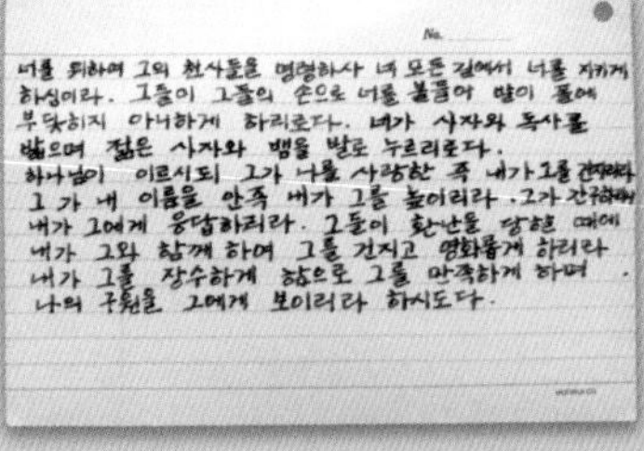

# 추영수 평전

초판 1쇄 발행 2024년 7월 16일

지은이 남송우
기획 문장의정원
총괄 이진서
디자인 사계

펴낸이 장지숙
펴낸곳 글넝쿨
출판등록 2020년 02월 14일(2020-000005)
주소 부산광역시 수영구 수영로 582번길 50
대표전화 051. 758. 3487
블로그 https://blog.naver.com/sentencegarden

ISBN 979-11-972743-4-3  03800